明治期泉鏡花作品研究

「父」と「女」の問題を中心に

金子亜由美

和泉書院

目次

第二部　鏡花の構想――「詩想」としての「女」――

凡例

・本書での泉鏡花の引用は、特に断りのない場合、岩波書店版『鏡花全集』全二九巻（一九七三年一一月〜一九七六年三月）によった。ただし、旧字体は新字体に改め（一部の固有名詞については旧字体のままとした）、ルビや圏点・傍点等は、読解に必要と思われるものを除いて適宜省略した。また、文中の誤記・誤表記と思われる箇所については、「ママ」と付した上で原文通りに引用した。歴史的仮名遣いに関しては、原文通りとした。
・泉鏡花以外の引用資料についても、右と同様とした。
・引用文中の／は、特に断りのない場合、改行をあらわす。
・地の文に組み込んだ引用文中内の「　」は、『　』であらわした。
・資料の引用等に際しては、単行本名は『　』に、新聞・雑誌・作品・記事名等は「　」に統一した。
・今日から見れば不適切・差別的な表現や用語については、当時の歴史的文脈を理解した上で作品価値を考慮し、原文のまま引用した。

序章　鏡花世界における「父」の審級

一、「父」の不在？

泉鏡花を扱った画期的批評である脇明子『幻想の論理――泉鏡花の世界』[1]は、「鏡花世界」なる言葉に疑義を呈するところから始まっている。脇は、鏡花を「『高野聖』と『婦系図』と『歌行燈』によって」代表させ、その作品世界を「美、俠気、純情」といった言葉を用いて語ろうとする従来の批評を批判し、そのような「決まり文句」的評価からの脱却を目論んだ。ユングやバシュラールを援用し、鏡花の作品世界に潜在する「母胎回帰願望」、「近親相姦願望」を指摘した脇の分析は、アカデミズム・ジャーナリズムの別を問わずに多大な影響を与え、鏡花再評価の有力な契機となった。

その一方で、脇の提出した、ユング的な「母なるもの」の優位を強調する新たな「鏡花世界」のイメージは、笠原伸夫『泉鏡花　エロスの繭』[2]に全面的に受け継がれて以降、現在に至るまで、鏡花の批評及び研究に関わる言説の構成条件を暗黙のうちに形成してきた[3]。柳田‐折口民俗学的知見や山口昌男の〈中心／周縁〉理論の導入ともあいまって、脇が「母と子の楽園」と呼び、笠原が「母性原理を核心に据えた、エロス的な」「夢の界域」と規定する「鏡花世界」の枠組みはさらに補強され、再生産されてきた[4]。脇は、「鏡花世界」という言葉を、硬直した鏡花評価の象徴とみなし、その打破を目指したわけであるが、脇自身の導入したユングやバシュラールの諸理論が、かえってこのクリシェを生き長らえさせてしまったのは皮肉な結果といえよう。

　こうした脇‐笠原的限界は、彼らの作品分析が、もっぱら物語内容を重視するものであったために生じたものである。たしかに、物語内容のレベルに話を限定すれば、鏡花の作品の多くは「〈父〉なるものの影がささぬ」（笠原）ものであるかのようにみえる。しかし、父親がいないという物語内容上の設定が、そのまま「父性原理の喪失」（同上）という事態に直結するとは限らない。笠原は、この「父性原理」を、「現世的存在」、すなわち「法や労働」の支配する「地上の秩序」と同じ意味の言葉として用いているが、鏡花の作品がそうした「〈父〉の名による法」（同上）から完全に解放されているかといえば、その点も疑わしい。むしろ、明治二〇年代後半から三〇年代にかけての鏡花は、物語を構成するために必要な「〈父〉の名による法」を、積極的に導入しようとしていた節さえある。

　この問題を検討するためには、作品の物語内容のみならず、物語形式を分析することが必要となってくる。脇は『幻想の論理』の中で、鏡花の初期作品を対象に、その話法に着目している。しかしそれは、鏡花の「幻想の論理」との関わりを分析することに留まっており、この時期にみられた〝文体〟面での重要な変化も、鏡花が自分自身の作品世界を追求していった結果としてのみ捉えられている。一方、渡部直己の鏡花論[5]は、徹底した形式主義的アプローチによって、そうした脇の物語内容分析優位の態度を批判している。だが、絓秀実が『日本近代文学の〈誕生〉』[6]の中で言及している子規論同様、渡部の分析は、鏡花の物語形式の歴史性、より具体的にいえば、文末詞「である」を用いた言文一致体の成立が、鏡花の〝文体〟にどのような影響を及ぼしたかを問うまでには至っていない[7]。しかし、その絓もまた、尾崎紅葉や広津柳浪といった硯友社系小説家、あるいは、紅葉の高弟として鏡花と共に「牛門の四天王」と称された小栗風葉（及びその弟子である真山青果）や徳田秋声については、それぞれ言文一致運動との関連の中で詳細に論じているにも関わらず、鏡花については、秋声との比較の中でやや否定的に触れているのみである。[8]

鏡花の作品が、同時代の小説家たちのそれと比較して、ある種の奇矯さを持つことは否定できない事実である。そのため、鏡花はしばしば、歴史的文脈から切り離されたところで論じられてきた。だが、鏡花を真に再評価するためには、今一度その作品の持つ歴史性が問われる必要がある。その第一歩として、本書では、明治三〇年前後の言文一致運動と鏡花との関わりを中心に考察していく。

二、「過渡の時代」の鏡花

新進作家時代の鏡花が、まず「観念小説」の書き手として文壇に認められたことは、広く知られている。その直接の契機となったのは、明治二八年四月に発表された「夜行巡査」に対する批評家たちの好意的な評価である。そして翌二九年には、文壇内に「悲惨（観念）小説」ブームとでも呼ぶべき状況が出現した。「悲惨小説」、あるいは「観念小説」なるものが当時具体的にどのようなものとして捉えられていたかについては、第一章で詳しく考察するが、ここで最低限確認しておかなければならないのは、「悲惨（観念）小説」を巡る議論の勃興が、日清戦争の勝利と、それに刺激された「国民」意識の高揚があるということである。

たとえば内田魯庵は、戦争終結直後に発表した「戦後の文学（国民をして機運に乗ぜしめよ）」[9]の中で、戦勝国の「ナシヨナル、プライド」にふさわしい「文芸」創出の必要性を強く訴えている。こうした魯庵の主張に呼応するように現れるのが、「悲惨（観念）小説」を巡る議論なのだ。このことを踏まえれば、それらはまず、「日清戦後文学」という射程の中で捉えられるべきである。[10]新進作家としての鏡花に対する評価も、この本質的にナショナリスティックな雰囲気の中で行われた。島村抱月の言葉を借りれば、「悲惨（観念）小説」を巡る議論の要諦は、小説に内在する「偏狭」さを克服し、「人間の全真相を観んとする」作品を創出するという点にあったわけだが[11]、こうした普遍性への志向も、ナショナリズムを構成する契機となった言文一致運動における、世俗化＝散文化のプロセスに対応した現象とみなすべきであろう。

鏡花は「夜行巡査」の後、「外科室」（明二八）、「化銀杏」（明二九）と、順調に作品を発表していき、田岡嶺雲や高山樗牛といった当時の有力な批評家たちから、一定の評価を得るようになった。だが、その好評も長くは続かず、鏡花はほどなく厳しい批判に晒されることになる。

もっとも、鏡花への批判は唐突に現れたものではなく、「夜行巡査」「外科室」発表直後に、すでにその兆しが現れ始めている。その最たる例が、魯庵の「小説界の新潮流（殊に泉鏡花子を評す）」[12]だといえよう。魯庵はこの中で、「鏡花子の作る如き一概念の外は何物をも留めざる野猪的の心性組織を有てる不自然なる人間は自然的の小説を決して見るを得ざるものなり」と、後々まで鏡花の小説の欠点として挙げられることとなる登場人物造形の「不自然」さを槍玉に挙げている。また、「青年文」に掲載された無署名の記事「泉鏡花」[13]も、「渠は人間といふものを写す能はざるなり。渠はよく人間の一側を見る、然れども人間の全体を見る能はず」と、鏡花の小説が「偏狭」（抱月）という限界の内に留まっていることを指摘している。これらの批判がいずれも、鏡花の小説が「自然」な「人間の全体」という普遍性を獲得しきれていない点を問題としていることに注目すべきだろう。特に、「ナショナル、プライド」に裏打ちされた「国民」的文学を志向する魯庵にとって、「単だ一概念を説明せんと勤る」ようにしか見えない鏡花の小説は、到底許容できるものではなかったのである。

鏡花への批判は、「化銀杏」以降、本格的に「観念小説」からの転身を図り始めた時期になると、さらに激化する。たとえば荒川漁郎は、「龍潭譚」（明二九）や「照葉狂言」（同）等を取り上げ、次のように非難している。

われ等を夢幻にもあらぬ、理想にもあらぬ、一種朦々として怪しき霧立ちこむる鏡花の魔界に眠気を催さしむるは迷惑なり。（中略）鏡花は何故にその単純にして爽明なる思想を捨てたるか。簡潔にして直截なる文字をやめたるか。（中略）その文字は迂《ママ》余曲折して蛇の行くが如く、繊巧軟弱見るに堪へず《ママ》その会話は徒らに婦女子が喃々の低声痴調をうつして嘔吐を催さしむ。（中略）われ等はその外科室その他当年の男らしき鏡花が諸作に比して、失敗の製作なりといふを憚らず。

（「最近の創作界」明治二九年一二月「太陽」）

魯庵や「青年文」の記者とは対照的に、漁郎は鏡花の「観念小説」に対して好意的な評価を与えた上で、その後の「文字」の変化を「逆行倒施の愚」と論難している。漁郎の批判は物語内容・形式の両面にわたっているが、注目すべきは、そうした鏡花の変化が、「婦女子が喃々の低声痴調」や「男らしき」といった性差の比喩によって把握されている点である。「男らしき」「外科室」その他の「観念小説」から、「繊巧軟弱」な「婦女子」的「龍潭譚」以下の諸作品へという漁郎の把握の仕方は、たとえば東郷克美の「戦う鏡花から、退行し遁走する鏡花へ[14]」といった形で変奏されつつ受け継がれ、現在もなお一定の有効性を保持しているようにみえる。東郷もまた、「世俗の論理や制度」といった「父性原理」（笠原伸夫）の支配する次元から、「聖母子の浄福」に満ちた「隠れ家」へ、というように鏡花の物語内容の変化を、性差になぞらえることによって規定しようとするのである。こうした転身を徹底して否定する漁郎に対し、東郷が「鏡花が自らの内なる渇望に忠実であろうとしはじめた」結果だとして肯定するという差異はあるものの、両者は、この時期の鏡花がある種の後退をした――しかもこのことは男／女という性差による対比の比喩によって語られる――という認識においては共通しているのである。

高山樗牛は、この時期の鏡花を評して「過渡の時代」にあると述べている[15]。明治三〇年前後における鏡花の「過渡」は、いかなる意味を持っていたのか。この「過渡」の意義を検討するためには、やはり物語内容の変化のみならず、その形式の変化をも視野に入れて考えてみなければならない。そして、この「過渡」を、「父性原理」（「男」）から「母性原理」（「婦女子」）への単純な移行と捉える認識にも検討を加える必要があるだろう。

三、「自然派」との対決

このような「過渡の時代」を経て、明治三〇年代後半以後、鏡花は文壇での熾烈なヘゲモニー争いの渦中に身を投ずることとなる。明治三六年一〇月に尾崎紅葉が逝去したのを契機に、文壇内の勢力図は急速に書き換えられていった。たとえば、田山花袋は紅葉没後当時を回想して、「（紅葉の死が――引用者注）いかに文壇の空気の疎通を好くしたかは、恐らく当時の人達の皆な暗に感じたところのものであつたらうと思はれる」[16]と書いている。そして、花袋自身も、この新たな「空気」にいち早く呼応した。明治三七年二月に「露骨なる描写」を発表し、さらにその三年後の明治四〇年九月には、「蒲団」を世に問うている。すでに島崎藤村が、明治三九年三月に『破戒』を上梓しており、ここに「自然派」全盛の時代が到来する。紅葉の死後わずか数年の間に、硯友社及びその影響圏内で活動していた小説家の作品の大半は、過去の遺物として急速に忘れ去られようとしていた。

「自然派の勝利」[17]が高らかに宣言される中、硯友社中の出世頭であった鏡花は、作品を発表する場をことごとく奪われ、不遇をかこつこととなる。鏡花にとって、この事態は、明治二七年の実父の死以来の大きな危機であった。実父の死の当時には、紅葉はいまだ健在であり、このもう一人の父親ともいうべき師の支えによって、鏡花は精神的な混乱から回復することができた。だが、紅葉が歿した今、頼るべき父はもはやどこにもいない。「自然派」との全面対決は、鏡花に、これまで自身を支えてきた「父」を問いに上せ、それを乗り越える論理を獲得すると同時に、そのことを通じて、自らの小説家としての立場を改めて意味づけるよう迫ったのである。

このような中で、鏡花は『婦系図』あるいは『白鷺』といった、父子関係に類似した師と弟子の葛藤を主題とする作品を発表する。これらの作品において、「父」は、「母」には還元されぬ「女」との関係の中で、改めて捉え直される。特に、日露戦中・戦後期にスキャンダラスな注目を浴びた「女学生」が描き込まれている『婦系図』は、鏡花の「女」に潜在する歴史性を検討する上で重要な作品である。また、この時期に発表された各種「談話」の中では、自身の楽屋裏を明かすことを好まなかった鏡花が、例外的に、自身の文章観や文学への態度を積極的に説明している。これらの「談話」は、もっぱら鏡花の怪異趣味の表明、あるいは、自身を冷遇する「自然派」への感情的な反発を吐露したもののように見られているが、詳しく読んでみると、「自然派」の前提とする言文一致的な論理を相対化しようとしていることがわかる。

「過渡の時代」、すなわち明治三〇年前後には、鏡花もまた言文一致を試みていた。しかし、明治四〇年代の鏡花は、「自然派」に抵抗していく過程で、自身の〝文体〟を、言文一致に対抗する手段として改めて引き受けていったと考えられる。「談話」で説明された鏡花独特の文章観が、作品の中でどのように実践されているのかを分析することは、この引き受け直しの過程を理解する上で不可欠の作業である。この過程は、物語内容の次元においては、これまでの「父」との関係を総括し、乗り越えることとして表れる。このような物語形式と物語内容の変化の連動を捉える視点こそ、明治期に書かれた鏡花の作品を理解するのに必要なものなのである。

四、鏡花世界における「父」と「女」

以上のことを踏まえ、本書では、泉鏡花の作品世界においてほとんど存在しないとされてきた「父」の問題に着目する。鏡花が明治二〇年代後半から四〇年代にかけて発表した小説を取り上げ、それらの中で構築される「父」

を分析すると共に、「父」との関係において描かれる「女」あるいは「母」についても考察する。その際には、日清・日露戦争の文壇への影響や、言文一致運動の展開、あるいは「自然派」の台頭といった同時代の諸事象との関連を重視する。以下、各章で取り上げる問題の概要を説明していく。

第一章「『人外《にんがい》』の『信仰』―『海城發電』論―」では、「観念小説」の書き手としての鏡花に焦点を当てた。まず、島村抱月をはじめとする批評家たちの言説に注目し、明治二〇年代後半の文壇において流行した「悲惨（観念）小説」について分析した。彼らが真に求めていた「小説」とは、「人間」の全体像を過不足なく提示すると同時に、日清戦争の勝利を背景としたナショナリスティックな気分の高揚を反映する「国民」の姿が描かれた作品であった。しかし、当時鏡花が発表した「観念小説」の一つである「海城發電」の主人公・神崎愛三郎は、そうした「人間」、そして「国民」像と真っ向から対立していた。本章では、神崎の非「人間」性に着目し、彼の抱く「博愛」という信念が、ナショナリズムや、それと共犯するヒューマニズムとは異なる「倫理」への道を開く可能性を示唆していることを指摘した。

第二章「『悪魔《サタン》』の挑戦―『貧民倶楽部』論―」では、「貧民倶楽部」を取り上げた。本作品が、松原岩五郎『最暗黒の東京』をはじめとする下層社会ルポルタージュからの影響を受けて成立したことは、すでに諸家の指摘するところである。しかし、「貧民倶楽部」は、『最暗黒の東京』や他の貧窮民に関する記事を繋ぎ合わせ、活劇調で味付けしただけの作品ではない。本章では、「貧民倶楽部」を、前章で検討した鏡花の「観念小説」の中に登場する「倫理」が、被抑圧者の抵抗の論理に転化した結果成立した作品として検討していく。「貧民」たちの闘争は、作中では日常の秩序を保つ「則《おきて》」や「式作法」への様々な侵犯という形を取って行われる。だが、それらを単純な違法行為と同一視することは出来ない。彼らの行為は単なる法律違反の域を超えた、法自体を再定義するものだからである。秩序の安寧と調和を至上命題とする「則《おきて》」にとって、こうした「貧民」たちの存在は、まさに〝悪〟以外のなにものでもない。だが、「貧民」たちを抑圧しているのは、この安寧と調和を願う「則《おきて》」にほかならない。「貧民」たちの闘争は、こうした「則《おきて》」を解体することを通じて、そこから解放されることを目指すものであることを指摘した。

第三章「『父』の構築——『黒猫』から『なゝもと桜』へ——」では、「黒猫」と「なゝもと桜」を比較し、鏡花が自身の小説に言文一致体を導入しようとした際に直面した課題について分析した。まず、明治三〇年前後の文壇で行われていた「言文一致」をはじめとする種々の「文体」を巡る議論を整理した後、「黒猫」から「なゝもと桜」へといたる書き換えの過程を、物語形式・物語内容の両面から考察した。この過程を検討することで浮かび上がってくるのは、文語文的な論理性に代わって、物語を統御する新たな論理性をどのようにして導入するかという課題である。しかし、「なゝもと桜」において、その課題が完全に解決されたとは言いがたい。物語を支える新たな論理性、すなわち「父」の構築という問題は、明治三一年に書かれた「笈摺草紙」において、引き続き追究されていくことになるのである。

第四章「『詩想』としての『女』——『笈摺草紙』における言文一致の戦略——」では、前章に引き続き、鏡花が言文一致体を引き受ける際に直面した課題について考察した。「笈摺草紙」は「なゝもと桜」と同様、言文一致体の「再現力」を作品内へと導入する具体的な試みであった。しかし、言文一致体によって必然的にもたらされる「蕪雑」さを回避するために、「雅俗折衷」的な「詩」とは異なる、新たな「詩想」が必要とされた。この時に鏡花が見出したものこそ、「女」であった。その結果、言文一致体が物語形式として採用されると同時に、「女」が物語内容の主題として現れてくることになる。「詩想」、すなわち「女」の非論理性は、形式の審級では言文一致、物語内容の審級では象徴としての「男」との「誓」によって枠付けられ、「景色」として「再現」される。しかし、この論理化は、必ずしも滑らかに行われるわけではない。「笈摺草紙」で露わになるのは、言文一致と「詩想」の止揚されざる葛藤であったことを指摘した。

第五章「もたらされた危機―『湯島詣』論―」では、『湯島詣』を取り上げた。本作のヒロイン・蝶吉は、鏡花が明治三〇年一月に出会った神楽坂芸者桃太郎（本名すゞ）をモデルに造形されている。すゞが鏡花にとって特権的な女性であるのは、その名が彼の亡母と同じだからである。すゞ－蝶吉という「女」は、否応なく鏡花の「母」への欲望を背負わされることになる。この点で、『湯島詣』はいわゆる「亡母憧憬」系列の作品であるといえる。重要なのは、鏡花が本作において、「母」へと通ずる「女」を、文語体によってではなく、言文一致体によって書くことを試みている点である。第三・四章で述べてきた通り、言文一致体の採用は、これまで保たれてきた小説内の文語的秩序の解体と、その世俗化を必然的に引き起こす。このとき、深い山奥の隠れ家に棲み、世俗とは異なる時間を生きていた「母」であるはずの「女」たちもまた、その棲処を追われ、言文一致的秩序の内で生きていくことを余儀なくされる。本作における言文一致体の採用は、言文一致の遂行を是とする文壇においては、積極的に評価された。その一方で、鏡花は、言文一致的論理の中に、「母」たる「女」をいかに位置づけるかという問題に直面せざるを得なくなったのである。

第六章「『風流線』のプラクシス」では、第二章で取り上げた「貧民倶楽部」を大規模に反復したとみなせる長編『風流線』を取り上げた。鏡花は明治二八年に「夜行巡査」を発表し、「観念小説」の書き手として文壇に登場して以来、職業的な規範に徹底して忠実に振る舞うことで、普遍的な「倫理」に至る登場人物を繰り返し描いた。その代表的な例が、第一章で扱った「海城發電」の主人公・神崎愛三郎である。その一方、先行する下層社会ルポルタージュを素材とし、秩序維持と管理の手段として「慈善」を用いようとする支配層に反抗する「貧民」の騒擾をテーマとした「貧民倶楽部」等の作品も発表してきた。『風流線』では、「観念小説」において現れた倫理の問題と、「貧民倶楽部」で展開された「慈善」批判及び「貧民」たちの抵抗の問題が明確に結びつけられている。このように、『風流線』では、鏡花が作家活動の初期に扱った主な主題が、総合的に展開されている。この点から、本作を、鏡花が新進作家としての自らの活動を集大成した作品と位置づけることが可能となる。紅葉門下の有力な新人の一人として文壇に登場した鏡花は、師の逝去に際して『風流線』を執筆することで、明確な自己総括を行った。この自己総括を経て、鏡花は、自然主義の台頭する文壇において、新たな地歩を築くべく、精神的「父」でもあった紅葉との関係性を問い直すことが可能となったのである。

第七章「『革命的精神の詩人』村岡不二太―明治期のハイネ受容と『風流線』との関わり―」では、前章に引き続き、『風流線』を取り上げた。鏡花が本作を執筆するにあたり、先行する下層社会ルポルタージュを素材にしたことは、前章で指摘した通りである。しかし、その他にも、本作に影響を与えたと考えられる作品が複数存在することは、先行諸研究によって広く知られている。本章では特に、主要登場人物である村岡不二太に、ゲーテ『若きウェルテルの悩み』の主人公であるウェルテル、あるいは、ニーチェの思想からの影響を看取する指摘に着目した。従来、村岡の悪魔主義的な側面は、鏡花が本作執筆当時に流行していたニーチェの思想を表層的に取り込んだものとして、否定的に評価されてきた。しかし、社会への苛烈な反抗者としての村岡のイメージが、ニーチェからのみ得られたものではなく、当時の文壇で、ニーチェの近傍にある存在として紹介されていた他の思想家や文学者から着想された可能性を否定することは出来ない。よって、本章では、鏡花が『風流線』を執筆していた「明治三四年」前後における「新ロマンチシズム」の流行及び鏡花自身の交友圏に着目し、当時ニーチェの近傍にある文学者として紹介されていたハインリヒ・ハイネに関わる言説が、村岡の持つ悪魔主義的な性格の有力な源泉の一つである可能性を検討した。

第八章「恩寵としての『音調』―『婦系図』本文異同と『談話』の考察を中心に―」では、『婦系図』の本文異同と、本作に前後して発表された各種「談話」を取り上げ、分析した。『婦系図』には、すゞとの恋愛関係を尾崎紅葉に叱責されたことを始めとする、鏡花の個人的な事情が反映されている。しかし、そのこととは別に、新たに頭角を現した「自然派」の作家たちを相手に、鏡花がどのように文壇での位置を確保しようとしていたかを考える上でも、本作は重要な作品である。同時期に発表された「ロマンチックと自然主義」や「予の態度」といった「談話」で、鏡花は「自然派」への批判的な態度をはっきりと打ち出している。本章では、『婦系図』を形式・内容の両面から検討することで、鏡花が各種「談話」の中で表明した「自然派」への反発が、単なる感情的な拒絶ではなく、彼なりの論理に依拠した批判であったことを指摘した。

第九章「妙子という『婦《をんな》』―『婦系図』を司るもの―」では、前章に引き続き、『婦系図』を取り上げた。『婦系図』を分析する上で、まず問題となるのは、その主題が分裂しているように見える点である。先行研究において、本作は長編小説としての構成が破綻していると指摘されているが、その原因は、早瀬主税とお蔦の悲恋と、河野家との対決という二系統のエピソードが、統一されぬまま並存していることにあるとされてきた。本章では、この二つのエピソードを統一的に解釈する視点を模索するべく、主税の師である酒井俊蔵の娘・妙子に着目した。そして、妙子が「母」という表象から逸脱する「婦《をんな》」であり、『婦系図』における「父」の支配の力学に抵抗する存在であることを指摘した。

第十章「白い媒介者―『白鷺』における師‐父と『女』の機能―」では、『白鷺』を取り上げた。鏡花は、硯友社の領袖であり自身の庇護者でもあった尾崎紅葉亡き後、文壇に台頭してきた「自然派」によって、作家としての立場を著しく脅かされていた。彼はこの危機を、自身と師‐父との関係の（再）構築に取り組むことで、乗り越えようとした。その試みの一つが、本作『白鷺』である。第九章で分析した『婦系図』の師‐父に較べて、『白鷺』の師‐父は、慈愛に満ちた穏やかな存在として描かれている。しかし、このことは師‐父の影響力が弱まったことを意味していない。『白鷺』の師‐父たる伊達白鷹は、『婦系図』の酒井俊蔵よりも、一層隠微かつ強力に登場人物たちを支配しているのである。作中では、師‐父の力が巧妙に保存し続けられると共に、その嫡出の息子‐「内弟子」である稲木順一が、正統な後継者として師‐父に接合される。このとき、その紐帯の役割を果たすべく呼び出されるのが、小篠という「女」である。彼女は、師‐父と息子‐「内弟子」を媒介し、世代の交代を保証する。しかしそれは、一種の自己否定ともいうべき彼女の犠牲的な振る舞いと引き換えになされるほかはなかったのである。

第十一章「『草迷宮』における『感情』の形象化―『声』と『まなざし』の効果を中心に―」では、『草迷宮』を取り上げた。第七章において、鏡花が明治三〇年代半ばの「新ロマンチシズム」の影響下にあった可能性を指摘したが、この『草迷宮』は、ロマン派作家としての鏡花の本領が存分に発揮された作品であるとされてきた。本作発表当時、鏡花は自身をロマン派の作家として積極的に規定することはなかったものの、「予の態度」の中では、『草迷宮』に描かれた怪異は、自らの「感情」を形象化したものであると明確に述べている。本章では、これらの点を踏まえ、「おばけずきのいはれ少々と処女作」で説明される「超自然力」の原理に着目し、「声」と「まなざし」の作用が、「超自然力」の成立にどのように関わっているかを考察した。さらに、それらが『草迷宮』の中で怪異として形象化される過程を分析し、鏡花が描いたのは、「現実」に先立つ「大きな力」としての「感情」が、「現実」をあらしめようとする際のメカニズムであったことを指摘した。

注

（1）昭和四九年四月／講談社現代新書。
（2）昭和六三年一〇月／国文社。
（3）脇‐笠原的「鏡花世界」のイメージを共有している先行研究の例は、東郷克美「泉鏡花・差別と禁忌の空間」（昭和五九年一月「日本文学」三三巻一号）、同「鏡花の隠れ家」（平成二年三月「成城国文学論集」二〇輯）他、枚挙に暇が無い。

（4）渡部直己は『泉鏡花論　幻影の杼機』（平成八年七月／河出書房新社）の中で、こうした状況に対して次のような批判を行っている。

　一九七〇年代の鏡花再評価ブームから二十年を経た今日にいたるまで、定石として引き継がれ反復強化されつづけている視点は、本質的にはひとつしかない。すなわち、「醜を通して更に力ある何者かに触れ」ようとするテクストの数々を、平俗の空間を上下に貫き破る垂線のうちに捉えんとする視点がそれである。（中略）これがまさに、絶対的な頂点としての天皇と最下方の極点に被差別部落とをもつ当時の社会空間を構成する力であるとすれば、ユングやバシュラールを経て山口昌男の〈中心／周縁〉理論や網野歴史学の「無縁《アジール》」概念を援用しつつ、この作家における「聖（＝賤）と俗との対立」を強調する近年の定石は、すでに十分退屈なものである。のみならずそれは、鏡花のテクストの叛意のむしろ限界をこそ語って（おそらくは、そこに華麗な江戸趣味を見出す旧代の視線にもまして）多分に反動的なものとなるだろう。

（5）（注4）前掲書。

（6）平成七年四月／太田出版。

（7）とはいえ、渡部の鏡花論に歴史的な視線が全く欠けているというわけではない。そのことは、『泉鏡花論　幻影の杼機』における次の引用箇所からも容易に見て取れる。

　『春昼』の作家が、ほとんど無意識のうちに嗅ぎ当て本能的に唾棄しているのは、そのじつむしろ、もはやどこにも行かずに済むような領分として成立した〝赤裸々な心〟であり、その領分のいわば勝ち誇った一義的な肥大化にかかっているとおもわれるのだが、このとき見逃せぬのは、鏡花の唾棄した一派の作家たちもまた、それぞれの出発点において鏡花的な素材と決して無縁ではなかったという事実である。（中略）一事はやがて、『破戒』における社会的な触穢の光景からその「自己告白《こころ》」のみを引き継いだ『蒲団』が前後を圧するというこの国の近代文学史上最大の切所、先の「談話」（「ロマンチックと自然主義」――引用者注）の主がまさに直面している時期において、これ以上ないくらい鮮やかさで刻印されることになるのだが（後略）

（8）絓秀実『「帝国」の文学　戦争と「大逆」の間』（平成一三年七月／以文社）に次のような言及がある。

問題は、『黴』にみられるような紅葉という男根《ファルス》的父権に対して、秋声がいかなる――内容的ではなく――形式的な抵抗を試みえたかというところにある。オノマトペによる「擬態」は、秋声的世界が「もの」の氾濫としてあることを露呈させた。それは、「もの」があたかも自明的な「自然」であるかのように描くことへと後退していった、花袋をはじめとする日露戦後の自然主義への暗黙の批判をも含んでいたといえよう。（中略）にもかかわらず、『多情多恨』以前のいわゆる硯友社的な文体に帰ることは、もはや不可能である。それは島村抱月が言ったように、秋声の友人・風葉の『青春』をもって終わっており、せいぜい「天才肌」（『思ひ出るまゝ』）の鏡花によってのみ、かろうじて反時代的に継承されうるものだろう。秋声が選択すべき方途は、そのようなものではありえない。

（9）明治二八年五月「国民之友」。

（10）現在「悲惨（観念）小説」と呼ばれている小説の中には、日清戦争中に発表されたものも含まれている（川上眉山「書記官」（明治二八年二月）、広津柳浪「変目伝」（明治二八年二～三月）など）。これらの小説は、戦後になってから改めて「悲惨（観念）小説」という評価を与えられたのである。

（11）「◎小説を読む眼」（明治二八年八月二六日「読売新聞」）。

（12）明治二八年九月「国民之友」。

（13）明治二九年二月。

（14）（注3）前掲論文「鏡花の隠れ家」。

（15）「〇鏡花の世評」（明治三〇年一月「太陽」）。

（16）『近代の小説』（大正一二年二月／近代文明社）。

（17）長谷川天渓「自然派の勝利」（明治四〇年一二月「新小説」）。

第一部　鏡花の出発——「観念小説」を中心に——

第一章　「人外《にんがい》」の「信仰」

――「海城發電」論――

一、「海城發電」の二つの評価軸

従来、「海城發電」(1)の評価は、二つの方向からなされてきた。一つは、日清戦争を題材とした戦争小説として解釈するもの、もう一つは、明治二〇年代後半の文壇に流行した「悲惨（観念）小説」(2)の一種として捉えるものである。前者の場合、作中に「ナショナリズムとインターナショナリズムの対立構図」(3)を看取し、主人公である神崎愛三郎がどちらの側に与しているかを判定することで、作品を評価することになる。後者の場合、主人公である神崎愛三郎の「博愛」なる信念への執着という特異な性格傾向に注目し、そこから鏡花の「職業」や「自分の義務」(4)への拘泥を読み取って一篇の主意と結論づけることになる。この際、〝政治〟との関連はあまり強調されない(5)。

しかし、こうした「海城發電」の主題を巡る対立は、みせかけのものに過ぎないのではないか。重要なのは、「海城發電」という作品が、明治二〇年代後半の日本を規定する歴史的文脈を反映しつつも、そこには回収しきれない過剰さを持っていることである。「海城發電」につきまとう違和感については、先行研究でもたびたび指摘されてきた。就中、神崎愛三郎の「博愛」への執着に言及する際、その傾向が強くなる。特に、「ナショナリズムとインターナショナリズムの対立構図」に沿って読もうとする場合、神崎の人物像に漂う違和感が、こうした構図の成立自体を不可能にする「失敗」、あるいは限界として捉えられることになる。神崎愛三郎の人物像は、彼をそのようにみなしたい論者の欲望を裏切って、人道主義者的イメージへと滑らかに統合されることをあくまでも拒み続けているのである。

この点について、松田顕子は、「海城發電」の主題を、反戦あるいは人道主義の称揚とみなすことの妥当性について詳細な検討を行った上で、「ナショナリズム対インターナショナリズム」という二項対立的構図を解除した地平から「海城發電」を読むべきであると主張している。しかし、松田の分析は、「語り手によって明確に言語化されることはない」作品の「可能性」を「予見」することに留まっている。(6)

本章の目的は、この「予見」からもう一歩先へと進むことである。「同時代言説に流通していた二項対立を侵食していく」(7)論理性を引き出し、「海城發電」の「可能性」を「言語化」していく。その際に着目すべきは、やはり「赤十字看護員」神崎愛三郎の人物像である。まず、「海城發電」を明らかな失敗作と断じた宮崎湖處子を始めとする同時代の批評家らが、「海城發電」を含む「悲惨（観念）小説」をどのようなものとして捉えていたのかを検討すると共に、それが日清戦争後に流行したことの意味を考察する。その上で、神崎の「性格」を改めて分析し、「海城發電」の解釈を行っていくこととする。

二、「全き人間を見んとねがふ眼」――「悲惨（観念）小説」の流行――

島村抱月は、明治二八年八月二六日付けの「読売新聞」紙上に、「小説を読む眼」と題した記事を掲載し、日清戦後まもない文壇内にみられる「新流行」を次のように説明した。

第五、観念の見えたるを喜ぶ眼

此に観念といへるは数年前の観念論者の成語と仮り思ひたるにて、概念とも理想とも趣意ともいふべし、例へば「人は恋なければ死す」、「運命は時として罪なきものを殺す」、「人間万事を冷了するものは嫉妬なり」などの如き之れなり、斯かるたぐひの観念まづ作者の胸中に成りて、さてのち巧みに之れに肉を附し皮を附し、一部の小説に仕上ぐるは、此の頃の新流行にて、げに之れまでの小説界の一本調子なりしに比ぶれば、一段の進歩なるに相違なし、偏狭ながらも何処か人間の霊機に触れたるが如き響きして、取りわけ理屈ずきの批評家を喜ばすは是れなるべし、（中略）但し観念小説を読む眼の範囲は到底広きを得ず、斯の道の知識あり好尚の素養ある人士間に限らるべし、此等の人々は、言はゞ人間の一面の真理にて満足せんとするものなり。

こうした「新流行」に対する同様の指摘は、抱月の記事の約一か月前に同紙に掲載された「文壇の風潮につきて」にもみられる。(8)ここでは「従来の小説」が「大抵社会の表面の出来事、人間の外部の所業を写す」のみで「社会の機密も人間の運命も、皆無」であったのに対して、明治二八年の「新作者」たちは、「作中の人物に生命と性格を与へ」、その「精神」を書こうとしているとされた。具体的な例として、広津柳浪の「黒蜥蜴」等の作品と共に、鏡花の「外科室」が挙げられている。

抱月は、「観念小説」を、「偏狭ながらも何処か人間の霊機に触れたるが如き響き」があると評価する。その一方で、「観念小説を読む眼の範囲は到底広きを得ず」と指摘し、先の記事を次のように続けている。

第六、全き人間を見んとねがふ眼

之れは人間の全真相を観んとするものにて、今日の我が小説界には未だ十分この眼を飽かしむるに足るものなし、たゞ露伴が作中の幾部或は之れに近からんも、しかも尚前段に挙げたる観念派と相通ずる節あり、況やそ

の他に於てをや、おもふに我が小説界の純人間派時代は猶程遠きか（後略）

「人間の全真相」を求める抱月にとって、「観念小説」は「人間の一面の真理にて満足せんとするもの」であり、まだ不十分なものでしかない。同様の不満は、この時期の他の批評家にも共有されており、たとえば明治二八年九月の「早稲田文学」においては、「例へば悲劇的結構を取りながら往々にして主人公が苦悶は裏面に蔵し単に其の苦悶の外観若しくは其の結果（死）のみを叙出す、作者としては怯、作としては（殊に単純なる筋の作としては）物たらぬ感を生ぜしむる源なり」（「小説界」）と批判されている。こうした「観念小説」批判は、その有力な書き手とみなされ、新進作家として注目を集めた鏡花への風当たりを強め、明治二九年二月の「青年文」では「渠はよく人間の一側を見る、然れども人間の全体を見る能はず」（「泉鏡花」）と断言されてしまう。

また、この時期には、それまで文壇に多大な影響力を振るってきた尾崎紅葉を領袖とする硯友社の作風全体に対しても、厳しい批判が提出される。その最たる例が、明治二九年一月の「国民之友」に掲載された宮崎湖處子の「硯友社及其作家」である。

由来、硯友社派とは、排想主義と云ふことを意味せり。／『想とは何ぞや、我は想と云ふものを解せず』とは是れ硯友社派の開山紅葉山人。之を喝破する所。其派の作家の斉しく附和する所の硯友社の宣言書ならざりし邪。／想とは何ぞや、意匠なり観念の再現なり、応用されたる創作力の結晶体なり。創作力とは多く人物を排べ、衆く事件を生じ得るの才を謂ふに非ず。人物を因とし事件を縁とし、人物をして事件に触れて、其人自然なる経過を趁ふて、其人自然なる結果の上に来らしむる能力を謂ふ。譬へば糸を結ぶが如し。数条の糸を束ねて、一個大なる糸を作るの謂にあらず、個個離れたるものをして、一処の纈《むすびめ》に会して、其の条理の赴く所に率つて結着し去らめ、之に由て前のものにあらざる一個の新なるものを作るの才を謂ふなり。故に之を作家と云ふなり。

この湖處子の主張は、抱月を含めた他の批評家たちが「観念小説」への批判に仮託して希求していた「小説」の在り方を、端的に説明している。それは、「個個離れたるものをして、一處の纈《むすび》に会」す「条理」、すなわち単線的かつ連続的な因果律を導入し、「想」＝「人間」を全面的に「再現」することである。当時の批評家たちによる「観念小説」批判の裏には、「人間」を過不足なく「再現」することへの強い要請があったのだ。

こうした新たな「小説」を希求する文壇の雰囲気の背後には、日清戦争を契機とするナショナリズムの高揚が存在していた。そうした傾向は、次のような内田魯庵による批評にもよく表れている。(9)

唯智ある国民をして此機運に乗ぜしめよ。戦争が生ずる勢力をして文芸の上に働かしめよ。戦争其れ自身は全く別事に属すれども此機運と此の勢力を善用するは人類の友たる国民としての義務なり。既に戦争に勝ちて油然として滔るゝ「ナシヨナル、プライド」は平和の事業に成功して全人類に福利を与ふるにあらずんば焉んぞ大国民の責任を尽しゝものならんや。／征清の役は厳正なる教課を国民に与へたり。日本に於る総ての調子は一変せり。（中略）戦争に於ける実力は慥に世界の舞台に立つて恥ぢざるを自覚したる国民は文芸科学に於て世界と戦を交ふるを以て大いなる冒険となすや。

日清戦争は、日本の帝国主義的「公定ナショナリズム(10)」成立への本格的な第一歩である。そこでは、引用した魯庵の批評にみられるように、「人間」はただちに〝他者〟（諸外国、この場合は清）に対する「国民」として表象される。ここで注意したいのは、こうした「人間」という概念が、明治四年の解放令以来の四民平等政策によって、旧来の身分的秩序が崩壊した結果、出現したものであるということだ。一連の身分解放政策は、既存の共同体の紐帯から人々を切り離して個別化する方向に作用する。その意味で、「人間」は歴史的過去から切断されている存在なのである。

一方で「国民」とは、共通の歴史的過去を想像的に共有しているとされる人々の共同体であるといえよう。魯庵にしても、先の批評中では「日本は明かに国民が進歩的たるを証するに足る歴史を有せり」として、「三千年来素養せし国粋を一時に渙発」することを求めている。ここでは、「人間」が「国民」となる瞬間に、切断された歴史が「国粋」として回帰してきていることが明確にみてとれる。「人間」と「国粋」という、本来矛盾するものが結びついたとき、「国民」が成立するのである。

しかし、そうした矛盾は、魯庵のような大多数の「国民」自身には、通常意識されない。それは、湖處子においても同様である。湖處子は、「人間」＝「国民」という〝自然〟な感性[11]の上に立って、鏡花の「海城發電」を批判するのである。

渠（鏡花――引用者注）は此の短篇に於て、国家主義と世界主義、愛国心と博愛主義の撞着を描かんとして失敗したるものなり。（中略）渠をして国家的観念を帯はしむるも、その世界的職分と何の矛盾する所あらん。渠をして愛国的気概を有せしむるも、その博愛的精神と何の衝突する所あらん。（中略）作家は之を熱き信仰家なりと主張するも、其人物の不定不透明をば推諉し得し。（「泉鏡花の『海城發電』」明治二九年一月「国民之友」）

湖處子は「海城發電」の「最も大なる失策」として、赤十字の看護員である主人公・神崎愛三郎の「性格」の描き方を挙げている。湖處子の眼には、神崎の「性格」から「国家的観念」が決定的に欠如しているように見える。彼は「海城發電」の主旨を、「国家主義と世界主義、愛国心と博愛主義の撞着」を描こうとしたものと一応は把握しつつも、「渠（神崎――引用者注）をして国家的観念を帯はしむるも、その世界的職分と何の矛盾する所あらん。渠をして愛国的気概を有せしむるも、その博愛的精神と何の衝突する所あらん」と疑問を呈している。

こうした湖處子の感性は、スラヴォイ・ジジェクがヘーゲルを論じつつ指摘する、特殊性を介した個別性と普遍性の共犯関係という構図に正確に重ね合わせることが出来る。ジジェクの言を借りれば、「個人が、実際に普遍的な人類に参与する唯一の方途」は、「特殊的な国民国家との完全な一体化を経由」することである。つまり、「人間」（「個人」）である「わたし」は、「ドイツ人」や「イギリス人」あるいは「日本人」という特殊な同一性《アイデンティティー》に依拠することによってのみ、普遍的な「博愛的精神」に参与し得るというわけである。[12] 先行研究でもしばしば登場する国際主義《インターナショナリズム》とは、「人間」と「国民」の〝自然〟な短絡を批判的に暴き出すものではなく、むしろそれを前提として獲得される態度なのである。

一方で、神崎の「性格」は、「愛国的気概」にも、またそれとの共犯の上にのみ成立する国際主義《インターナショナリズム》にも包摂されない。そのために湖處子は、神崎の「性格」自体を、作品の「不定不透明」な要素とみなし、断固として退けようとする。だがむしろ、この「不定不透明」さこそ、湖處子的な感性を相対化する当のものなのではないか。この点を検討するためにも、不〝自然〟な「信仰家」たる神崎の「性格」により詳しく立ち入ってみる必要がある。

三、「人外《にんがい》」の「信仰」

ここで一度、「海城發電」のあらすじを整理してみよう。神崎愛三郎は、「赤十字」の「看護員」である。彼は清軍に囚われ捕虜となるが、その際、戦闘で傷ついた兵士たちの看護に当たり、遂には清側から「感謝状」を贈られるほどの献身ぶりをみせる。その後は無事救出されるも、捕虜となっている間の態度が「国賊」的だったとして、同胞である「軍夫」(13)たちから激しく非難される。職務外の事柄については一切与り知らぬことであると主張する神崎に対して、「軍夫」のリーダーである海野は、「何故、君には国家と謂ふ観念が無いのか」(二)と訝り「全然《まるで》無神経」(三)だと決めつける。しかし神崎は、「軍夫」たちの罵倒にも、平然としたまま、「無邪気」(四)な面持ちを崩さないのである。

神崎のこうした不〝自然〟な「性格」に対し、海野は最終的に「人外《にんがい》」(六)という言葉を投げつける。神崎の「性格」が「人外《にんがい》」であるとは、〝神崎愛三郎は非人間的である(inhuman)〟といっているのとほぼ同義であると受け取ってよいだろう。この命題は、〝神崎愛三郎は人間ではない(not human)〟とは似て非なるものである。カントは前者のような命題を無限判断、後者のようなそれを否定判断と名付け、厳密に区別している。(14)〝神崎愛三郎は人間ではない〟が意味するところは、神崎が単に人間に属していない存在だということである。だが、〝神崎愛三郎は非人間的である〟という場合は、まったく別種の事柄を意味する。それはすなわち、神崎は「『人間性』として理解されるものを否定するにもかかわらず、人間であることから切り離せない」(15)不条理さによって規定されているということである。

海野は、神崎の「何等か固き信仰ありて(中略)断々乎一種他の力の如何ともし難きものありて存せる」(四)態度を目の当たりにして、「呆れもし、怒りもし、苛立ちもし」(同)とあるように、不安を掻き立てられている。それは、「人間」の姿をしている神崎から、「人間」を超過する「人外《にんがい》」＝非人間的なおそろしさを感知しているためである。ここで注意したいのは、海野が神崎を、「白痴者」(四)なのではないかと疑っている点だ。海野は「国家的観念」を持つ〝正常〟な「人間」に対し、それを理解せぬ〝異常〟な「人間」、すなわち「白痴者」として神崎を位置づけることで、彼の「人外《にんがい》」＝非人間性を理解可能な「人間」の領域に差し戻し、自身の不安を宥めようとする。しかし、この試みは失敗に終わる。こうした神崎の非人間性を理解可能なものにしたいという海野的欲望は、神崎をなんとか人道主義者の一員にしたいという先行研究の論者たちの態度と重なるものである。だが、神崎の「性格」に込められた真の独創を看取したいのならば、このような欲望に抗って、彼の「人外《にんがい》」ぶりを直視するべきなのだ。

神崎の「人外《にんがい》」的「性格」が全面的に現れているのは、彼が、職務上の信念と自身の愛人である李花を天秤にかけて前者をとり、彼女が「軍夫」たちに凌辱されるのを見殺しにする場面である。ここでは、その「性格」の本質をより詳細に考察するため、現存している自筆稿の該当部分の記述と現行本文とを比較しつつ論を進めていく(16)。

［「海城發電」八現行本文］
時に彼の黒衣長身の人物は、ハタと煙管を取り落しつ、其方《そなた》を見向ける頭巾の裡に一双の眼爛々たりき。／あはれ、看護員はいかにせしぞ。面の色は変へたれども、胸中無量の絶痛は、少しも挙動に露はさで、渠はよく静を保ち、徐ろに其筒服《ヅボン》を払ひ、頭髪のやゝのびて、白き額に垂れたるを、左手《ゆんで》にやをら搔上げつゝ、卓《つくゑ》の上に差置きたる帽を片手に取ると斉しく、粛然と身を起して、
「諸君。」
とばかり言ひすてつ。（中略）恬《かく》て五分時を経たりし後は、失望したる愛国の志士と、及び其腕力と、皆疾《と》く室を立去りて、暗澹たる孤灯の影に、李花のなきがらぞ蒼かりける。

［三六丁削除部分］

（前略）□□□看護手を仰留て四五人の軍夫の内に胸尽を取れる者と手を扼れる一人は□□りと左右に□出されつ。「や、おのれ！」と呵して飛蒐れる、海野が右手の急所を捉へて腰なる護身の短剣をするりと抜きて看護員は無言のままに屹と起ち、動揺めき、ひしき、押合ひ、揉み合ふ軍夫等来れと麾きつ。李花は救はるべかりしなり。一団の腕力は渠を制すること能はざりき。振放さむともがきて得ざりし海野百人長の右の腕を看護手の手よりもぎ放して再び捕ふるを押隔て、追はむとするを遮りて、看護員の胸の辺につと

［三八丁削除部分］

差出せる片腕あり。唯見れば鮮血颯とあふれて、（原文では「月」に「冘」）のあたりの上衣を通し、余の滴々拳をつたひ床に流れて手疵を印せる、右手に握持てる鋭刀にはな《ママ》はかぬ血汐を染めなしたる、こは渠自ら疵つけたるなり。誰そこの疵の持主は、他なし彼のつと驚き見る黒衣の人物、手疵を神崎に差示せるま、ものもいはで突立てる面を蔽ふ頭巾深きに一双の眼爛々たり。看護員はじつとばかりに奇怪なる疵を見詰めてや、しばらく石化するもの分時なりし、真蒼になりて戦きつ、抜剣をはたと取落して其手を片手に持添へながら左手に衣□を掻探り手用意の綿繖糸を取出しつ。（鏡花自筆稿「海城發電」／（　）内は引用者／□は判読不明箇所）

引用のうち、最初の一つは現行本文の凌辱場面、後の二つは削除された自筆稿での同じ場面である。両者を読み比べてみると、神崎が「軍夫」に乱暴される李花を助けようとしている自筆稿の方が、物語の展開としては〝自然〟であると感じられる。しかし、神崎の「性格」に焦点を合わせてみると、それは現行本文以上に不〝自然〟に見える。その理由は、「黒衣の人物」（末尾において「英国ロンドン府　アワリー、テレグラフ社」に属する記者「じょん、べるとん」であると明かされる）の振る舞いの差異にある。

自筆稿中の「黒衣の人物」は、故意に傷つけた腕を神崎に差し出し、彼の為すべき行為を明確に指し示している。李花を救おうと「軍夫」たちと格闘していた神崎は、「黒衣の人物」の「疵」を見て「石化」した後、剣を「取落して」治療を始める。このため、神崎が李花を見捨てたのは、「黒衣の人物」に盲従した結果であると、強烈に印象づけられる。こうした「黒衣の人物」と神崎の関係は、カントが『実践理性批判』で、人間が仮に「最高の智慧（神）」に直接触れた場合の説明を髣髴とさせる。カントはそこで「大方の合法則的行為は恐怖にもとづき、また極く少数の行為だけは、希望にもとづいて為されるが、しかし義務にもとづく行為は絶えてないということになるだろう。（中略）つまりマリオネット（操り人形芝居）におけるように、巧みな仕草ではあるが、しかし登場する人物にはいささかの生命も見出せないであろう」(17)と述べる。自筆稿中での神崎は、いわば「神」にも似た「黒衣の男」の「マリオネット」にすぎない。神崎はただ機械的に「治療」をさせられているだけで、彼が自由に判断を行う余地はない。一方、現行本文の「黒衣の人物」は、神崎を「爛々」とした「一双の眼」によって注視するのみで、彼に対して如何なる指図もしない。今・ここで何を為すべきかについての指標が無い状況で、神崎は自らの行為のみを根拠に「信仰」を打ち立てることになる。

自筆稿から現行本文へと移行する際に切り開かれたのは、神崎の自発性の次元である。海野に「『しっかり聞かう、職務外のことは、何もせんか!』」（七）と迫られた時、神崎はある岐路に立たされた。それは、自らの「信仰」を裏切って自分の愛人たる李花を救うか、「信仰」を守り通すために彼女を見殺しにするか、という窮極の選択である。これはまさにラカンのいう「自由か死か」(18)の問題だといえる。自らが自由であることを証明する唯一の方途は死を選ぶことでしかないのと同様、神崎もまた自らの「信仰」への証立てを行うためには、愛人を犠牲にするという「人外《にんがい》」の選択を行わなければならない。そして、この窮極的な選択の前で、「英雄は、たいてい『屈し』、単なる裏切り者になり下がることなく〈大義〉を棄てることになる」(19)。なぜなら、「罪のない人間を死なせること」

は、「ある種の『英雄的非道』、『人でなし』な選択」だからだ。つまり、「人間性が倫理の限界、義務の限界」なのである。[20]しかし、神崎はまさにこの「限界」を「胸中無量の絶痛」に堪えつつ自発的に踏み越える。一方、「軍夫」たちの側には、李花を人質にとられ窮地に追い込まれた神崎が、彼女への愛着という利己的な関心に衝き動かされるがまま、「信仰」への執着を手放す瞬間を目の当たりに出来るだろうという残忍な期待が、まぎれもなく存在していた。彼らはいわば、神崎が「人間」へと堕する瞬間を待ち望んでいたのである。しかし、彼らの期待とは裏腹に、神崎は「人外《にんがい》」のままであり続けた。それゆえ、「軍夫」たちは「失望」せざるを得なかったのである。

神崎の発した「諸君」の一語には、「それでも自分は諸君に同意しない」という、「人間」と「国民」を自動的に短絡して「国家的観念」への奉仕を強要する海野ら「軍夫」に対する絶対的な拒絶が込められている。そして、この拒絶によって、神崎の「信仰」は、「人間性」という「限界」を踏み越えた先にある「人外《にんがい》」の「倫理」としての姿を現すのである。

四、「人外《にんがい》」の闘争

結果として一人の女性を死へと追いやった神崎の「信仰」を糾弾するのは、たやすいことだろう。しかし、「倫理」とは本来「行きすぎたもの」であり、その過剰性を抜きにしては意味を持たない。「倫理」は、「欲望を抑制する——あるいは手なずける——一連の規範」[21]ではないのだ。それは常に、ほどよく保たれた共同体の秩序を揺さぶる剰余として現れるのである。

神崎がそうした「倫理」としての「信仰」を携えて海野たちに対峙する時、そこには湖處子が見て取った「国家主義と世界主義、愛国心と博愛主義の撞着」とは別種の対立が浮上してくる。神崎は、彼を「国賊」と罵る「軍夫」たちに、自らの立場を次のように表明する。

「（中略）自分の職務上病傷兵を救護するには、敵だの、味方だの、日本だの、清国だのといふ、左様な名称も区別も無いです。唯病傷兵のあるばかりで、其他には何にもないです。（中略）愛国心が何《ど》うであるの、敵愾心が何《ど》うであるのと、左様なことには関係しません。自分は赤十字の看護員です。」（五）

ここで神崎が、「日本人」や「支那人」といった特殊性に拠って語っているのでないことは、一読して明らかである。彼は「赤十字の看護員」として、「日本」や「清国」といった「想像の共同体」[22]の外に立つ。そこには「唯病傷兵のあるばかり」で、「日本だの、清国だのといふ」「名称も区別も」存在しないのである。神崎の立場を、「世界主義」的なそれと混同しないよう注意する必要がある。「渠をして国家的観念を帯はしむるも、その世界的職分と何の矛盾する所あらん」という湖處子の素朴な不満が示しているように、「国家主義」と「世界主義」は対立するどころか、むしろ前者を経由することが後者に参与する必要条件となっている。「赤十字の看護員」とは、このような「世界主義」を本質的に拒否する立場である。

このことから、神崎がその「いかなるものか」をはっきりと体得しているとされる「赤十字社の元素たる、博愛」（六）の内実も見えてくる。それは、「日本」「清国」といった、あらゆる特殊な共同体の利害関係から切断されたところに成立する公共性を意味している。神崎が「赤十字の看護員」であることを徹底的に追究していく過程で、帝国主義的な利害係争の場である「日本」対「清国」という図式は解体される。そして同時に、「日本人」あるいは「清国人」として戦い、傷ついた兵士たちは「病傷兵」として再編され、「博愛」の元に治療を施されるのである。

神崎が「赤十字の看護員」であることに殊更こだわる態度は、ジジェクが提示する聖人トマス・モアの姿を髣髴とさせる。ヘンリー八世は自身の離婚を承認するよう、トマスに強い政治的圧力をかけたが、彼はヘンリー八世の要請をあくまでも拒んだのである。しかし、この種の度を超えた「厳正さ」は、「『共同体主義』的な立場」に拠る者たちの眼には、かえって「王権の安定を、それゆえ社会秩序の安定を脅かす」ものとして映る。このため、彼らはそうした「厳正さ」をむしろ「悪」とみなし、その「不合理」かつ「自己破壊的な身振り」を糾弾し始めるのである。[23]

海野ら「軍夫」たちが神崎を「国賊」と罵ったのは、彼の態度からまさにこうした「悪」の匂いを嗅ぎ取ったからにほかならない。神崎のこだわりは、海野たちが依拠する共同体＝「日本」を決定的に脅かす不穏さをはらんでおり、それゆえに彼らの怒りを買う。「日本」及びその国是のために行われているとされた戦争を否定しかねぬ神崎の態度は、それがいかに正しかったとしても、海野たちには「共同体の〈善〉をないがしろにする、根源的反抗」[24]と受け取られる。こうして、神崎は国家の敵対者と決めつけられ、「愛国の志士」（五）たちからの激しい憎悪にさらされるのである。

しかし、神崎は「博愛」という公共性の領域から、「軍夫」たちの後ろ盾である「国家的観念」にあくまでも抗った。「海城發電」において、「赤十字の看護員」とは、「国民的観念」に対する最も根源的な抵抗の形象なのである。神崎は捕虜となった際、献身的な看護を行ったことに対して、「清国」側から「感謝状」を贈られている。海野は、「日本」の「敵」からの「感謝状」を受け取った神崎を非難して、「『良心に問へ！』」と叫ぶ。しかし神崎は、「『些少《ちっと》も良心に恥ぢないです。』」と「潔く」答える。なぜなら、彼の「良心」は「国家的観念」ではなく、あくまでも「博愛」に根ざしたものであるからだ。

神崎が「赤十字の看護員」であること、そしてそのことを支える「博愛」への厳密な「信仰」は、「日本」対

「清国」という特殊な共同体同士の係争の論理を掘り崩す。それは同時に、「国家主義」と「世界主義」、「人間」と「国民」が矛盾することなく接続されていく湖處子や魯庵の如き感性をも動揺させる。こうしてみれば、湖處子やその他の批評家たちが、「海城發電」を始めとした鏡花のこの時期の作品から不〝自然〟さを嗅ぎ取ったのも無理はない。なぜなら、鏡花はこれらの作品で、「人間」すなわち「国民」を超過し共同体を動揺させる「人外《にんがい》」＝「悪」をこそ書いていたからだ。鏡花の「人外《にんがい》」たちは、その過剰性によって「人間」の秩序を必然的に相対化してしまうのである。

「海城發電」は、「軍夫」たちと神崎の闘争を、「人間」＝「国民」と「人外《にんがい》」的存在との敵対関係として描き出した。その闘争の場において、神崎が堅持する呵責なき「信仰」にこそ、「国家主義」にも「世界主義」にも還元されない第三の道の可能性、「博愛」という名の公共性の領域への参与を保証する「人外《にんがい》」の「倫理」が見出せるのである。

注

（1）「海城發電」は明治二九年一月「太陽」に発表され、後に春陽堂版『鏡花全集』巻二（大正一五年一一月）に収録された。松田顕子は「『海城發電』は〈反戦小説〉とされているのだが、本作がそのように認識される最大の契機とは、戦前の岩波版『鏡花全集』（括弧内省略）には『海城發電』『琵琶伝』が収録されず、その理由が当局の検閲に配慮したものであることに遡源できる」（「〈反戦小説〉の根底―泉鏡花『海城發電』とナショナリズム―」平成一九年五月「日本近代文学」七六集）と指摘し、全集編集者の作品の収録可否を巡る自主規制的判断が、「海城發電」の作品解釈に一定の影響を与えてきたとしている。

（2）酒井敏「『鷗翻搔』の諸問題―『めさまし草』巻之一・巻之二における日清戦争関連作品評を中心に―」（平成一一年三月「国文学研究」一二七号）。

（3）たとえば、松田（注1）・酒井（注2）前掲論文、三浦一仁「泉鏡花――反戦小説家として」（昭和五八年四月／西田勝編『戦争と文学者』三一書房）、小笠原幹夫「えがかれた日清戦争―独歩・子規・鏡花の動向を中心に―」（平成六年一〇月「文芸と批評」七〇号）、菅聡子「日清戦争という〈表象〉――一葉・鏡花のまなざしをめぐって」（平成一六年八月「叙説Ⅱ」八号）、上田正行「鏡花と日清戦争／覚書」（平成二一年三月「鏡花研究」一二号）がある。

（4）三田英彬「泉鏡花の位相―観念小説その他をめぐって―」（昭和三七年九月「国文学論叢」五輯）。

（5）たとえば、村松定孝『泉鏡花事典』「別巻（二）海城發電」（昭和五七年三月／有精堂）は「作者の意図は、看護員神崎の世界観の強調にあったと考えられる」として「本作も観念小説の分類に属するものといえる」と説明している。

（6）松田（注1）前掲論文。

（7）松田（注1）前掲論文。

（8）明治二八年七月三一日掲載。署名は天遊。

（9）内田魯庵「智ある国民をして機運に乗ぜしめよ」（明治二八年四月一三日・二三日「国民之友」）。

（10）ベネディクト・アンダーソン『増補　想像の共同体』（平成九年五月／NTT出版）。

（11）こうした〝自然〟な感性がいかにして成立するかという点については、絓秀実が『「帝国」の文学　戦争と「大逆」の間』（平成一三年七月／以文社）で詳細に論じている。

（12）スラヴォイ・ジジェク『パララックス・ヴュー』（平成二二年三月／作品社）。

（13）日清戦争当時の軍夫については、大谷正「「文明戦争」とその矛盾――日清戦争の軍夫問題に関する覚書」（平成五年一月／石村修他編纂『いま戦争と平和を考える』／国際書院）などに詳しい。

（14）イマヌエル・カント『純粋理性批判』上（昭和三六年八月／岩波書店）。

（15）（注12）前掲書。

（16）「海城發電」には数種の草稿と、自筆稿が残されている。金沢近代文学館に所蔵されている草稿については、松村友視が「鏡花初期作品の執筆時期について」（昭和六〇年一〇月「三田国文」四号）の中で、慶應義塾大学図書館に所蔵されている鏡花の自筆稿については、吉田昌志が「泉鏡花『海城発電』成立考」（平成五年三月「青山語文」二三号）の中でそれぞれ詳細な分析を行っている。

(17) イマヌエル・カント『実践理性批判』(昭和五四年一二月／岩波書店)。
(18) ジャック＝アラン・ミレール編／小出浩之他訳『精神分析の四基本概念』(平成一二年一二月／岩波書店)。
(19) アレンカ・ジュパンチッチ／冨樫剛訳『リアルの倫理――カントとラカン』(平成一五年二月／河出書房新社)。
(20) (注19) 前掲書。
(21) (注19) 前掲書。
(22) (注10) 前掲書。
(23) スラヴォイ・ジジェク『否定的なもののもとへの滞留』(平成一〇年四月／太田出版)。
(24) (注23) 前掲書。

第二章　「悪魔《サタン》」の挑戦
――「貧民倶楽部」論――

一、抵抗する「悪」

「貧民倶楽部」は、明治二八年七月一二日～九月六日（推定）にかけて「北海道毎日新聞」紙上に断続的に連載された。(1)この作品が、先行するルポルタージュや、新聞・雑誌記事からの影響を受けつつ成立したことは、諸家の手によって明らかにされている。(2)その中でも特に大きなインスピレーションを作家に与えたとされているのが、松原岩五郎による貧民窟探訪記『最暗黒の東京』(3)である。本書の中に、「貧民倶楽部」という章があることからも、両者の関連を読み取ることはそれほど難しくはない。しかし、「貧民倶楽部」は、これらのルポや記事類を繋ぎ合わせ、活劇調で味付けしただけの作品ではない。たしかに、「貧民倶楽部」の「貧民」たちは、多くの下層社会ルポルタージュが用いている通俗的な貧窮民のイメージを共有しているが、(4)むしろそれらを利用し尽くすことによって、本作は傑出した小説となったのである。

「貧民」たちの闘争は、作中では「則《おきて》」や「式作法」という言葉で現れる法的規範への様々な侵犯という形を取る。だが、それらを単純な違法行為と同一視することは出来ない。彼らの行為は単なる法律違反ではなく、法とは何であるかを再定義する侵犯だからである。法は善事と悪事の境界、あるいは貴と貴以外の境界を画定し、後者の要素を〝犯罪〟や〝賤〟として秩序の中に配置する。こうした配置は、有形無形の様々な実践によって不断に

（再）固定化される。一方で、「貧民」たちは、「華族」が自分たちの利害を守るための手段として法を利用することに、断固たる異議申し立てを行う。彼らは、「華族」にとって都合の良い秩序を保つための〝必要悪〟という立場に甘んじることは決してない。功利主義の道具に成り下がった「則《おきて》」を、「貧民」たちが容赦なく踏みにじるとき、彼らの行為は法を定義し直し、現実を新たに書き換えていく倫理的な闘争となるのである。

こうした「華族」の「則《おきて》」への抵抗のモチーフは、「貧民倶楽部」において突然現れてきたわけではない。田中励儀は、「貧民倶楽部」の自筆稿を検討した結果、本作初期の構想においては、「義血俠血」「夜行巡査」といったいわゆる「観念小説」と共通する主題――〈義務感〉、あるいは〈法〉と〈情〉の対立――が強調されていることを指摘している。(5) また、松村友視は、鏡花の作品に現れる善悪概念の特殊性に着目する。そして、一般的には〝善〟とされる「日常社会の論理」の担い手が、鏡花作品においては「悪玉」とされ、「日常性に抗する」側（一般的には〝悪〟とみなされることが多い）が、「善玉」として描かれる「逆転した構図」がしばしば採用されると分析している。(6) 「貧民倶楽部」の場合も、「日常性」を保つ「則《おきて》」に与しているのは「華族」であり、この「則《おきて》」に抵抗する存在が「貧民」である。秩序の安寧と調和を至上命題とする「日常社会の論理」にとって、「貧民」は〝悪〟以外のなにものでもない。「貧民」たちの闘争は、こうした「日常性」の「則《おきて》」を解体することを目指すものなのである。

二、「下層」に蠢く地熱

『最暗黒の東京』の中に「下層の噴火線」という章がある。人力車と馬車の競合が激化する中で追いつめられた車夫たちは、彼等の営業を妨害する「商売ガタキ」の連中を、「一揆、暴動」によってでも排除しなければならないと息巻いていることが報告されている。しかし、いくら怒りに燃えていても、「彼等の夥伴には発頭人、巨魁たるべき人物なく而してまた彼等の社会には檄文、集会、団結、同盟等の器械的勢力もしくは精神的運動力においてすこぶる微弱」であるため、容易に蜂起することが出来ない。「彼等の憤焔」は爆発することの無いまま各々の胸にわだかまり、鬱積していく。松原は、こうした状況を「下層の噴火熱はいまだ噴火山脈の径道を探り得ずして、尚地下に混乱融液するの状を見る。（中略）下層の融液は苦熱の度を加ふに随ッて発作し、突然意外の処に沸騰するの奇観あるべし。馬車会社は一個眇然たる山形に過ぎざるべしと雖も、彼等のためには危険なる火山質にて、恰も其火導脈に居るもの、ごとし」と、比喩を用いて巧みに説明している。まずはこの比喩に、一本の補助線を導入してみることからはじめよう。

フランスの技術者サディ・カルノーが一八二四年に発表した論文「火の動力、および、この動力を発生させるに適した機関についての考察[7]」によれば、「熱は運動の原因」であり、「大気の擾乱、雲の上昇、降雨、その他もろもろの大気現象」、「水の流れ」、「地震や火山の爆発」もすべて、地球という〈貯蔵庫〉に貯えられた膨大な量の「熱」が原因となって起こるものとされる。だが、単に「熱」があるだけでは「運動」は生まれない。カルノーを踏まえ、ミッシェル・セールは「必要なのは低温を手に入れることである」という。「差異に媒介されなければ何も生じない[8]」。「熱さ」と「冷たさ」の間の「温度差」が、「運動」を生み出すのである。このようなメカニズムを利用して作られたのが、蒸気機関であることはいうまでもない。

ここから、松原の比喩を検討してみよう。車夫達は、「下層」といういまだ「噴火山脈の径道を探り得」ない閉鎖空間に押し込められている。彼らは「切歯扼腕」しながら、開放＝解放の糸口を求めている。そしてひとたび抑圧されていた彼らの「噴火熱」が解き放たれたとき、途方もない力が、「突然意外の処に沸騰する」。それはもしかすると、「一揆、暴動」にはとどまらず、革命と呼ぶに相応しい動乱をもたらすかもしれない。車夫の不満の蓄積と、それを契機とした騒擾に対する危惧を、社会の地下に潜在する「熱」になぞらえた松原は、熱力学的なパラダイムによって貧窮民たちの状況を捉えている。

『最暗黒の東京』の影響下に成立したとされる鏡花の「貧民倶楽部」においても、この熱力学的な比喩を用いて、貧窮民による騒擾の予兆が語られている。たとえば、「鮫ヶ橋」の「貧民」たちと対決し、破れていく貴婦人・深川綾子は次のような危惧を述べている。

「(前略)今の貴嬢《あなた》の御談話《おはなし》といひ何《ど》うも私の考へでは、鮫ヶ橋は容易ならぬ処です。何時かそれ慈善会を打毀した、あの恐しい女乞食も鮫ヶ橋の者ですよ。斯う申せば何ですが、四ッ谷の空の一方には、妖い雲が立上つて穏やかならぬ兆候《きざし》が見えて、今にも気に懸つてなりません。(後略)」

「鮫ヶ橋」上空の大気中で、水はめまぐるしく変質し、「妖い雲」として「立上」ってくる。そこで起こっているのは、不断の「運動」であり、力の生成なのだ。この「運動」が「穏やかならぬ兆候《きざし》」と華族たちの目に映るのは、このような「雲」の原因が、「鮫ヶ橋」という「人類の最下層」の中に貯えられている膨大な「失望不平の一大塊」としての「噴火熱」だからにほかならない。

この「一大塊」を、「鮫ヶ橋」から市街に解放した「不思議の導火」こそ、「女乞食」丹である。彼女は、「六六館」の「婦人慈善会」に単独で乗り込んで、貴婦人たちを挑発するために平然と衣服を脱ぎ、「燃ゆるが如く鮮麗」な「長襦袢」の「紅裏《もみうら》」を翻して、品物の「襯衣《シャツ》」を身に着け、さらには猛烈な「火焔」にも似た悪口を吐いて、その場に居合わせた者達の心胆を寒からしめる。「熱」、そして「火」は、常に「撹乱、上昇、落下、流れ、震動、爆発」といった「一切の運動の原因」となる。(9)「火」の女・丹は「神聖なる慈善会」に不穏な「熱」を持ち込み、激しいつむじ風にも似た「紛乱」を生じさせた。

だが、彼女は単に「火」であるばかりではない。彼女の「目」には、「見る者を慄然と」させる「冷か」さが宿っている。「火（熱）」と「冷」の両方を刻印された彼女は、差異そのものを内包している。神出鬼没としかいいようのない常人離れした丹の「運動」性は、この差異の刻印に起因している。つまり彼女は、生ある限り自ら「温度差」を生み出し、力を生成し続ける永久機関である。このような装置は、物理学的には不可能であるが、小説の中では恐るべき革命機関として、縦横無尽の活躍を見せることになるのである。

三、「探訪記者」であること

丹は「鮫ヶ橋」に住む「貧民」たちを取り仕切る「恐るべき女乞食」であると同時に、「京橋」にある「毎晩新聞社」の「探訪員」でもある。この設定は、当時よく行われていた、スラム街を「探訪」してはその成果を記事にまとめて発表する「探訪記者」のスタイルからヒントを得たものだろう。松原岩五郎は、こうした「探訪記者」の代表格であったわけだが、丹の「探訪」するところは都市下層社会ではない。「下層」と対立するかのように見えて、実はそれと相補的な関係を保つことで社会秩序を安定させている〝上層〟、すなわち「華族」たちのサロンに入り込んで行くのである。丹の「探訪」能力は高く、「交際社会のクイン」であった深川綾子の不品行を摑み、最終的には彼女を狂気に追いつめている。

現実の「探訪記者」による貧民窟探訪記は、「暗黒」に包まれている未知の世界である下層社会を、華やかな都市の「裏」に隠された「真実」として白日の下に晒すことを目的としていた。[10] 一方、丹が「毎晩新聞社」所属の「探訪員」として探るのは、清廉な上流階級の「裏面」、つまり「華族」達の不道徳的な素顔である。新聞社の「探訪員」として丹を設定しながら、その探索の矛先を現実の「探訪記者」たちが向かったのとは正反対の〝上層〟に潜入させたところに、鏡花のジャーナリズムへの批判を読み取ることも可能だろう。しかし、この設定をそうした風刺的パロディとしてのみ読むことは、丹という希有な永久機関を、あまりにも単純化することになる。彼女が「探訪員」であることがどのような意味を持つのか、より詳しく考えてみたい。

　ここで注目したいのは、現在ならば新聞記者の倫理に悖る行為と批判されかねぬ情報操作を、丹がしばしば行うことである。それは、作品の冒頭から始まっている。「六六館」の「慈善会」に出席するために馬車を走らせていた在原伯爵夫人一行は、「馬車の前途に当つて往来の中央に、大の字に寝たる屑屋」に行く手を遮られる。「屑屋」は、「眼を閉じ、歯を切《しば》り、音するばかり手足を悶えて、苦痛に耐えざる風情」である。しかし、一行は彼を邪慳に追い払い、平然と馬車を出発させる。この様子を一部始終眺めていたのが、丹である。彼女は件の「屑屋」に近づき、「『こう、太の字、〳〵。』」と声をかける。すると、彼は「苦も無く起上が」る。二人は示し合わせて一芝居打ったのである。丹は、一行の情け容赦のないあしらいを書きとめ、犬の「じやむこう」を使って「毎晩新聞社」へと通信する。その記事は、伯爵夫人の体面のみならず、彼女が中心の一人となって行っていた慈善会の評判にも泥を塗ることになるのである。

　このエピソードにおいて、伯爵夫人の邸宅から「六六館」へと続く道に現れた「屑屋」の身体は、その周囲に散乱する「紙屑、襤褸切、硝子の破片」、彼の上げる「呻吟」と共に、一行の通行を妨げる一種の雑音である。この雑音によって、それまで滞りなく進んでいた伯爵夫人たちの行く手を遮るいざこざが生じる。丹は、このいざこざを情報に変換し、新聞紙上に公表する。そうして社会に投じられた情報は、「雑報」の名に相応しく、「華族」社会に動揺をもたらす雑音として機能するのである。情報とは雑音の別名であり、混乱や熱狂、暴動といった社会的運動を生じさせるための「導火」なのである。丹の「探訪員」としての活動は、静的な秩序のあちこちに様々な「情報の火[11]」を投げ入れて、「華族」たちを攪乱し、秩序の変更と更新を引き起こす契機を生み出していく。

一方、「華族」たちは、丹の仕掛ける情報戦に振り回され、後手に回ることを余儀なくされる。慈善会を滅茶苦茶にされ、悔しさのあまり「『あゝいふ乱暴な貧民は何人あらうと、一人々々ふん縛るわけには参りませんか』」とせがむ「華族」の令嬢・小濱照子に、在原夫人は自身の経験を踏まえて、「『不可《いけ》ません、左様《さう》いたすとまた新聞で散々悪体を申すだらうぢやございませんか』」と制止している。こうした状況を受け、大木戸伯爵が「『面倒なら停止をささうか』」と、新聞の発行停止を持ちかけているのは、まことに理に適った提案といえる。伯爵は、支配者としての特権を発動させ、「貧民」たちから、情報とその発信源を取り上げることによって、手っ取り早く秩序の維持と回復を図ろうとしたのである。

だが、この提案は、「『それでは、非《あら》を蔽ふのです、其上彼《あ》の新聞も、在原の夫人が屠犬児《いぬころし》を御恵みなすつたことなどは大層誉めたではございませんか。今停止をさせたでは卑怯に当りますよ。』」という深川綾子の反論で潰えてしまう。夫人の犬を手にかけた「屠犬児《いぬころし》」の彌陀平に情けをかけるよう入れ知恵をし（だが実は、この騒動もまた丹が故意に仕組んだものであった）、「如彼《あゝ》して置いて様子を見ませう。もし今日のことが新聞に出ますやうだと、何物か我々の社会の挙動を探つて世に曝露しようと企るものがあるのです。」と言っているところからもわかるように、綾子はある程度丹たちの企みの意図を見抜いている。しかし、情報戦のイニシアチブを握ることが、「貧民」たちとの闘争の中で優位に立つ鍵であると把握していたにも関わらず、彼女は新聞の「停止」を拒否してしまう。情報（源）を独占し、その流通を調節管理するという権力者としての権能を自ら放棄してしまったことが、後々綾子を窮地に追いやることになるのである。

四、妨害者であること——「慈善」への抵抗——

「貧民倶楽部」の中での最大の見せ場は、丹が「貧民」たちを引き連れ、「六六館」の「慈善会」に殴り込みをかける場面である。

> 朽葉色に垢附きて、見るも忌はしき白木綿の婦人《をんな》の布を、篠竹の頭《さき》に結べる旗に、（厄病神）と書きたるを、北風に煽らせ、意気揚々として真先に歩むは、三十五六の大年増、当歳の児を斜に負うて、衣紋背の半《なかば》に抜け、帯は毒々しき乳の上に捩上《よれあが》りて膏切つたる煤色の肩露出せり。顔色青き白雲天窓《あたま》の膨《ふく》張だみて、頸は肩に滅入《めいり》込み、手足は芋殻の如き七八《な、つやつ》歳の餓鬼を連れたり。（中略）続くは十五六の女、蒼面、乱髪、帯も〆めず、衣服も着けず、素肌に古毛布《げつと》を引絡《まと》ひて、破れたる穴の中より如亀《によツき》と天窓《あたま》を出せるのみ（以下略）。（中略）総勢数へて三十余人、草履或は跣足《はだし》にて、砂を蹴立て、埃を浴び、一団の紅塵暝朦たるに乗じて、疾鬼横行の観あり。

この「疾鬼横行」にも似た「総勢数へて三十余人」の「異様な行列」は、在原邸から「六六館」へ向かう綾子を乗せた「腕車《くるま》」が、「勢好く我善坊を通る時」、その通行を妨げるようにして現れる。「華族」の通行を、「貧民」がふいに妨害する、という構図は、いうまでもなく先の在原夫人に対するものと同様である。

「屠犬児《いぬころし》」、「屑屋」といった「究竟《くつきやう》の漢」を左右に従え、殿に丹を置いた行列は、「破《やぶれ》三味線、盲目《めしゐ》の琴、南無妙太鼓、四ッ竹などを、叩立て、掻鳴して、奇異なる雑音」を上げながら、焔にも似た「紅塵」を巻き上げ、「六六館」に雪崩れ込んでいく。館内の秩序は破れ、代わりに、「貧民」たちの「乱暴狼藉」によるグロテスクな祝祭空間が現れる。丹は「貧民」たちに、「『餓ゑてるものは何でも食ひな、寒い手合は其処らにある切《きれ》でも襯衣《しゃつ》でも構わず貰へ』」と「下知」を出す。その声を聴いた彼らは、慈善会に出品された品物を「散々に喰散ら」していく。文字通り食物をむさぼり食う「貧民」たちは、「華族」たちに向かって、「口中得ならぬ臭気」を漂わせながら、激しい「悪口雑言」を浴びせかける。それらの「暴言」や「気焔」は、食物が摂取されるのと同時に、排泄物のように吐き出され、撒き散らされる。

この騒乱において、支配と被支配の関係は完全に逆転する。「華族」たちは、「雑音」（情報）を掌握してコントロールする権能を失い、「貧民」たちの「罵詈雑言」に茫然として言葉を無くすか、「頭を低れて無念がる」ばかりである。このとき、引用文に表れている一連の「貧民」に対する形容は、同時代の貧窮民に関する言説と共通しているにも関わらず、それらが固定化してきたイメージをもはや共有していない。「毛虫、芋虫、蛆、百足」、あるいは「蛇」や「鼬、鼯鼠」等である彼らは、声を奪われたまま秩序維持のために一方的に駆除される〝害虫（獣）〟や〝病原菌〟ではもはやない。彼らは「乱暴狼藉」によって、秩序を内側から「喰散ら」すと同時に、「華族」たちの「慈善の慾」が彼らの望む形で実現されることをも阻害する力に満ちた存在となっている。

そもそも、「華族」主催の「慈善会」[12]は、最初からその胡散臭さがあからさまに強調されていた。たとえば、品物を購入した際、売り子の令嬢から「剰銭《つり》」を返して貰えなかった「官吏」は、この会を「慈善」の名を借りた「体のい丶強奪《ぶつたくり》」だと評している。「華族」たちは、「貴き身を戯に謙《へりくだ》り、商業を玩弄《もてあそ》びて、気随《きまゝ》に一日を遊び暮らす」と書かれる通り、世俗的な賞賛を得、自らの立場の優位性を確認する手段として「慈善」を利用し、「玩弄《もてあそ》」んでいるのである。

「慈善会」の真の目的が、「華族」たちのナルシスティックな欲望を満たすことにある以上、彼らの自意識を傷つけるような存在は、そこから排除されねばならない。たとえば、丹が率いる「貧民」たちなどは、排除の対象の最たるものだ。彼らが「六六館」に押し入ろうとした際、入り口に立ち塞がった男は、「『断《た》つて入りたくば切符を買へ、切符を。一枚五十銭だぞ、汝等《うぬ》に買へる理屈は無い哩《わい》』」と傲然として言い放ち、「慈善」の場から「貧民」を締め出そうとする。「一枚五十銭」の「切符」は、「慈善」へ参与する資格を持つ者と、そうでない者を選別する指標として、「華族」側が恣意的に設定した「則《おきて》」である。こうして「華族」たちは、「則《おきて》」をも自らの私欲を満たす道具として「玩弄《もてあそ》」ぶ。彼らは、自分たちの利益に沿う限りは「則《おきて》」に従うが、そうでない場合はいとも簡単に「則《おきて》」を裏切り、改変する。これらは法を私的な利害に奉仕する手段にまで切り下げ、その尊厳を冒瀆する態度にほかならない。そして、この功利主義的な動機に基づいた「則《おきて》」への外面的な服従こそ、丹たち「貧民」が「華族」たちの悪徳として最も憎み、激しく糾弾するものなのである。

「慈善会」襲撃事件をうけ、「鮫ヶ橋」に住む「貧民」たちの動向を危惧した綾子は、「宗福寺」での「大規模な施行」を開催し、彼らの懐柔を試みる。ここでもまた、「鮫ヶ橋」に住む「貧民」のみを「慈善」の対象とし、それ以外の「貧民」を排除するという恣意的な「則《おきて》」が設定される。この「則《おきて》」のために、「豆付屋《ママ》」「屑屋」「洗濯婆」といった「鮫ヶ橋」の住人以外の「貧民」たちは、日々の「商売」を妨げられてしまう。ここでも、「華族」の「慈善」が、かえって「貧民」たちを困窮に陥れる逆説的な構図が露わになっている。

しかし、「鮫ヶ橋」の「貧民」たちは、「華族」の自意識を補完するために行われる「慈善」をまたしてもきっぱりと拒絶する。この際、彼らは「六六館」で起こした暴動とは対照的に、無視という非暴力的な方法を採用している。

時既に黄昏ぬ。正午頃より今に至るまで、米を計りて待構へたる鮫ヶ橋の貧民等恩に浴せむとて来《きた》る者無く、貧童一人《にん》の影だに見えず。さなきだに葬礼法会ありしと聞けば、魚の腸に寄する鳶の如く十里を遠しとせざる輩が、然も丁寧に告げ知らせしに、召に応ぜざるはそもいかに、貴婦人方は本意《ほい》なげなり。（中略）「早く帰つて汝等《うぬ》の主人に（あばよ）といへッて、お丹様のお言《ことば》だい。」／黄昏の頃油揚坂より続々として曳出だす、馬車、腕車《わんしや》数十輛、失望、不平、癇癪などいふ不快なる熟字を載せたるは、これ貴婦人の帰途《かへるさ》にて、徒《むだ》になりたる百余俵の施与米を荷車に積みて逆戻り、笑止なりける次第なり。

「米を計りて待構へたる鮫ヶ橋の貧民等恩に浴せむとて来る者無く、貧童一人の影だに見えず」とあるように、貧民たちは「華族」の寛容を退ける。なぜなら、彼らの寛容とは、「華族」を利する「則《おきて》」の中に、憐れみと同情を乞うことで生き延びることのできる無力な存在として「貧民」を位置づけ、「華族」を頂点とする秩序の安寧が脅かされぬよう、監視と管理を行うための手段に過ぎないからだ。

「貧民」たちがこうした「華族」側の目論見を見抜いていることは、「『而《そ》してまた無暗に施行《ほどこし》々々《〱》といひなさるが、ありやあお前《めえ》、人を乞食扱にするのだ』」という、「六六館」の「慈善会」を襲撃した「貧民」の一人が放った啖呵からも明らかである。「『此方人等《こちとら》の大家様が高い家賃を取上げて適《たまさか》に一杯飲ます、こりや何も仁《なさけ》ぢや無《ね》え、いはば口塞の賄賂《まひなひ》さ、怨を聞くまい為の猿轡だ。それよりは家賃を廉《やす》くして私等《わつちら》が自力で一杯も飲める様にして呉れた方が真《ほん》のこと難有えや』」という言葉の通り、「貧民」たちが真に望んでいるのは自律的な協同生活であり、支配と一体となった「賄賂《まひなひ》」の如き「慈善」ではない。しかし、こうした「貧民」の自律への欲望こそ、「華族」たちにとっては最大の脅威なのだ。彼らは、「貧民」を自分たちの「施行《ほどこし》」に依存しなければ生存を維持できない「乞食」として秩序の「則《おきて》」の中に封じ込め、その自律性を奪い取ろうとしているのである。

「仕方がないつて済まされんぞ。それに此会は何も汝等《きさまら》に施行《ほどこし》をするんぢやない、収入額《あがりだか》は育児院へ寄附に相成るのだ。」／「だつて物事はさう規則通りには参りません、旦那、医者を御覧なさいな。急病人の方へは先に駆付けるぢやございませんか。（後略）」と手前勝手の一理屈。／「其なら何故其様に神妙に御慈悲を願はない。」／「唯《はい》、貧乏人に式作法はございません。」

「慈善会」襲撃時、巡査に詰問された丹は右のような「手前勝手の一理屈」を述べながら、「『金子《かね》で買つて凌ぐやうな優長な次第《わけ》では無いから、餓ゑてるものは何でも食ひな』」と「貧民」たちに号令をかける。「貧民」たちは、「餓ゑ」れば「食」う、「寒」ければ衣服で身体を覆うといった生存の法に厳密に従うことで、「華族」側の「手前勝手」な「式作法」を蹂躙したのである。「宗福寺」で行われた「施行」は、「華族」側が仕掛けてきた駆け引きであったが、「貧民」たちはそれを無視し去ることで、「華族」が提示するいかなる妥協案も受け入れないことを示してみせた。それは「貧民」たちによる、一種の宣戦布告なのである。

夫人は過日の慈善会以来、世に不如意あるを知初めつ、予《かね》てより人類の最下層に鬱積せし、失望不平の一大塊、頃日《けいじつ》不思議の導火を得て、世の幸福を受けつゝある婦人級と衝突なし、今にも破裂爆発して、玉石一様ならしめんと、企つるをば密かに識り、独り自身《みづから》胸を痛めて予防の策を講ずる折から、此度《このたび》の出来事を好機として、世に暗に鮫ヶ橋の貧民等と和を整へむ予算なりしに、天を怨み、地を恨み、宇宙間の万象を一切讐敵《あだ》として、世にすねたる神仏の継子《まゝツこ》等、白米一斗の美禄を納《い》れず、御使番を取拉《ひし》ぎて表《あらは》に開戦を布告せり。

丹が「『私の家は日本中サと謂へば豪気《がうぎ》だが、何処と定つて屋根は持たぬ』」と言うように、「貧民」たちは「差当り」確固とした「住処」を持たぬ者たちである。彼らは「人類」の秩序の中にいかなる固有の場も持つことの無いまま、「失望不平の一大塊」としてその「最下層」にわだかまっている。しかし、「華族」側のあらゆる奮闘にも関わらず、「貧民」たちは秩序の中であてがわれた位置――「慈善」と表裏一体の支配の対象として「華族」たちの自意識を補完する否定的存在――を端的に拒絶する。彼らはいわば「あやかし」のように、決して消滅しない不安要素として秩序の内に取り憑き続ける。そして、「今にも破裂爆発して、玉石一様ならしめんと（中略）表《あらは》に開戦を布告せり」と書かれる通り、「貧民」たちは、彼我の間に横たわる敵対関係を糊塗し、秩序の正常化を試みる「華族」の必死の努力を徹底的に粉砕するのである。

五、「闇」の真骨頂

貧窮民に関する言説において、彼らの住む地域はしばしば光の届かぬ「暗黒」に包まれた世界として表象される。(13)そこは危険な伝染病の発生地であり、犯罪者とその予備軍の巣窟である危険地帯として捉えられる。「探訪記者」たちは、命がけで「貧民窟」という未知の世界に入り込み、その成果を「探訪記」という一種の冒険譚として発表する。角灯の光にも似た記者たちの眼にかかれば、「貧民窟」を覆う未知の「暗黒」はたちまちに追い払われ、その細部に至るまで白日の元に晒される。実際、彼らの眼は見えすぎるほどよく見えている。人々の形象は勿論、細かく入り組んだ町の様子、道ばたに転がっている什器の類や貧窮民の主要な食料である残飯の内容まで暴かれぬものはない。彼らは決して「闇」の中で迷うことはなく、「闇」もまた「縄張中へ踏込んだ」記者たちに牙を向くことはない。だが、「闇」はそれほど簡単に懐柔出来るものなのか。

丹がスパイとして深川邸に送り込んでいた黒瀬秀は、綾子と大木戸伯、そして百田時次郎の奸計により殺害されてしまう。事後処理の一貫として、秀の祖母・黒瀬縫に因果を含めるために「鮫ヶ橋」にやって来たのが、「駿河台の御隠居」と呼ばれる老婦人と車夫の三吉である。三吉は、黒瀬宅を探して「鮫ヶ橋」内をうろつくのだが、一向に目的地に辿り着けない。彼は途方に暮れて「『さて難儀だ、弱り切るぜ、真個《ほんに》さ、猫の額ほどな処で二十六間《けん》と尋ねたが分らねえ。宛然《あたかも》芥子粒を選《えり》分ける様な仕事だ。而《さう》してまた意地悪く幾度でも此の総後架に行当たるには恐れる。』」と溜息をつく。「土方職」、「車力」、「鋳掛屋」、「蝙蝠傘直」、「売卜乾坤堂」、「仕立屋」が密集した町内は、ごく狭小な空間であるにも関わらず、勝手を知らぬ外部の者を容易に踏み迷わせるのだ。

　さらに三吉を取り巻くのは、「総後架」や「小児の尿汁《ねうじふ》を洗はずして干したるもの」から絶えず漂う「悪臭」であり、「暗澹物色を弁ぜず」と言われるまでの「暗闇」である。周囲の長屋からまったく光が漏れてこないのを見て、「『夜だか昼だか一向無茶だ。』」と三吉は愚痴を零すが、「白日闇」とも形容される「鮫ヶ橋」は、昼でもなおその「闇」性を減じることは無い。まして、「宿鴉連りに鳴きて鐘声交々《こもごも》起る」夕暮れ時のことである。加えて、「陰惨の趣」を深くする「鮫ヶ橋界隈の裏長屋」は「人を容るゝ家と謂はむより、寧ろ死骸を葬る棺と云ふべし」と、濃い「死」の影を背負わされている。

　散々探し歩いて偶然行き着いた黒瀬宅も、応対した老婆の姿が判別出来ずに「暗闇がものを言ふぜ」と三吉を驚かせるほどに暗く、しかも腹を壊して死亡した縫の死体が半日放置されている段に及んでは、その家自体が、文字通り「死骸を葬る棺」と化していることがわかる。

　今まで我にもの謂ひし老婆は活きたる骸骨なりき。寸々《ずたゞ》になれる筵の上に、襤褸切、藁屑、椀、皿、口無き土瓶、蓋無き鍋、足の無き膳、手の無き十能、一切の道具什物は皆塵塚の産物なるが、点々散乱してその怪異いふべからず。古物千歳を経て霊ありといふもの或は是か。老婆の他にまた一人あり。味噌漉しに襤褸《ぼろ》を纏ひて枕とし、横様に臥して動かざるは、恰も死したる人の如し。／老婆は其を指して、「此の死人が其黒瀬ぬひでござんやす。」

老婆が「火屋《ほや》無し」の「洋燈《ランプ》」に点した小さな「赤黒い光」によって照らし出された室内は、三吉を「『娑婆ちや無え。』」と絶句させる。「暗闇」に閉ざされた「娑婆」ならざる異様な部屋の中には、「口」、「手」、「足」といった身体の一部を欠いた死骸のような「道具什物《じふもつ》」類が、怪しい気配を発しながら雑然と転がっている。その中に、「活きたる骸骨」のような有様の老婆が坐り、その隣には死骸が横たわっている。殊更に強調された「怪異」的雰囲気を除けば、このような記述の仕方は同時代の貧民窟探訪記でもごく一般的に見られるものである。しかし、「貧民倶楽部」においては、それが単なる悲惨な貧窮民の窮状を示す紋切り型に留まらず、さらに禍々しい「地獄」を引き寄せる回路となっている。

老婆に縫の亡骸を始末してくれと懇願された三吉は、慌てて彼女を突き飛ばし外へ駆け出す。そのまま主人の所へ戻ろうとしたとき、行方知れずになっていた「奥様」、光子を発見する。暗中の灯火を彷彿とさせるこの女性と「駿河台の御隠居」とは、嫁姑の関係にあたる。姑の辛い仕打ちに耐えかねて、「お茶の水橋」附近で入水自殺しようとしていたところを丹に救われ、「鮫ヶ橋」の「闇」の中に匿われていたのである。

見逃してくれと懇願しながら逃げ惑う光子を追いかけ、無理矢理抑え込もうとしたとき、三吉の腕は、「暗中」から突き出された彌陀平の「健腕」によって、「緊乎《しつか》と扼して、抑留め」られる。「餓鬼窟の健児」であり、三吉の何誰に応じて「天狗」を自称するこの男は、丹の有力な片腕として、卑屈な「屠犬児《いぬころし》」を演じもすれば、「関口流皆伝の柔術家」の腕を振るって「六六館」の殴り込みの先鋒となりもする。そして今、突如暗闇から身を現し、あっという間に三吉を取り縛ってしまうのである。

このように、光子は「闇」にその存在を隠すことで姑の執拗な捜索の手から逃れ、彌陀平は、「闇」に乗じて三吉の不意を突き、光子を救い出した。秩序壊乱を取り締まる権力の側が、スラム街の「闇」を執拗に恐れるのは、それが壊乱者の姿を不可視化する夾雑物であるからだ。「貧民倶楽部」においては、「闇」という犯罪的な夾雑物を積極的に活用することができる者たち、すなわち「餓鬼窟」の住人たちこそが主導権を握っている。

　三吉はこの後、彌陀平を「親方」と呼ぶ「壮佼《わかもの》」に引き渡され、「闇夜《やみ》」の中に消える。解放され、主人ともども駿河台の屋敷に戻った彼は、「『何だつてお前様、滅茶苦茶に真闇《まつくら》だあ、何《ど》うも人間業ぢや無えぜ。己《おら》あ恐怖《おつかな》かつたのなんのつて、お前様対手《むかう》が天狗と名告るから堪るめえぢや無えか、未だに震が留まらねえや。』」と「他愛の無きこと」を言うばかりで、そこで何が起こったのか、どのような場所であったのか、どんな人間が住まっていたのかを詳細に説明することができない。三吉はいわば、「探訪」に失敗した「探訪記者」だといえる。その彼が、周囲の者たちに伝えることのできた唯一の「真実」は、いかなる対象をも了解可能なものとして馴致することができると盲信する者たちにとって、それが不可能となった瞬間に訪れる「恐怖《おつかな》」さは並大抵のものではない、ということだけである。

　一方、光子の姑でもある「駿河台の御隠居」が「鮫ヶ橋」から帰るところに出くわした丹は、すぐさまその後を追う。人力車を曳く車夫に、「『心棒が抜けてるよ。』」とでまかせを言って車を停めさせると、彼が「輪軸を検せむとて梶棒を下すを暗号《あひづ》に」、「おでん燗酒、茹小豆、大福餅の屋台店に、先刻《さき》より埋伏して待懸けたる、車夫、日雇取、立ン坊、七八人、礫の如くばらりと出で、腕車《くるま》の周囲《めぐり》を押取巻」いてしまう。

　　「や、や、狼藉。」と驚き給ふ老婦人の両の御手を左右より扼《とりしば》りて勿体無くも引下ろせば、一人は背後《うしろ》より抱竦め、他は塩ッ辛き手拭を口に捩込み猿轡。（中略）軽やかに肩に懸け、「ほい、水気が無えから素敵に軽い」

> （中略）とつッぱしる。／これ皆お丹がなせる業なり。／狼藉者の一隊はさすがに警官を憚りて、大坂を下りむとする交番の此方に猶予《ためら》ひぬ。「それ目潰。」とお丹の指揮に手空の奴等、一足先に駆出だして、派出所の前にずらりと並び、臆面もなく一斉に尾籠の振舞、然《さ》は為《せ》ぬ奴は背後《うしろ》より手を拍《た》きて、「鳴るは瀧の水。」と囃し立つる前代未聞の悪戯に、巡査何とて黙すべき。「こらッ――」（中略）「ヤ撲《ぶ》つたなあ。あ、、痛え。」「お、、痛え。済まねえやい、木や土で造《こせ》えた木偶《にんぎやう》ぢや無え。」「血のある人間だ、さあ何うする」とくつて懸る混雑紛れ、お丹等老婦人を見咎められず、易々と通り抜けたり。

ここでは一種の混雑が丹の武器となる。砂を相手の目にぶつけて目眩ましにするように、彼女は「交番」の前に「前代未聞の悪戯」を現出させ「目潰」をする。さらに注目したいのは、丹に手を貸す「車夫」等、「鮫ヶ橋」の住人達の機敏性である。丹の「指揮」に即座に反応し、離合集散しては何事かを為していく人々の機動力は、明治維新という〈革命〉を成し遂げることになった志士や脱藩浪人たちの行動原理として藤田省三が指摘した「『横議』・『横行』・『横結』の関係」に通ずるものである[14]。松浦寿輝は、だからこそ維新革命後は、このような「『横議』・『横行』・『横結』の関係」の契機が、犯罪予防の名の下に、行政警察の手によって摘み取られなければならなかったのだと分析する[15]。定期的な「戸口調査」と、無職者・無宿人の取締りが「巡査」の主要な職務として課せられ、特に都市下層社会は、人々を〈革命〉へと使嗾しかねない「『横』という出来事」を隠し持つ領域として危険視されたのである。そして、数多い下層社会ルポルタージュの書き手たちが捉え損ねていたのは、まさにこの種の危険性だったのだ。彼らは、貧窮民をパターン化した〈貧民〉として表象することで、そこに貯えられていた「横」の「運動」へと至るスキャンダラスなエネルギーを骨抜きにしてしまったのである。

だが、「貧民倶楽部」の「貧民」たちは、本来彼らを監視し、未然の犯罪を取り締まる目的で設置された「交番」

すらも逆手に取って、自らの「運動」性を保っていく。貧民たちに「尾籠の振舞」があれば、「巡査」たちはその職掌を守るために彼らを引致し説諭してその行動を止めさせねばならない。そうして「巡査」が彼の職務を誠実に全うすればするほど、「貧民」たちの「運動」――ここでは「御隠居」拉致――もまた易々と生起してしまう。「交番」前での「前代未聞の悪戯」は、「闇」同様、秩序を支配する者たちの視線を阻み、「貧民」たちを助け、その動きをより自在なものにしていくための夾雑物として機能している。こうした「運動」のメカニズムを描出したことが、「貧民倶楽部」を、他の貧窮民に関わる言説とは一線を画すものにしているのである。

六、「則《おきて》」を巡る対決――「華族」か、「慈愛な母親」か――

拉致された「御隠居」は、彌陀平や丹が「地獄」と呼ぶ場所に閉じ込められる。「眼は開きたれども一物を弁ぜず、闇《くら》きこと恰も盲せるが如」き「黒暗闇《こくあんあん》の裡」と、その「土蔵」とも「穴蔵」ともつかない閉所はひたすら漆黒の「闇」に包まれていることが強調される。不気味な「婦人」（丹）の声が、「御隠居」の嫁に対する「非道」を繰り返し曝露した後、「乱髪、敝衣の醜面漢」が「燈火」を差し入れ、ようやく「御隠居」の前に室内の様子が現れる。

只《と》見れば、四方は荒壁なる五坪ばかりの土間の中に筵の上に載せられたるものあり。／つい眼の前には板戸の如き大俎板の据られしに、犢大《こうし》の犬の死体四足を縮めて横たはれるを、未だ全く裂尽さで、切開きたる脇腹より五臓六腑溢出で、血は一面に四辺《あたり》を染めたり。此処彼処に犬の首、猫の面《つら》、手とも謂はず足とも謂はず切断して棄てたるが、三々五々相交る。／又四斗樽三個を備へて、血と臓物を貯へしが、皆尽く腐敗して悪臭生温《ぬる》く呼吸を壓《あつ》し、敷きたる筵は湿気に濡れ、じと〳〵と濡ひたり。／地に転《まろ》びたる犬の首は、歯露れ舌を吐き、串に刺したる猫の面《つら》は、眼を閉《ふさ》がず髯動く。渠等が妄執瞑せず、帰せず、陰々たる燈火に映じて動出ださむばかりなる、こゝ屠犬児《いぬころし》の働場にして、地獄は目前の庖厨たり。／眼の如く髪の如く口の如く頬の如く一切其人の姿の如き猫股婆もぎよつとして、色を失ひ、身を震はし、固く結べる唇より一語漸く黙を破れり。／渠は呟きぬ、「浅ましや。」／とたんに外面《そとも》に女の声して呵々《から〳〵》と打笑ひぬ。

殊更に凄惨さを強調された一場は、読む者の胸を悪くさせずにはおかない。だが、残酷さに目を奪われることなく検討してみれば、この場面が、前節で引用した黒瀬縫の長屋の場面の反復であることに気づくだろう。縫宅の粗末な「洋燈《ランプ》」が「赤黒」い光で室内を照らしていたのに対し、この「地獄」は暗闇の漆黒と「一面に四辺を染め」る「血」の赤色とで覆われている。さらに、前者の室内の「筵」の上には、「襤褸切、藁屑、椀、皿、口無き土瓶、蓋無き鍋、足の無き膳、手の無き十能」などの損壊した死体、あるいは飛び散った臓物や肉片のような塵芥や壊れた道具類が散らばっていた。それが後者においては、動物の切り刻まれた死骸や内臓の残骸、血糊そのものが「三々五々相交」っている。加えて、縫宅の道具類が、「古物千歳を経て霊あり」という言い伝えさながらの「怪異」を湛えているように、「地に転びたる犬の首」や「串に刺したる猫の面」もまた、今にも「動出ださむばかり」の不気味さを帯びている。

そしてこのとき、「御隠居」を「猫股婆」と呼ぶことを単なる悪態としてのみ受け取ることは出来なくなる。縫宅に居た老婆は、さながら「活きたる骸骨」のような状態で、三吉には「死神のやうな奴」とまで言われている。つまり、「常人」とは思えぬ姿をしているということである。一方、「屠犬児《いぬころし》の働場」に囚われた「御隠居」は、通常ならば「玉の輿に乗らせ給ふべき御身分」でありこそすれ、「人間」の数にかぞえられない人物では決してない。

だが、場面の相似と反復は、容赦なく両人を接近させ、「御隠居」は否応なくあの老婆と同様、人の姿をした「猫股」という化物に変容してしまうのだ。

　こうした状況で、丹と「御隠居」は「則《おきて》」をめぐって対決する。そして、この対決は、「貧民倶楽部」を、単純な勧善懲悪の物語に還元することを阻む要素となっている。

「（前略）及ばずながら私が光子様をお庇ひ申せば、夜叉、羅刹を駆集めて、あなた方と喧嘩をしてなりと毛頭御渡し申しませんが、事を好んでするでは無し。ナニ、お望ならば差上げませう。其代りたゞでは不可《いけ》ません、邪慳な姑をさらりと罷《や》めて、慈愛な母親になつてやる、と私の前で御誓ひ下さい」（中略）こゝに到りて老婦人は最早黙することを得ず、凛たるさりながら稍震《ふるひ》を帯びたる声にてはじめて一言《いちごん》、「華族ぢやぞ。」／老婦人はこれより前《さき》、惨絶残尽なる一場《いちぢやう》の光景を見たりし刹那、心挫け、気阻みて、おのが嘗て光子を虐待せしことの非なるを知りぬ。猶且つ慚愧後悔して孝順なる新婦を愛恋の念起りしなり。されど剛腹我慢なる其性《さが》として今斯く虜の辱を受け、賤婦の虐迫に屈従して城下の盟《ちか》ひを潔しとせず、断然華族の位置を守りてお丹の要求を却けたるなり。／「御承知下さいませんか、どちらもいけませんか」／老婦人は屹として、「華族ぢやぞ」（中略）老婦人は始終一徹、／「華族ぢやぞ。」平民にものはいはずとまた黙せり。

丹は、拉致した「御隠居」に、「『邪慳な姑をさらりと罷《や》めて、慈愛な母親になつてやる、と私の前で御誓ひ下さい』」と迫る。だが隠居は、「『華族ぢやぞ。』」の一言をもって、丹の恫喝をきっぱりと退ける。この拒絶は、そこに至るまでの「御隠居」の心情の動きと照らし合わせてみるとき、奇妙なまでに不条理である。彼女は「惨絶残尽なる一場《いちぢやう》の光景」によって「心挫け、気阻みて、おのが嘗て光子を虐待せしことの非なるを知」る。そして、「慚愧後悔して孝順なる新婦を愛恋の念起りしなり」とあるように、実にあっさりと改心してしまっているのだ。

しかし、こうした悔悟の念よりも優先されるのが、「御隠居」自身がよってたつ「華族の位置」それ自体なのである。自身の〝自然な〟感情の流れに従い、一言赦しを請いさえすれば円満な解決が訪れるのは確実という局面でも決して譲歩しない彼女の態度は、単なる傲慢さとして解するにはあまりにも度が過ぎているといえよう。「御隠居」は、快不快といった私的な感情や、自身の解放あるいは光子の奪還といった目先の利益を実現するためのあらゆる妥協を拒否し、「華族の位置」を断固死守しようとするのである。

一方で、丹も追求の手を緩めない。両者の対話は次第に機械的な反復に陥り、互いに焦らし合うような形になっていく。

> 老婦人は奥歯を噛切め、御気色《みけしき》荒く、「華族ぢやぞ。」「華族が何《ど》うした。」「華族ぢやぞ。」（中略）声に応じて牛頭馬頭は光子を仰様《のけざま》に引倒し、一人が両手、一人が両足、取つて押へて動かさず。「あ、れ」光子は虫の声。／老婦人は心の内、「華族ぢやぞ。」／お丹は犇《ひし》と光子の胸に片膝乗懸け、笞《しもと》を挙げて打たむとしつ、老婦人を睨殺《げいさつ》して、「留めはすまいね。」／無言。／力を籠めて、「留めはすまいね。」／老婦人は蒼くなりて、「華族ぢやぞ。」／斯くまでしたらば我を折らむと予てより思ひしには似で、飽くまで老婦人の剛情なるに、後へ退かれぬ羽目になり、止むことを得ず手を下ろしつ。お丹が其時の心中什麼《いかに》。

押し問答がしばらく続いた後、丹は「止むことを得ず」光子を打擲する。これと類似の場面は、前章で扱った「海城發電」の末尾にもみられた。「海城發電」の主人公である神崎もまた、愛人の李花が「軍夫」たちに乱暴されているにも関わらず、「赤十字の看護員」であることに忠実たらんとして、結果的に彼女を見殺しにするのである。

李花を傷つけることによって神崎に「義務」を放棄させようとした「軍夫」たちと同様に、丹は光子を打擲する様子を「御隠居」に見せつけることで、彼女の「剛情」な「我を折」ろうと目論む。だが「御隠居」はやはり自身の感情の動揺よりも、「華族の位置」を優先して頑な態度を貫く。そうした「御隠居」の徹底した不柔順さに、丹は「後へ退かれぬ羽目」に陥ることになるのである。

このとき、「御隠居」が繰り返す「華族ぢやぞ」という台詞は、個人的な利害関心を峻拒するところに成立する「則《おきて》」として表れている。これは、他の場面で「華族」たちが私利私欲の道具としてきた「則《おきて》」とは明らかに質の異なるものだ。そして、「御隠居」による「則《おきて》」への過度な執着が、丹の優位を掘り崩してしまうのである。

結局、丹は光子を失神させてしまい、それをきっかけにして「御隠居」はひとまず解放される。だが、自邸に帰り着いた彼女は、すぐに自室に引きこもって自殺する。その一報を聞いた丹は、次のように慨嘆する。

「あゝ、遣過《あ》ぎた。彼の婆様《ばあさん》もさすがだの、故《わざ》と私が殺して見せて、活《い》かして光子様《さん》を棺に入れて駿河台へやつたのは、隠居がいくら強情でも、柔順《すなほ》に宅《うち》へ入れるであらうと思つた思案は浅かつたよ。其の身に懸つたことからして、あの婆様《ばあさん》が死んで見りや、可哀さうに光子様《さん》はあれつきり……チヨツ、惜いことを。」／光子は尼となりきといふ。

引用冒頭の丹の言葉は、事実上の敗北宣言であると同時に、「御隠居」へのある種の敬意を表明している。丹は、光子を婚家に戻すために「御隠居」を拉致し、改悛させようとした。したがって、彼女と対峙した丹は、一時的にではあれ、家族という共同体の論理に与する立場を取ることになる。彼女は「御隠居」に、「慈愛な母親」として光子を受け入れるよう「悔悟」せよと迫った。それはつまり、彼女に家族の論理と妥協するよう勧告することを意味する。しかし「御隠居」は、丹がどんなに宥めすかし、脅しをかけようとも、そうした妥協を拒み通した。そのため、丹は保護してきた光子に不本意な暴力を振るわざるを得ないところにまで追い込まれたのである。このヒステリックな打擲は、それ自体がすでに丹の無力の証であり、「御隠居」に敗北したことを示している。そして、「『其の身に懸つたことからして、あの婆様《ばあさん》が死んで見りや、可哀さうに光子様《さん》はあれつきり』」と丹が悔しがるように、「御隠居」の「則《おきて》」への過剰な固執は、彼女自身も所属していた家族共同体を崩壊させる。その結果、光子を「宅《うち》」に復帰させる丹の計画も破れることになる。「孝順なる新婦」として落ち着くべき「宅《うち》」を喪った光子は、「人類」の秩序の中で居場所を失い、出家を余儀なくされるのである。

それでもなお、丹が「御隠居」を「さすが」と評するのは、共同体の論理に従うように求める誘惑や恫喝に耐えて、「華族の位置」という「則《おきて》」を裏切らなかったが故なのだ。こうした「御隠居」の態度は、「華族」との取引きを一切拒んだ丹たち「貧民」の態度と本質的に一致する。そのため丹は、「華族」の中では唯一、「御隠居」を自分と対等な者として認めたのである。「御隠居」は「自害」することによって、「華族の位置」という「則《おきて》」のために、自身の命を含む全てを棄ててみせた。そのため、「御隠居」は、ある種の崇高さを帯びた存在となっている。

一方、深川綾子の破滅の仕方は、「御隠居」の場合とは根本的に異なっている。彼女は、「御隠居」が「自害」してまで守り抜いた、自己を支える絶対的な条件である「則《おきて》」自体を手放すよう強要されることになるのである。

七、「窮の極、自殺も出来ず」――「悪魔《サタン》」的倫理の耐え難さ――

丹の最大の好敵手として登場する深川綾子は、第二節で分析した通り、「鮫ヶ橋」の住人たちとの闘争の本質が、情報戦であることを敏感に察知していた。彼女は、「六六館」で初めて丹と相対したとき、物怖じすることなく

「『済んだら此処へ入らつしやいな、お茶一つあげませう。』」と声をかけている。一場の「紛乱」の源たる丹の「火焔」は、綾子の差し出した「お茶一つあげませう」という発言により、文字通り冷や水を浴びせかけられ「鎮撫に帰」すことになる。そんな綾子に「骨がある」ことを見て取った丹は、一旦おとなしく「談話室兼事務所」にまで付いて行き、綾子の「弁論」を拝聴する。だが、「毎晩新聞」が室内に運び込まれるや、態度を一変させ、「冷切つた茶」でうがいをしたかと思うと、「絨毯の上に、どつと吐き出し」、「『さう〳〵其新聞のね、三枚目を読んで見な。お前達の薬があるよ。』」と不吉な予言を残して去っていく。

「新聞」という情報集積体の不意の介入が、綾子と丹の関係を一挙に反転させている。先ほどは「茶」、次には「新聞」が、両者の関係性の勾配を変更する雑音として機能しているのだ。一度は綾子の側にあった優位は、今や丹の元に奪還されている。これ見よがしの「茶」と「捨台詞」（それは綾子しか知り得ないはずの情報＝秘密を仄めかすものでもあった）の吐瀉は、綾子に対する明確な宣戦布告である。

以降、綾子と丹の間で壮絶な情報戦が繰り広げられる。綾子の最大の戦果は、丹の送り込んだスパイである黒瀬秀を首尾良く殺害したことであろう。邸内に紛れ込んだ鼠《ノイズ》を排除することで、情報の統制を図ったというわけである。しかし、この聡明な未亡人は、「新聞」の停止措置を取らないという重大な失敗を犯し、丹との闘争に敗れることになる。「妖艶なる妖精《ばけもの》」に魅入られた綾子の最期は、実に悲惨なものである。

「宗福寺」での「大規模な施行」が空振りし、「貧民」たちの懐柔にしくじった綾子は、人力車の上で非常な「憂悶」に苛まれる。そこに突然現れたのが、「俯伏《うつぶし》になりて脾腹を押へ、鞠の如くに身を縮めて呼吸も絶ゆ気に苦しんでいる「窶れたる婦人」であった。またしても、通行を妨害する雑音の登場である。在原夫人の過失を忘れていない綾子は、「一歩を過たば我はた無情の人ならむ」と注意深く「婦人」の介抱を命じ、屋敷に連れ帰って手厚く看病させた。ほどなく、綾子の「美徳」を称える記事が「毎晩新聞」に掲載される。一見すると、綾子は情報を巡る駆け引きに勝ったようでもある。だが実際は、「鮫ヶ橋」に近い「交番」の「巡査」と同じ「目潰」を喰らってしまったに過ぎない。「毎晩新聞」紙上の毀誉褒貶は、「交番」の前で引き起こされた騒ぎ同様、真の目的を完遂させるまで、それを気取らせないための夾雑音だったのだ。彼女は、駆け引きに気を取られるあまり、忠臣たる「車夫の吉造」の『此様《こん》な者をお屋敷に入れますのは、疫病神を背負《しょひ》込むと同《おんな》じです。』」という的を射た諫言にすら耳を貸す余地がなかった。綾子に聞くべき事を聞かせないようにしたという点でも、「毎晩新聞」の記事は優れて雑音的であるといえるだろう。こうして、「疫病神」の「婦人」は深川邸にごく自然な形で入り込むことになった。

落ちぶれた「旧旗本の嬢」であると自らの出自を語る深川家の「新らしき食客」たる「婦人」の正体が丹であることは、いうまでもない。「恩に感じて老実《まめ》々々《〱》しく、陰陽《かげひなた》なく立働き、水も汲めば、米も磨ぎ、御膳も炊けば、お針の手も利き、仲働きから勝手の事、拭掃除まで一人で背負つて、聊かも骨を惜まず」とされる丹の造形について、内田魯庵は「之を封建時代の遊俠物語とせば或は可ならん、明治の貧民窟裏の産物とせば大いに可ならず(16)」と批判している。だが、魯庵が眉を顰めた造形の不自然さそのものが、丹の有力な武器なのだ。あの「女乞食」とこの「婦人《をんな》」を結びつけることの不合理性そのものが、丹の隠れ蓑なのである。

その後、綾子は自身の体の変調に気づき、「婦人」——丹に、遠回しに中絶の方法を尋ねる。丹は「『唯《はい》、お薬も存じてをります。』」とあからさまに即答して綾子の不興を買い、翌日あっさりと暇を出されることになる。途端に、丹は本性を顕し、「昨夜《ゆうべ》のうちに拵《こせ》えて置いた」という「探訪員の原稿」（「廃物を買ひて虚名を売り、給金無しの下婢を得て奇利を占めむず政略」のために「女乞食」を救ったのだという曝露記事）を盾に、綾子を脅迫する。これまで何度も指摘してきたが、強権を振るって新聞停止措置を取らなかったことが、ここで結果的に綾子自身の首を絞めることになる。観念した綾子は、「太き呼吸《いき》を吐《つ》き」、「『あ、是非がない。（中略）其婦人《をんな》は私を殺すよ、しかし大切なお客様だ。』」と白旗をあげるのである。

丹が「疫病神」としての本領を発揮するのはここからである。主人である綾子を差し置き、「召使のもの」たちを気儘にこき使う丹は、深川家の秩序を支える関係を寸断してしまう。そればかりか、在原夫人が見舞いにやって来たとなれば、図々しく間に割って入り、綾子にとってまたとない歓談の機会をぶち毀し、在原夫人と彼女の関係をも台無しにする。そもそも、丹の「華族」に対する攻撃は、すべてこのような〝関係の妨害〟の形を取っている。彼女は、あらゆる場所に雑音を撒き散らし、時には自らが雑音となることで秩序を動揺させるのである。

腹心の家令「三太夫」の「追放案」にも、「ちと仔細ありて」と言うばかりで、一向に打開策を講じない綾子をよそに、「誰も天窓《あたま》のおさへ手」が無いため「逾々《いよいよ》附上」った丹は、「我儘日に日に増長なし、人を人とも思はぬ振舞、乱暴狼藉言語に絶えたり」と、放縦の限りを尽くす。「勝手次第に綾子の箪笥より晴着を取出し、上下すっかり脱替へて」、「裳を曳摺り、座布団二三枚積重ねて」その上に座り、今やすっかり主人に成り代わっている。これらの「乱暴狼藉」が、貧民たちによる「六六館」襲撃と占拠の再演であることはいうまでもない。

特に凄まじいのは、その食欲である。「鰻丼」に始まり、「白魚」の唐揚げや「藤村の鹿の子」、「風月堂のカステラ」などを次々と所望しては、一日中食い続けるという有様である。そして、この大食と引き替えに生み出される（排泄される）のは、膨大な量の「借」だ。汚物としての負債が深川家の家計を滅茶苦茶に汚し、経済的破綻を呼び込む。資本制下にあっては、「華族」も「平民」も交換の原則に従わなければならないという意味において、平等である。否、この場合はむしろ債権者である「平民」の方が、債務者である「華族」（深川家）よりも圧倒的な優位に立っている。それ故、「何程《なんぼ》むかうが平民でも、華族ぢやからつて払はぬわけには行か」ないのである。ここから、「華族」の権威は「華族である」こと自体ではなく、「買う立場」に立つことができる（つまり、貨幣を大量に持っている）ことで保障されるものであることが露わになる。資本の平等原理がすべての人間を隈無く貫く時代に、ただ「華族」であることによってのみ生じる価値などは存在せず、「玉石」は「一様」であらざるを得ないのだという皮肉な現実こそ、「探訪員」丹が「華族」である綾子に突きつけた真相なのである。

綾子は、在原夫人との歓談を丹に邪魔されたことをきっかけに、「一室の戸を内より閉じて、自ら其身を監禁」し、下女に命じて「固く人の出入りを禁じ」てしまう。そして、綾子が外界から切り離された「一室」に籠城して「三日目の夕まぐれ」、「二個の眷属」を連れた丹が、最後の審判を下すために部屋を訪れる。

綾子の閉じこもる「一室」は、あの「鮫ヶ橋」の「屠犬児《いぬころし》の働場」の再現である。深川家の秩序を支えていたあらゆる関係が丹によって寸断され、占拠された邸内は、もはや主と従、「華族」と「貧民」、光と闇の力学が規則正しく機能する場ではなくなり、代わりにあらゆる雑音（闇、騒音、汚物）が跋扈する「鮫ヶ橋」的な空間に変容している。「外出好き」であったはずの綾子が、日の光を厭うかのように「『ぱつとしては気味が悪い、雨戸を開け勿《な》』」と命じ、風呂に入るのも億劫がっては「磨かぬ玉に垢着きて、清き襟足曇を帯び」るような状態に至るのも、こうした空間の変容に即応したものと捉えることができる。丹の「食道楽」のお陰で経済的にも「火宅の苦患を嘗めつゝある」ところまで追いつめられた綾子は、今や「鮫ヶ橋」に住む「貧民」たちとさほど変わらぬ存在になっている。

そして丹は、追いつめられた綾子を相手に、「魔」の法理学を展開するのである。

「（前略）人を殺しても守り度《た》いほど、そんなに名誉が大切なら、何故不品行《ふしだら》をなさるんです。年紀《とし》は若し、容《き》色《りやう》は佳し、なるほど操は守られますまい、可《よ》し情夫《いろをとこ》が千人あらうと、姦夫《まをとこ》をなさらうと、其は貴女の御勝手だが、人殺をしても仁者と謂はれ、盗人《どろぼう》をしても善人と謂はれて、肩幅広く居なさるのが、それが私は憎いんです。（中略）私が今晩唯今、貴女を罰して見せませう。固《もと》よりお秀を教唆《そゝのか》して死地に陥《おと》したは貴女《あなた》といふ推量ばかりで証拠は無いが、私は検事でもなく、判事でもございません、罪の軽重は論じない。唯貴女が貴女の心に罪がこれだけあると思ふほど、可《い》い加減に罪を受けて、それだけ苦しめば可《い》いのです。（中略）誓つて冤罪はお被《き》せ申しません。（後略）」

ここで丹は、「人殺し」や「盗人《どろぼう》」であることと、「仁者」であることを両立させるために「法網」の裏をかこうとする、綾子ら「華族」の態度を非難している。改めて確認すると、綾子を含めた「華族」たちは、「人殺」や「盗人《どろぼう》」であるから、つまり単に「法網」に違反しているからという理由によって責められているのではない。自分たちの利益を守るために「法網」を操作し、「人殺し」や「盗人《どろぼう》」でありながらも、「仁者」や「善人」たり得るように合法性を保とうとする狡猾さこそ、丹が激しく憎む「華族」の「罪」の根源なのである。秀を謀殺した「証拠は無い」以上、通常の法廷の論理では、綾子は「無罪」である。だが丹は、「『私は検事でもなく、判事でもございません、罪の軽重は論じない』」と法廷の論理を拒絶している。その代わり、「『私が今晩唯今、貴女を罰して見せませう』」と言って、「華族」である綾子の「罪」を罰するために、「法網」を中断し編み直すことを宣言する。

一方、追い詰められた綾子は、次のように哀願する。

「いや〳〵、何《ど》うしても外国へ行く気は無い、では斯うしておくれ。今此処で、お前の眼の前で、自……自殺をする。身体は死んでしまふから、唯名誉だけは助けておくれ」／と肺肝を絞る熱涙滴然、以て人類の石心を和ぐべく鉄腸を溶解《とか》すべし。／されど悪魔《サタン》は冷々然、「自殺をするほどの罪があると、貴女の心に思ふのなら、何時《いつ》でもなさいまし。（中略）」これ鬼言なり。綾子は喜べる色ありき。（中略）「然《さ》うしたら彼《あ》の件《こと》を新聞へは出さないだらうね。」と念を推《お》せば、思ひも寄らぬ顔色《かほつき》にて、「否《いゝえ》、其はなりません。貴女が自殺をなされればまた一つ新しい材料が出るから、実に愉快《おもしろ》い。深川綾子はかういふ次第で自殺をしたと、其理由《わけ》を書添へて、早速通信をして遣ります。（中略）」其心の冷かなること月を浴びたる霜の如し、天下の熱血を氷化し得む。／綾子は再び独言《ひとりご》ち、「其では死んでも仕様がない。」

ここで綾子は、前節で考察した「御隠居」と同様、「自殺」によって自らの「名誉」を救おうとする。「御隠居」にとって「華族の位置」がそうであったように、綾子にとって「名誉」とは、「彼女の世界の支え、彼女がそこから自分の世界を見ていたところの窓」[17]なのである。こうした「窓」、つまり「身体」やそれに関わる種々の対象を取り纏める「則《おきて》」が無ければ、生は崩壊してしまう。綾子が自らの「身体」を死なせてまで「名誉」を守ろうとするのは、この「則《おきて》」こそが、彼女の生を決定付ける条件だということを知っているからである。綾子にとって、「名誉」は文字通り〝命以上のもの〟なのだ。「『自殺をするほどの罪があると、貴女の心に思ふのなら、何時《いつ》でもなさいまし。』」と丹に言われて、綾子が「喜べる色」を見せるのもそのためである。だが丹は、この「名誉」をこそ犠牲に捧げるよう綾子に迫るのである。綾子にとって、「名誉」がかけがえのないものであることを、丹は充分承知している。だからこそ、彼女にそれを棄てさせることが何よりの贖罪になると考えているのである。こうして、交換不可能なものを「罪」と「罰」の交換の組上に上げさせる「悪魔《サタン》」的な倫理の重みが、綾子にのしかかってくることになる。

あゝ、窮の極、自殺も出来ず、「これ。死……死んでも不可《いけ》ないのか。」と最後の運命に問ひ試む。／お丹は世に最も深刻なる法官の音調もて、「死は万罪を償ふといふ、甘《うま》い御都合には参りません。しかし御心中はお察し申す。其ほど名誉が大切なら、何故彼《あ》の件《こと》を見られた当座に、飛懸つて秀を殺して其手を返して咽喉《のど》を切つて、御自害をなさらなかつた。（後略）」

　先述した通り、「名誉」という「則《おきて》」を救えるのであれば、綾子にとって「自殺」はむしろ喜ばしい行為となる。しかし丹は、綾子がすでにその機を逸していると指摘する。「人殺し」であることと「仁者」であることを両立させる操作が可能である「地位」に甘んじていたため、綾子はかえって彼女の存在を支える「則《おきて》」である「名誉」を守る機会を失ったのである。丹は、「最も深刻なる法官の音調」で、「『死は万罪を償ふといふ、甘《うま》い御都合には参りません。』」と綾子に宣告する。丹は、「死」と「罪」の交換を決して認めず、あくまでも「名誉」と「罪」の交換を綾子に求める。いまや彼女は、〝命以上のもの〟を差し出すよう強要されているのである。

　丹という「法官」にしてみれば、「死は万罪を償ふ」という論理を踏まえて定められた既存の「法網」の極刑（「死」刑）など、微温的で「甘《うま》い」ご都合主義の産物に過ぎない。仮に極刑が科されたとしても、その「死」は、綾子が自らの「万罪」に相応の報いを受けた証として機能し、かえって彼女の人生をある種の悲劇としてまとめ上げてしまうだろう。さらに――こちらの方がより重要な理由なのだが――罪と罰の等価交換は、綾子を決して本当の意味で悔悛させせないのである。なぜなら、彼女の最も大事な「則《おきて》」である「名誉」は、この等価交換を経てもなお無傷のまま守られるからだ。だが、「悪魔《サタン》」の「法網」の論理は、そのような〝不正〟を決して許さない。「悪魔《サタン》」の法廷においては、それを守るためならば、自分の命を含めたすべてを犠牲にしても構わないと思うもの自体を犠牲にすることでしか、「罪」を償うことは出来ないのである。

　こうして綾子は、彼女を〝深川綾子〟たらしめる「則《おきて》」である「名誉」を救出する一切の手段を奪われてしまう。彼女はそれをひと思いに手放す決意も出来ず、あくまでも「名誉」に固執し続ける。その結果、綾子は「窮の極、自殺も出来ず」という極限状態に追い込まれることになる。

綾子は茫然瞳を据ゑて、石に化せるもの数分時、俄然跳起きて、「あゝ、懊悩《うるさ》い。」／身悶えして帯を解棄て、毛を掻挘り髷を毀せば、鼈甲の櫛、黄金《きん》笄、畳に散りて乱るゝ態《すがた》、蹴出す白脛裳《もすそ》に絡み、横に僵《たふ》れて、「えゝ、悔しい！」（中略）「秀、秀、私が悪かつた。あゝ〱、苦しい。堪らない、あれツ、あれツ。」と跳《をど》り上りて室内を狂奔せるが、恰も空中にものありて綾子を摑みて投げたる如く、仰様《のけさま》に打倒れぬ。其より裸美人寂《せき》として、大理石の像に肖《に》たり。／但其心臓は音するばかり、波立つ如く顫動せるに、溢《こぼれ》敷きたる黒髪揺ぎて、千条《ちすぢ》の蛇《くちなは》蠢めきぬ。お丹は始終を見物して、「ふむ、狂人になるだけの罪を造つた婦人《をんな》と見える。可《よ》し」と呟きて、「さあ、帰らう。」

この場面において、綾子の葛藤は頂点に達する。彼女は激昂して身に着けていた衣装を脱ぎ捨て、髪を振り乱し、「鼈甲の櫛、黄金《きん》笄」といった装飾品を次々と振り落とす。着物や帯、指輪等の宝石は、「華族」である綾子の高貴な社会的地位を象徴していることはいうまでもない。だが、それらが象徴として機能することが可能になるのは、「名誉」という「則《おきて》」に支えられているからこそである。宝飾品や豪華な衣服を「華族」の象徴たらしめていた「則《おきて》」が危機に晒されたとき、それらは象徴の次元から滑り落ち、単なる物品となって四散する。同様に、それまでは「名誉」によって枠付けられていた綾子の生も、いまや支離滅裂な「狂奔」となってしまう。そして最後には、「裸美人寂《せき》として、大理石の像に肖《に》たり。但其心臓は音するばかり、波立つ如く顫動せるに、溢《こぼれ》敷きたる黒髪揺ぎて、千条《ちすぢ》の蛇《くちなは》蠢めきぬ」とある通り、全身を痙攣させながら沈黙の内に沈んでいく。ここに至って、綾子の生は完全に破産する。丹の「悪魔《サタン》」的倫理は、人間の生を決定する「則《おきて》（名誉）」自体を剝き出しにし、査問にかけることで綾子を裁いたのである。

「貧民倶楽部」は、貧窮民を題材とした同時代のルポルタージュ群と、その語彙やイメージを共有しながらも、それらの言説が捉えきれなかった「貧民」たちの不穏なエネルギーを積極的に描き出した。「人類」の秩序の中で特権的な位置を占める「華族」と、秩序内の不定形な「失望不平の一大塊」である「貧民」との解消しがたい敵対関係は、「華族」による「則《おきて》」の功利主義的な利用を「貧民」たちが暴き、糾弾する過程で露わになる。「華族」は「貧民」たちの自律的な力を削ぎ、秩序の全体性を保とうとする。だが、「貧民」たちは、監視と管理を目的とした寛容さを徹底的に拒絶するのである。

「則《おきて》」を「玩弄《もてあそ》」んだ「華族」たちは、やがて「則《おきて》」に復讐される運命にある。「駿河台の御隠居」は「華族の位置」にあくまでも固執し、丹の計画を失敗させたことで彼女に一矢を報いたが、結局は自らの「則《おきて》」に殉じて自滅する。さらに、深川綾子は、「則《おきて》」に殉ずるという選択すらも許されず、極度の葛藤状態に留め置かれて発狂する。

綾子が発狂していく一部始終を「見物」し終えた丹は、自らの「裁判」の結果に満足し、深川家から去っていく。だが、去り際に彼女が残した「『なに未《ま》だ、彼様《あん》な目に逢わせるのが二三人あるよ。』」という台詞は、「丹」的な「悪魔」が、「貧民倶楽部」という一篇を超え、別の一篇へと引き継がれる続けることを強く予感させる。〝次〟の物語に登場する彼あるいは彼女が、「丹」という固有名詞を持っていなくとも、彼らはまぎれもなく「丹」なのだ。「悪魔」の挑戦は、始まったばかりである。

注

（1）「貧民倶楽部」の成立については、田中励儀が「新進作家時代の鏡花――『聾の一心』『貧民倶楽部』」（昭和六二年一一月／泉鏡花研究会編『論集泉鏡花』第一集／有精堂）の中で詳述している。田中は、現存の書簡や鏡花自筆年譜の記述のほか、作品の執筆に際し、鏡花に非常に大きな影響を与えたとされる松原岩五郎の『最暗黒の東京』の単行本刊行時期から推定し、本作品の執筆開始時期を明治二六年一一月以降、一二月以前と推測している（だが田中は、明治二五年以降「国民新聞」紙上に掲載された『最暗黒の東京』初出を読んだことで、鏡花が創作意欲を持った可能性を否定してはいない）。明治二七年二月頃には脱稿、尾崎紅葉の元に送られ添削が開始される。だが、煩瑣極まる作業に音を上げたのか、紅葉は結局本作の添削を放棄している。脱稿から約一年半を経て、本作品は「北海道毎日新聞」に発表されることになる。田中は、この機会を鏡花に与えたのは、博文館の支配人・大橋乙羽であったのではないかと推測している。この後、本作品の前半部分が「慈善会」と題され、明治三〇年一二月「新著月刊」一〇号に掲載されている。「慈善会」は、明治四四年三月刊行の『鏡花叢書』（博文館）に収録されたが、「貧民倶楽部」は昭和二年に春陽堂版『鏡花全集』が編纂される時まで日の目を見ることはなかった。なお、現在は初出紙の一部が散逸してしまっているため、正確な連載終了日を確認することは出来ない。

（2）東郷克美は「泉鏡花・差別と禁忌の空間」（昭和五九年一月「日本文学」三三巻一号）の中で、『最暗黒の東京』の本作への影響に言及している。秋山稔は「慈善の時代の文学─『貧民倶楽部』の試み─」（昭和六二年一一月／泉鏡花研究会編『論集泉鏡花』第一集／有精堂）において、また、格清久美子は「『貧民倶楽部』の虚構と現実──泉鏡花と明治中期の貧民」（平成一四年三月「表現と創造」四号）において、「郵便報知新聞」、「国民之友」、「読売新聞」等に掲載された記事からの影響を指摘し、詳しい分析を行っている。

（3）初出は明治二五年一一月一日～明治二六年八月九日「国民新聞」。明治二六年一一月、民友社より単行本刊行。

（4）こうした「貧民」のイメージについては、拙論「〈貧民〉のフィールド」（平成一八年三月「繍」一八号）で詳しく分析した。

（5）「【資料紹介】天理大学附属天理図書館蔵　泉鏡花草稿四種─「貧民倶楽部」「熱海の春」「光堂」「九九九会小記」─」（平成一七年三月「同志社国文学」六二号）。

（6）「悪の世界──泉鏡花の〈内なる風景〉」（昭和五六年七月「解釈と鑑賞」）。なお、松村が指摘する特異な〈悪〉は、「貧民倶楽部」の翌年に発表された「海城發電」にも引き継がれている。主人公・神崎愛三郎が堅持する「『自分は赤十字の看護員です』」という倫理と、軍夫たちに代表される「愛国心」とが衝突した結果、神崎の倫理が、「日本」という共同体の論理に抗する〈悪〉として立ち現れるのである。この点は、第一章で詳しく分析した通りである。

（7）広重徹訳『熱機関の研究』（昭和四八年一一月／みすず書房）。

（8）豊田彰訳『分布』（平成二年一一月／法政大学出版局）。
（9）（注8）前掲書。
（10）（注4）前掲論文。
（11）ミシェル・セール／及川馥他訳『パラジット　寄食者の論理』（昭和六二年一一月／法政大学出版局）。
（12）「貧民倶楽部」発表当時行われていた「慈善会」の実際の様子については、秋山稔（注2）前掲論文に詳しい。
（13）（注4）前掲論文。
（14）『藤田省三著作集4　維新の精神』（平成九年五月／みすず書房）所収「維新の精神」。ここで注意しなければならないのは、「貧民」と丹の関係性である。丹が「指揮」をしているからといって、彼女と彼らの間に厳密な命令系統が存在するわけではない。丹はヒエラルキーの頂点に座る絶対的命令者なのではなく、あくまでも「貧民」たちを節合し、彼ら「不平不満の一大塊」を闘争へと駆り立てる契機＝「不思議の導火」なのである。そのことを示す傍証の一つとして、彌陀平が光子を救い三吉を捕らえたのは、それが結果的に丹の意に添うことであったとしても、行動を起こすか否かは彌陀平自身の判断によるものだったことが挙げられるだろう。丹の率いる「貧民」たちは、こうした偶然の機会を、狙い過たずに行為の口火として利用することができる。当然のことながら、彼らを取り締まろうとする「華族」の側からすれば、この予測不能性は厄介極まりない。
（15）「明治の表象空間（三）」（平成一八年三月「新潮」）。
（16）「小説界の新潮流（殊に泉鏡花子を評す）」（明治二八年九月「国民之友」）。
（17）アレンカ・ジュパンチッチ『リアルの倫理――カントとラカン』（平成一五年二月／河出書房新社）。

第三章　「父」の構築

――「黒猫」から「なゝもと桜」へ――

一、「言文一致」の試み

尾崎紅葉『多情多恨』と二葉亭四迷「あひゞき」改訳（「片恋」）は、「悲惨（観念）小説」に関する議論が活発に行われていた明治二九年に発表された。島村抱月は、「『多情多恨』合評」[1]の中で、「今の新派の作」を、二葉亭の『浮雲』に端を発する「心理的写実」と、「観念小説」によって「萌芽」を得た「理想的」なるものを「一処に会せんとするの傾向いちじるし」と規定し、当時こうした傾向から最も遠い位置にいるとみなされていた「硯友社派」の領袖である紅葉が、『多情多恨』を発表するに及んで、「此の新潮流の漸く全小説壇を浸潤せんとするを見る」と結論している。

『多情多恨』は、「あひゞき」改訳と並んで、文末詞「である」を使用した言文一致体を完成させた作品とされている[2]。言文一致体は、「何ものかが『現にそこに存在している[3]』」ことを表す判断的陳述「である」を用いて、物語内容の現前性という虚構を成立させる形式である。その言文一致体を採用した『多情多恨』と改訳「あひゞき」は、〝自然〟な「人間の全体」の現前を要請する批評に呼応するかのようにして現れた。しかし、この時点でも、言文一致体は、依然として数ある「文体」の内の一つに過ぎなかった。たとえば、明治三〇年一一月の「早稲田文学」に掲載された無署名記事「◎言文一致論」には、「今の小説壇に於ける文体の二大種類は、雅俗折衷体と言文一致体となること言ふまでもなし」との記述がみられる。翌年四月、同誌に載った無署名記事「◎小説文体論」では、「雅俗折衷体」と「言文一致体」の特徴が次のようにまとめられている。

吾人の見る所にして誤らずば、一致体の利として説かるゝの主点は、写実といふことに係り、折衷体の利として説かるゝの主点は、詩化又は酵《ママ》化といふことに関するものなるに似たり、（中略）尚ほ翻つて一致体の弊として説かるゝ所を検するも、彼の平板といひ、麤鹵といひ、冗満といひ、蕪雑といひ、さては通常寒暖の辞義を蓄音器に入れたる如しといふ類、悉く是れ直ちに写実の弊ならずや、即ち一致体の利弊の係る所は写実といふに在りと云ふ所以なり、次に折衷体は如何、彼の典雅といひ、簡潔といひ、風韻といひ、抒情に適すといひ、縹渺として霞につゝまれたるの趣致ありといふ類、是れ皆詩化、醇化なることに関する深き事どもにはあらざるべきか、即ち後者の主点が詩化、醇化に関するといふ所以なり、（中略）文体問題は遂に写実の得失（或は程度）問題、及び詩化、醇化の問題と離れては究め難きこととなるべきなり（後略）

この記事には、同年二月、やはり「早稲田文学」誌上に掲載された「小説文体と新派作家（天外、鏡花、宙外三氏の文体論）」への言及があるが、この中で、表題に上がった三作家たちは「小説文体」についてそれぞれ次のように述べている。

小杉天外子

（前略）此の頃は言文一致ばかりやツてゐるが、あの方が思想をそツくりそのまゝ写し出すに適して、文章で書くやうな嘘が少ない、（中略）要するに思ツたまゝをすら〳〵と書けるのが言文一致だから、それで力を此の方に尽くして見やうといふまで、雅俗折衷にも長所がないではないが、僕は文章に苦心する暇で、思想の方を錬ることに、当分しやうと思ふ

泉鏡花子

僕は雅俗折衷も言文一致も、両方やツて見るつもりだが、今まで経験した所では（中略）言文一致でごた〳〵と細かく書いたものは、近くで見ては面白くないが、少し離れて全体の上から見ると、其の場の景色が浮んで来る、油絵のやうなものでもあらうか、文章で書くとそれが近くで見てよく、全体といふよりも、一筆〳〵に面白みがあるやうに思はれる（後略）

後藤宙外子

（前略）今の言文一致では、何だか色の褪せた、香のない花を見るやうで、満足が出来ない、（中略）段々精錬して行ツたら言文一致だツて敢て雅俗折衷に劣るといふ訳はなからう、殊に思想を発揮するに自由なといふ点から見れば、到底言文一致に及ぶものはない、（中略）雅俗折衷をもつと自由な、痒い所に手の届くやうなものにし、言文一致をもツと平談俗語のまゝでなく、光沢《つや》のあるものにする、覘ひ所はそこらだと思ふ（後略）

天外と宙外は、「言文一致」か「雅俗折衷」かと問われた場合、「◎小説文体論」中で指摘されたような「利弊」に即して、前者を選択している。両者とも、「言文一致」の方が、「思想をそツくりそのまゝ写し出す」「写実」に適していると結論しているが、宙外は天外に比べ、「言文一致」側につくことに対して、若干の躊躇があるようにみえる。宙外は、「言文一致」が「思想」の現前性を保証する論理的「文体」であると認める一方で、そこに「光《つ》

沢《や》」が無いことを問題にしている。彼は、「思想」の現前を可能にする論理性を損なわぬ形で、「麤鹵」とも「蕪雑」とも言われる「言文一致」の「弊」を、「詩化」することで乗り越えようとする。宙外は、「言文一致」が美的なもの（「光《つ》沢《や》」）を排除し、「平板」になってしまう可能性を、天外ほど気軽に無視できなかった。その理由の一つには、この時期に宙外が硯友社に接近していたことにあるだろう。絓秀実が指摘するように、硯友社系の作家たちは、言文一致体を採用する際、文章への美的なもの＝「女性性《フェミニニティ》」の浸透を積極的に引き受けることを選択していった(4)。宙外の「言文一致」への消極的態度と美的なものへの拘泥は、そうした硯友社の傾向からの影響であるとも考えられる。

それでは、硯友社の小説家の中でも、「言文一致運動と女性性《フェミニニティ》との関係について、最も慎重かつ大胆(5)」だったとされる尾崎紅葉の門下にあって、その薫陶を最も強く受けた泉鏡花は、「言文一致」に対してどのような態度をとろうとしていたのか。鏡花は先の引用中、「雅俗折衷も言文一致も、両方やツて見るつもり」であると述べており、実際、明治三〇年頃から「言文一致」による創作を本格的に試み始めている。これは、師である紅葉が、明治二〇年代後半の文体模索期を経て、『多情多恨』を完成させたことに触発されたとみるべきだろう。鏡花は、「言文一致」を「近くで見ては面白くないが、少し離れて全体の上から見ると、其の場の景色が浮んで来る」として、「油絵」に比している。天外や宙外に比べ、鏡花の説明は論理的な明晰さに欠けるきらいはあるが、彼が「景色」の成立を保証する遠近法を導入する形式として「言文一致」を捉えていることは読み取れる。他の小説家と同様、鏡花も「言文一致」を現前性の次元で捉えていたのである。

その一方で、鏡花には宙外のような屈託がない。つまり、「言文一致」の論理性と美的なもの＝「女性性《フェミニニティ》」との間に生じる葛藤をどのように処理するかという問題は、ほとんど意識されていないようにみえる。しかし、鏡花の作品に「女性性《フェミニニティ》」が積極的に導入されるようになるのは、まさにこの時期なのである。そして、これまで様々に指摘されてきた通り、「女性性《フェミニニティ》」へのこだわりが鏡花の本領なのだとすれば、現前性を保証する論理をもたらす「言文一致」の内に、いかにして美的なもの＝「女性性《フェミニニティ》」を保持していくかという問題は、鏡花にこそ重要な意味を持つはずなのである。

二、「黒猫」を支える文語的論理性

明治三〇年十一月に「新著月刊」に発表された「なゝもと桜」（原題「七本桜」）は、この時期の鏡花の言文一致の試みとしては、最も本格的なものである。同時代においても、「五篇（「七本桜」、「髭題目」、「暗まぎれ」、「山中哲学」、「慈善会」――引用者注）中「七本桜」を以て人物事件の配置略自然を得、小説として見るべく、はた鏡花近業中の最とすべし(6)」というように、ある程度肯定的な評価を得ている。これ以前に発表された「風流蝶花形」（明三〇・六）や「化鳥」（同・四）に対する評価が、「生硬にして文格正しからず、章句怪渋、語意に朦朧多し(7)」などと否定的であったことと比較すれば、「なゝもと桜」の好評は注目に値する。

「なゝもと桜」の特徴は、明治二八年六月から七月にかけて「北国新聞」に連載された「黒猫」と比較することでより鮮明になる。というのも、「なゝもと桜」と「黒猫」の内容は、非常に似通っており、前者は後者を書き直すことで成立した可能性が極めて高いからだ。たとえば、髪結いのお欽（「黒猫」ではお島）が車夫の信之介（「黒猫」では絵師の二上秋山）に懸想するも、信之介の方は清川家の令嬢・清子（「黒猫」では上杉小夜）に想いを寄せていることを理由に、お欽を拒絶する場面や、「数学家」で結核を患っている岸川資吉（「黒猫」では天然痘を病んで盲人となった富の市）が清子に執着し、自宅に上がり込んでは長時間居座りつきまとう等の場面は両作に共通して現れている。

その一方で、髪結いのお欽とお島、さらに信之介と二上秋山の造形の違いをはじめ、いくつかの相違点も見受けられる。「黒猫」のお島は、元々「東京の花柳社会に持囃され」た髪結いであるが、元板橋芸妓の小俊たっての希望で、彼女の嫁ぎ先まで同行してきた。「栄耀の絶頂」にある小俊の後ろ盾を得、お島は「眼中天地なく、はた人もなく、其の一地方を平呑して殆ど恐るゝ色も無」い「鉄拐無類の婦人」として周囲からも一目置かれている。一方のお欽も、「ざツくばらんの伝法肌で、俠な名代の髪結」とされている。彼女らはいずれも鏡花が好んで描いた「俠気の女」の系列に属するが、想い人である男に対する態度にはかなり差がある。お島にとって秋山は「初恋」の相手であり、二人の間にあるのは「肉体の関係」を結ばぬ「信友《ママ》」のような「愛」とされている。翻ってお欽は、一向に自分に靡かぬ信之介に対し陰で悪態をついたり、「妾」にしてくれと迫ったりもしている。お島もまた、秋山の「妻」になる望みを打ち明けてはいるが、やはり彼女に付与されているのは、「義血俠血」の滝の白糸などにも通ずる一種の至純性なのである。だが、お欽は同じ「俠な」女でありながら、そうした至純性からは極力遠ざけられているようにみえる。

秋山と信之介も、お島とお欽の場合と同様、基本的な性格等は共通している。しかし、秋山の素性がある程度判明している一方、信之介のそれはほぼ不明であるという違いが存在する。秋山は「東京の美術学校」を卒業した「絵師」であり、その実家は商家を営んでいる。父や兄から画家になることを反対され、家業を継ぐよう強制された結果、仲違いをして経済的援助を打ち切られ、「行燈絵に腕を屈して、辛くも其日を支ふるのみ」という困窮した暮らしを送ることとなったという。これに対して、信之介は「田舎」から出てきたはよいものの、「学資」に窮して「車夫」をしているということしか分からないのである。

こうした人物造形上の差異は、物語内容の世俗化によって生じてきたと考えられる。「黒猫」の上杉家が、「旧藩主に事へて千石を領したる士族」として、家長亡き後も「無事閑散に世を送るに足る、十二分の余禄あり」と、かつての封建的秩序の庇護の内にあることを強調されているのに対し、清川家にはそのような設定が付与されていないこと、あるいは、お欽の素性が「篠原家の令嬢」とされながらも、「其の令嬢欽子として覚えたものは一人も居ない」と直ちに打ち消されていくことも、世俗化の結果と考えてよいだろう。なにより、「黒猫」が化け猫の登場する怪異譚である一方、「なゝもと桜」からは、そうした超自然的要素がほぼ排除されていること自体が、世俗化の遂行を如実に表している。注目すべきは、こうした物語内容の世俗化が、文語文から言文一致体へという形式の変化と同時に引き起こされていることだ。加えて、言文一致体の導入と物語内容の世俗化は、表面的な設定の違いのみならず、作品構造自体の決定的な変更を齎したのである。そのことを確認するために、まずは「黒猫」の構造をみていこう。

「黒猫」は、物語内容の現前性を阻害する上演＝口話的な文語体を採用している。その上、怪異譚という枠組みに依拠しているため、作品の上演性が一層強調されてもいる。しかし、こうした枠組みに則った話者の上演的な語りによって、作品を秩序づける論理性が一貫して保たれているのである。たとえば、お島に襲われ息絶える直前の富の市が吐いた捨て台詞である「『猫になるからさう思へ。』」と、富の市の死後に上杉家の飼い猫が見せる様々な行動とを並べた後、「活ける黒猫と富の市の怨霊との間には何等かの関係ありて存すること最早蔽ふべからざる事実なりぬ」と話者は語っているのだが、この語りが説得的であり得るのは、話者と読者の間で、この作品が怪異譚であるという暗黙の前提が読者に共有されている場合だけだ。「黒猫」が決定的に近代以前的な印象を与える半面、読物としてはそれなりに成功していると感じられるのは、上演＝口話的な話者による怪異譚として、作品全体が統御されているからだといえる。

また、物語内容の次元でいえば、上杉家は家長の父親こそ亡くなっているが、「旧藩主」の「余禄」という封建的な恩恵によって、その経済的基盤を保証されている。また、後継ぎの秀松は、富の市の「怨霊」に憑依された

（といわれる）黒猫を切り捨てることにより、未来の家長＝「父」たるにふさわしい「勇武なる」存在であることが強調される。こうした「父」の庇護下にある上杉家を脅かすのが富の市であり、その背後で糸を引くお島なのだが、物語の後半で、お島は富の市を殺害した後、秋山と小夜の結婚を願いつつ「一切の葛藤と紛紜《ふんうん》とを双の肩に荷」うようにして自害してしまう。富の市とお島は、物語の展開上生じる「一切の葛藤と紛紜」を負って棄却されることで、かえって作品の秩序を支える論理性の内に位置づけられていくのである。彼らはあくまでも、秋山と小夜の恋を成就させ、上杉家の安泰を保証するべく死んでいくという役割を忠実に演ずるのみであり、物語を貫く論理性を危機に晒すような「葛藤と紛紜《ふんうん》」を生じさせることは決してない。このことは、お島や富の市に限らず、小夜や秀松、秋山にもいえることである。

三、「なゝもと桜」における文語的論理性の解体と物語の再秩序化の失敗

一方、「なゝもと桜」では、怪異譚という枠組みが取り払われると同時に、文語体から言文一致体への変更が図られている。これは、「黒猫」を支えていた上演＝口話的な論理性を解体し、現前性を志向する論理性によって、物語を再秩序化することを意味している。しかし、鏡花にとって、この新たな論理性の導入は、それほど簡単なことではなかった。そのことは、「なゝもと桜」の言文一致体が、必ずしもうまく機能しているわけではない点に現れている。

小石川に恐しい雷が鳴つた晩だ。安藤坂下から第六天のあたりまで、黒白《あやめ》も分かない真の暗《やみ》で、篠突くばかり降りしきる雨のなかに、町も屋根も静まり返つて、物の音も聞えない、中坂見附の軒の下に「いとしん」と

書いた行燈が澈《しぶき》に濡れてぼんやり見える。其の平仮名で「いとしん」と書いた真赤な字が、吹き込む風で行燈の灯があふるに連れて、大きくなつたり、小さくなつたり、広く且つ狭く動くやうで、恐く此時水道町の天に動いてるものは、電《いなびかり》と此灯《あかり》と、それから行燈の前に踞つてる車夫の身体ばかりであらう。

今しがた此処で草鞋を買つたんだが、品物を渡して金子《かね》を受取ると、荒物屋のかみさんといふのが、いや、不愛想千万な、「酷く吹込みますから御免なさいよ。」とばかりで、洋燈《ランプ》を袖で庇つて後《うしろずさ》退りに引込んでしまつたので、車夫《わかいしゆ》はたゞ一人軒下につくばつて、雫の落込まないやうに、提灯《かんばん》に手拭をかけて、結へて置いて、其草鞋を穿きかへて居た……だんまりで、手疾《ばや》く緒を結んで居る横合から、

「車夫《わかいしゆ》さん、ちよいと！」

と呼んだのは婀娜な声。

（「なゝもと桜」一）

引用したのは、作品冒頭の第一段落及び第二段落の初めの部分である。「なゝもと桜」は非人称的な話者によって語られている。語りの時制は過去に属するが、第一段落を構成する三文の文末は、「晩だ」「見える」「であらう」と、すべて現在形となっている。これらはいずれも、過去再現的な語りに現前性を付与するための処理だと考えられる。しかし、続く第二段落の最初のところで「車夫」に焦点化する際の不手際により、結果として話者の透明化が決定的に阻まれてしまっているのである。話者は、第一段落の三文目において「恐く（中略）であらう」と、「黒白《あやめ》も分かない真の暗《やみ》」中の状況をよく把握していないふりをしていたにも関わらず、第二段落の冒頭で、なんの説明もないまま、視点を「車夫」へと一気に移動させている。この急激な「車夫」への焦点化によって、「車夫」が「暗《やみ》」の中にいることを、話者があらかじめよく知っていたことが露呈する。それは「今しがた此処で草鞋を買つたんだが」と、過去形で断定されていることからも明らかだ。こうした話者の不安定な位置取りが、かえってそ

の存在を顕在化させることになる。第一段落の最終文では、文末詞「である」が推量の形をとって使用されているが、それは「車夫」への焦点化の不手際とあいまって、語りの再現性を糊塗するどころか、むしろそれを強める方向に作用してしまっている。

冒頭以外の部分においても、「な、もと桜」では、「である」が機能失調に陥っている場合がしばしばみられる。また、物語が進むにつれて、たとえば「三十六」から「四十」にわたる清川家の下女・初の長大な語りのように、登場人物同士の会話や独白的な台詞の、章中に占める割合が大幅に増していくことも、語りの現前性の成立を阻害する原因となっている。この初の語りは、物語内の過去の出来事を語る際、一人称による話法の時制が現在に属することを利用して、語りの再現性を糊塗しようとする工夫と考えられる。だが、こうした手法は冗長な印象を与えると共に、必然的に物語の進行を遅らせることにもなり、結果としてますます現前性からは遠ざかってしまうのである。(8)

「な、もと桜」において、現前性を志向する論理性の導入は成功しているとは言い難い。それは形式面のみならず、物語の内容においても同様である。

「(前略)お前(資吉——引用者注)の荒行は利目があつたわ、ちやうど此雷が道具になつて、それに何だよ、お天道様にもからくりがあつたと見えて、むかうでも利きすぎる位受けてくれたわ。(中略)私は何、半分は狂言だから身体に触らないくらゐ芝居をすりや、可いだらうと思つたけれど、お前は正直一国で、ほんとに水一滴のまないから、やつぱりこんなに利いたのかと思つたら、まつたくだ、私も些少《ちつと》恐かつたわ。ほんとに念といふものは恐しい(後略)」

(「な、もと桜」四十六)

これは、清子の父親の墓前に座りこむ資吉に向かって、お欽が清子への気持ちを思い切るよう説得する場面での台詞であるが、ここに現れる「ほんとに念といふものは恐しい」という一語は、「黒猫」における「富の市の怨霊」を髣髴とさせる。また、彼女は雷雨に怯える清子に、「お嬢さま、みんな思ですよ。男の思なんだわ」（四十四）と、「怨霊」のような超自然的な存在を仄めかしている。このように、一度は排除したはずの怪異譚的論理性が、物語中に回帰してきてしまっているのである。

四、狂った「父」の露呈

こうした限界を持つ「なゝもと桜」が、それでもなお鏡花の言文一致に対する態度を考察する上で重要な作品であるのは、そこで美的なもの＝「女性性《フェミニニティ》」を論理化しつつ現前させることを可能にする審級が模索されているからである。この点で見逃せないのは、「なゝもと桜」中での「父」の現れ方である。ヒロイン一家の家族構成をみると、「黒猫」でも「なゝもと桜」でも、共に家長である父親が亡くなっているが、前者には小夜の弟で、後継ぎの長男である秀松が登場するのに対し、後者の場合「清川の家は女主人で、令嬢と下女と三人ばかり」という設定になっている。だが、この違いは、前者には「父」がおり、後者にはいないということを意味するものではない。「なゝもと桜」において、「父」はある分裂を被る形で現れるのである。

「（前略）（はい、其は分りました。それはもうお嫁にやるなり、お婿を取るなりしませうが、亡くなつた清の父親が承知をしますか何うですか。其意《こゝろ》が分らなければ、女《むすめ》と母親ばかりでは、何とも計らふことが出来ません、で其しつかりした返事を聞いて下さい。また此方でも、其返事を聞きましたほど腑に落ちることが、何んなことなとありましたら、いかにも承知をいたしませう。）（後略）」

（「な、もと桜」三十八）

これは、資吉の清子への未練を断たせるための母親の口実なのだが、資吉はこれを本気にし、「雑司ヶ谷」の「荒寺」にある清子の父親の墓前で飲まず食わずの座り込みを行い、その「返事」を聞こうとする。資吉は、豊かな農家の一人息子として生まれるも、父親の死後は、「沢山あつた財産」と自分の母親を叔父の熊蔵に奪われ、今は居候として「二室しかない」「古着屋」の一室で暮らしながら、「あゝ出たい、こんな内に居るのは嫌だ」と自らの不遇をかこっている。叔父に家督を横取りされ、「父」となることに失敗した資吉は、清川家の「婿」となることで、奪われた「父」の座の回復を試みているといえよう。しかし、こうした希求にも関わらず、「な、もと桜」は資吉を「父」とすることなく、清子の父親の墓前に座り込ませたまま途絶することになる。

このことを別の側面から現しているのが、お欽の一連の言動である。お欽は、「黒猫」から「な、もと桜」へという世俗化の過程で、至純的俠というお島的役割存在には還元できぬ「女」へと変質したといえる。そのことを表すのが、次に引用するお欽の言葉である。

「（前略）私の母上《おつか》さんなんぞも男といやあ、からつきし玩具《おもちや》にし切つてたんだ。（中略）男にものをいつて、此方《こつち》の思ふ通りにならないといふことはないんだ、立派なものだ、えらいものだ、男といふものは自由になるもんだとばかり思つてたし、また、ね、其通だつたからね、附文をするのを押ぽり出してやりや泣面で引退るしさ、睨んでやりや拝むぢやあないか。（後略）」

（「な、もと桜」二十五）

しかし実際には、彼女は「車夫」の信之介も、資吉すらも「自由」にすることは出来ない。特に、「四十六」（最終章）における資吉とのやり取りは示唆的で、ここでお欽は、「黒猫」のお島が富の市に懇願したのと同様に、ヒロインを思い切ってくれたら、自分が彼の「女房」になってやるとまで譲歩する。しかし、資吉も富の市の如く、お欽の申し出を拒絶する。役割存在的であるお島の場合は、物語内に生じた「葛藤と紛紜《ふんうん》」の原因である富の市と自らを躊躇いなく殺害することも可能であるが、そうした役割としての至純性から隔てられているお欽は、ただただ資吉に取りすがり途方に暮れるしかない。「な、もと桜」は結局、「女」たるお欽を、男との関係において物語の秩序の中に論理的に位置づけられぬまま結末を迎える。こうした中途半端な結末のあり方が、言文一致体の導入によって現前性を志向しながらも、しばしば失敗してしまうという形式面での挫折と相即的なものであることはいうまでもない。

さらにいえば、「な、もと桜」の「父」は、物語の秩序を保証する象徴的な存在であると同時に、登場人物に狂気をもたらすおぞましい存在としても描かれる。そのことを示しているのが、次の引用箇所である。

「（前略）一体、お父様《とうさん》には七つの時とやらにお分れなすつたんださうでございますが、（中略）お墓参りのついでに、何か、此裏でお嬢様が摘草をなすつたことがございますさうです。（中略）お内へお帰りなすつてお休みなすつた其晩、大変うなされて、何でも気絶《ひきつけ》ておしまひ遊ばしたつていひます。（あゝ、恐い夢を見た。何でも広い〳〵真中の凹んだ野原に彼処此処《あつちこち》水田《みずた》がある、むかうに小高い丘があつて、其崖とも思ふ処に、桜が七処咲いて居た、一本々々夕日がさして、そこいら暗くなつて寒くなつた、遠くに、真黒な門構の空までとゞくやうなのが見えた処で、何とも分らないが、恐い〳〵めにあつた夢で、何処だか知らないけれど、何うしても、昨日摘草をした父上様のお墓の裏田圃のやうだ）ツておつしやつて、（何んな恐いことかそりやもう忘れてしまつたけれど、桜が七処と野原の門とは、今でも眼の前に見えるやうで、思ひ出しても気が遠くなるやうで引入れられるやうな、いやあな〳〵気持がする。そして何といふことはないけれど、二度とまた其処へゆくと、生命がなくなるやうな気がしてならない。もう〳〵彼処へは行きません。）（中略）秋の暮合なんぞ、一人で茫乎《ぼんやり》庭でも眺めて在《い》らつしやると、何か影燈籠のやうに、其時の景色が見えますさうでね、さうするたび寒気がするつて、うつとりして気脱がしたやうにおなんなさいますが、まるで持病のやうにおなり遊ばして在《い》らつしやいますから（中略）そんなでございますから、奥様もしまひにや薄気味が悪くなつたつて、ツヒぞ此お墓へは参詣なさらないものですから、お寺がこんなになつてもお墓は其のまゝで、他へお位牌だけ置いて、其処でお祀《まつり》をして、ほんとにお骨《こつ》の入つた此方へは全然《まるで》野田圃にしつぱなしで、其こそお嬢様なんぞ口に出しても此辺のことをおつしやらない位、何か此裏には因縁づくお嬢様を殺さうとする大きな蝦蟇でも土の下に居るやうなことになつてるのでございますもの。（後略）」

（「なゝもと桜」三十九）

　ここでの「父」は、清川家の先祖として祀られる象徴的な「位牌」としての像と、清子が命の危険を感じて怯えるほど暴力的な「大きな蝦蟇」としての像とに、はっきりと分裂している。そして、この恐ろしい「父」は、「七処の桜」というイメージとなって清子につきまとっては、彼女を狂気に陥れるのである。お欽の言葉に追い詰められて錯乱状態に陥ったときにも、「大方室の中《うち》《ま》は桜七処の景色になつて見えるのであらう、かういふ時だ」（四十五）と、「七処の桜」の顕現が示唆されている。

　重要なのは、「なゝもと桜」においては、象徴としての「父」よりも、狂的で「恐い」「父」の方が優位に立っている点である。この作品の表題が、「なゝもと桜」であるところにも、そのことは示されている。「父」が物語の秩序を保証する象徴性を獲得するためには、その狂的で暴力的な側面が、墓の下に抑圧されなければならない。しかし、葬られたはずの「父」の狂気は、亡霊のように「七処の桜」の幻として絶えず蘇ってくる。本来ならば、この

「七処の桜」も、「な、もと桜」に導入された論理性に従い、物語の秩序の中に適切に位置づけられる必要がある。しかし実際には、「父」の分裂が繕われることもなく、「七処の桜」の幻は行き場を失ったまま、作品は閉じられてしまう。

「黒猫」が「な、もと桜」へと書き換えられる過程を検討することで浮かび上がってくるのは、文語文的な論理性に代わって物語を統御する新たな論理性を、作品中にどのように導入するかという課題である。しかし「な、もと桜」において、その課題が完全に解決されることはなかった。物語を支える新たな論理性、すなわち「父」の構築という問題は、明治三一年に書かれた「笯摺草紙」において、引き続き追究されることになるのである。

注

（1）梁川、迷羊、抱月、逍遥「『多情多恨』合評」（明治三〇年一〇月「早稲田文学」）。

（2）絓秀実は『日本近代文学の〈誕生〉』（平成七年四月／太田出版）で、『浮雲』の言文一致について次のように分析している。

『浮雲』は、忍月が「不完全なる人物」という言葉で言いあらわそうとしたのであろうところの、「世人」のその自己意識の構造を、話者に精密に語らせているのである。その話者の語りが、あからさまに再現＝上演的な文語文ではなく、現前的な言文一致体でなされなければならないのは、言うまでもない。（中略）しかも、言文一致の問題に関わって重要なのは（中略）「である」が文末に使用されていることだ。（中略）ここで注意しておきたいのは、二葉亭自身が『浮雲』の文章を「だ」体だと言っているにもかかわらず（括弧内省略）、そこに「である」体が使用されていることの意味なのである。（中略）では、『浮雲』において、「『現にそこに存在している』当のもの」とは何か。それは、男＝自己ではなくて、女＝「他者」なのである。この作品で、現前（しているかのごとき虚構をえている）のは、文三ではなくお勢の方なのだ。

（3）（注2）前掲書。

（4）（注2）前掲書。なお、「女性性《フェミニニティ》」という概念について絓は、「近代文学が確立されていく過程で、男性中心的な文化へゲモニーのもとに保持されつつ隠蔽されていく、ある種の他者性を指しているのであって、直接的には自然的な性差のことではない」と説明している。

（5）（注2）前掲書。

（6）無署名「泉鏡花と其近業」（明治三一年一月「国民之友」）。

（7）無署名「鏡花の『風流蝶花形』」（明治三〇年六月「国民之友」）。

（8）「なゝもと桜」に限らず、鏡花の作品には、会話場面の多用や登場人物の台詞まわしを詳細に書くことによって現前性を確保しようとする傾向が、後々まで根強く残っていく。

第二部　鏡花の構想――「詩想」としての「女」――

第四章　「詩想」としての「女」

――「笈摺草紙」における言文一致の戦略――

一、鏡花の「転身」

明治二八年の「夜行巡査」及び「外科室」の発表以来、泉鏡花は有力な新人作家として文壇に認知されるようになった。しかしこの後、鏡花の作風は大きく変化していくことになる。鏡花のこの変化について、たとえば東郷克美は、作品の舞台が「反逆する貧民や賤民の世界」から「魔窟的空間」へと移ったことに注目し、この変化を「外から内への後退ないし転身[1]」、あるいは「戦う鏡花から、退行し遁走する鏡花[2]」と捉えた上で、明治三〇年前後を「鏡花が自らの内なる渇望に忠実であろうとしはじめた時期」と位置づけている。また松村友視は、「観念小説」は「現実社会の原理の否定によって死と他界への志向を正当化する手続き」であり、「鏡花文学固有の〈異界〉」へ至るのに必要不可欠な迂回路であったと結論している[3]。

こうした鏡花の「転身」は、物語内容の次元のみならず、物語形式の次元においても現れている。その顕著な例が、前章で検討した「なゝもと桜」の地の文に、文末詞「である」を用いた言文一致体を採用したことである。この作品以前の鏡花は、基本的に会話では口語体、地の文では文語体を採っているが、「化鳥」（明三〇）では口語体を使用する範囲を地の文にまで拡大し、「なゝもと桜」で本格的な言文一致体を試みている。先行研究では、鏡花の作品には独特の〝文体〟があるとの指摘がしばしばなされてきたが、鏡花の〝文体〟と同時代の言文一致運動との関連が検討されてきたとは言いがたい(4)。たしかに、鏡花の〝文体〟と「である」を用いた言文一致体との間には、明らかに距離がある。しかし、このような同時代の潮流に対して、鏡花がどのような〝文体〟によって応答しようとしたのかという点にこそ、鏡花の独自性を見出すべきだろう。

以上の点を踏まえ、本章ではまず、明治三〇年前後の鏡花の変化を、物語形式の「転身」という側面から考察していく。その際に取り上げるのは、「端坐精進」（鏡花自筆年譜）の末に書かれ、明治三一年四月に発表された「笈摺草紙」である。この作品は、先に挙げた「なゝもと桜」と同様、文末詞「である」を用いた言文一致体で書かれている。また本作品には、鏡花自身の幼少期の記憶、特に早世した実母に関わるものが、物語内容を構成するための素材となっている。亡母の面影を宿した「女」が、鏡花の創作物の特権的な主題になっていることは周知の事実であり、先に言及した東郷・松村が指摘する「転身」とは、まさにこのような〈女〉が作品の前面に押し出されてくることを意味していた。ではなぜ、物語形式の「転身」と同時に、この種の〈女〉が書くべき対象として明確に意識されることになったのか。同時期の文壇における、文章の「詩化」に関わる議論と関連させることで、鏡花の物語内容の次元での「転身」についても改めて考察を行っていく。

二、「詩想」と「再現力」の両立

日夏耿之介は、明治三〇年前後の鏡花について、「文語より全く口語に移行しなければならぬ世俗的要求に応じた過渡期の渠には、一種の苦悶があつたやうな気がした」と書いている(5)。日夏は、終始「口語」という語を使っているが、鏡花と尾崎紅葉を比較する際に言及するのが『多情多恨』であることからも、日夏のいう「口語」が、「である」を用いた言文一致体を指すと考えてよいだろう。紅葉は、言文一致の『多情多恨』を書くことで「峠」

を越えたが、鏡花は、こうした「世俗的要求」から「巧みにサッと身を躱し」たように見えつつ、実のところ「焦心」を隠せていなかったというのが日夏の見方である。

鏡花は明治二九年から三一年までの間に多くの小説を書いているが、それらに対する評価は厳しいものが多い。たとえば、「鏡花の『風流蝶花形』」[6]では、「風流蝶花形」の「和文体」を「生硬にして文格正しからず、章句怪渋、語意に朦朧多し」と批判され、「笈摺草紙」の二か月前に発表された「辰巳巷談」についても、「脈絡の貫連《ママ》事局の配置また例の如く不自然に不分明なり」[7]といわれている。そこに書かれた「是詩想の宜しからざるに非ず、結構組織上の再現力に乏しきなり」[8]という不満は、「辰巳巷談」に限らず、当時の鏡花作品全般にいわれていたものである。

こうした状況の中で、例外的に肯定的な評価を得たのが「なゝもと桜」であった。たとえば「泉鏡花と其近業」[9]中では、「五篇（「七本桜」、「髭題目」、「暗まぎれ」、「山中哲学」、「慈善会」――引用者注）中「七本桜」を以て人物事件の配置略自然を得、小説として見るべく、はた鏡花近業中の最とすべし」といわれている。つまり「なゝもと桜」は、先の「辰巳巷談」評から言葉を借りれば、当時の作品の中では、最も「再現力」を持つ「小説」とみなされたのである。

この「再現力」とは、小説の「人物事件」の「自然」な「配置《プレゼンテーション》」という虚構を保証する論理性を意味する。「なゝもと桜」が、他の作品よりも、そうした「再現力」を相対的に保持しているとされた要因には、この作品がまがりなりにも「である」を用いた言文一致体で書かれたことが挙げられるだろう。なぜなら、言文一致体こそ、話者によって語られる再現的な言語が、あたかも現前しているかのように受容される虚構性をもたらす形式に他ならないからだ。[10]ちなみに、「なゝもと桜」の約半年後に書かれた「笈摺草紙」にも、言文一致体が採られており、評者は「鏡花の文は近時漸く円熟に赴き、又昔日の変態なし」[11]と形式の成熟を認めている。

しかし、これ以後の鏡花が、言文一致体での創作に特化していくわけではないこともまた事実である。日夏の指摘の通り、鏡花は「一生を通じて故ざと雅俗混交体を棄てなかつた」ようにみえる。また、「辰巳巷談」が、「な、もと桜」の後に発表されているところからみても、この時期の鏡花は、言文一致体を自身の採るべき最善の〝文体〟と確信していたわけではなかったのであろう。仮に言文一致体を採るにしても、そこにはまだ解決すべき課題が残っていた。それは、小説における「再現力」と「詩想」の両立という課題である。

明治三〇年一一月の「早稲田文学」に掲載された「◎言文一致論」は、「今の小説壇に於ける文体の二大種類は、雅俗折衷体と言文一致体」であるとの指摘がある。また、翌年四月に、同じく「早稲田文学」に載った「◎小説文体論」では、「雅俗折衷体」と「言文一致体」それぞれの「利弊」が詳述されている。そこでは、「言文一致体」の「利」は「写実」、つまり小説言語の「再現力」にあるとされる一方、あまりにも「冗満」、「平板」かつ「蕪雑」に過ぎるといわれ、「雅俗折衷体」は文章の「詩化又は醇化」にこそ最大の「利」があるといわれる。ここで問題となっているのは、どうすれば「写実」＝「再現力」を損なわずに「詩」的な「文体」を獲得し得るのかということである。

「◎小説文体論」では、両者の「折衷」により「写実的と詩化的なる二利」を得ようとする案を提出しているが、こうした「雅俗折衷体」か「言文一致体」かという「文体」選択の問題は、当時創作に携わっていた者たちが、多かれ少なかれ意識していたとみて間違いないだろう。そこに鏡花も含まれることは、いうまでもない。

事実、鏡花は「小説文体と新派作家」[12]の中で、小杉天外と後藤宙外と共に、この問題について語っている。この中で天外は、「思想をそツくりそのま、写し出すに適して」いるとの理由で「言文一致」を選択するとしている。また宙外も、「今の言文一致では、何だか色の褪せた、香のない花を見るやうで、満足が出来ない」と、その「光《つ》沢《や》」の無さに不満を抱きながらも、最終的には天外と同様、「写実」＝「再現力」の「利」を取り、「言文一致」に与している。「雅俗折衷体」とは基本的に、会話部分を「俗」文＝口語体で、地の文を「雅」文＝文語体で書く文体である。つまり「言文一致」的「写実」につくことは、雅語の「光沢《つや》」による「詩化」を断念して、地の文にまで俗語を拡張し、その「蕪雑」さや「平板」さをひとまず受け入れることを意味していた。宙外が抵抗しているのは、この文語的語彙からもたらされる「詩」を手放すことだったといえよう(13)。

一方鏡花は、「言文一致」で書いたものは「近くで見ては面白くないが、少し離れて全体の上から見ると、其の場の景色が浮んで来る」のに対し、「雅俗折衷」の場合は「全体といふよりも、一筆〳〵に面白みがある」と述べている。一見、鏡花は天外や宙外とはかけはなれたことを言っているように思われる。だが、実際には鏡花も、「言文一致」と「雅俗折衷」の差異を、「写実」＝「再現力」か「詩化」かという選択の問題として捉えている。「言文一致」は、個々の言葉は「面白くない」、つまり非雅文的な「蕪雑」さがあったとしても、それらを適切に「配置」した結果、ある「景色」という「全体」を獲得できる。翻って、「雅俗折衷」は、そうした「全体」を犠牲にする代わりに、「一筆〳〵」の「面白み」、すなわち「詩」が保証されるというわけである。

「雅俗折衷も言文一致も、両方やツて見るつもり」と述べているように、鏡花は必ずしも「言文一致」を特権視しているわけではない。しかし、彼が「言文一致」を無視し得ない課題として意識していたことは確実であり、紅葉が『多情多恨』の創作を通してこの課題に取り組んだのと同様、彼もまた「なゝもと桜」や「笈摺草紙」を書くことで、「言文一致」の「峠」を越えようとしていたのである。その際、必然的に意識されることになるのは、「言文一致」には「詩」が決定的に欠けているということだ。そして鏡花は、作品内に「女」を導入することによって、この問題を乗り越えようとするのである。

三、流離する「女」

「言文一致」の「再現力」は、「雅俗折衷」的な「詩」を切断したところに成立する。言文一致体は、本質的に「蕪雑」であることを免れがたいがゆえに、その「蕪雑」さは、「再現力」を阻害する「雅俗折衷」的な「詩」とは別種の「詩」によって、新たに「醇化」されねばならないのだ。鏡花の場合、「女」という記号を導入することで、それを果たそうとしたと考えられる。これは、彼が硯友社に所属し、尾崎紅葉の薫陶を受けている以上、自然な成り行きであったといえる。なぜなら、絓が指摘するように、紅葉を筆頭とした硯友社系の小説家たちは、「女性性《フェミニニティ》」の浸透に積極的にさらされることが、「何らかの意味で『詩的《ポエティカル》』」たり得ると考えていたからである[14]。鏡花が作品中に積極的に「女」を導入し始めるのは、明治二九年に入ってからだが、荒川漁郎はそれを次のように批判している[15]。

鏡花春秋に富む何ぞ逆行倒施の愚を学ばむ。鏡花は何故にその単純にして爽明なる思想を捨てたるか。簡潔にして直截なる文字をやめたるか。（中略）その文字は迂余《ママ》曲折して蛇の行くが如く、繊巧軟弱見るに堪へずぞ《ママ》の会話は徒らに婦女子が喃々の低声痴調をうつして嘔吐を催さしむ。（中略）一の巻以下の諸巻、たとへばそのレミニサンスの憐むべく、その懐郷の情の掬すべきものありて、全編に流るゝにせよ、われ等はその外科室その他当年の男らしき鏡花が諸作に比して、失敗の製作なりといふを憚らず。近頃読売に連載せし照葉狂言の如き、最もその弊の甚しきものにあらずや。

注目すべきは、「一之巻」連作や「照葉狂言」といった、現在ではむしろ好意的に評価されている作品が、「外科室その他」の「観念小説」よりも劣位に置かれている点だ。「外科室」等が、「簡潔にして直截」な「文字」によって書かれた「男らしき」作品とされる一方で、「一之巻」等の作品に現れた「婦女子」的な「繊巧軟弱」さと、その「文字」の「迂《ママ》余曲折」性は徹底的に批判されている。

漁郎は、「たとへばそのレミニサンスの憐むべく、その懐郷の情掬すべきものあり」と、「婦女子」的なものの導入がもたらす「詩化」の効果をわずかに認めてはいるものの、その「迂《ママ》余曲折」、すなわち非論理性を許すことが出来ない。ここで漁郎は、「男」と「婦女子」を対立させ、前者の「簡潔にして直截」な論理性に就き、後者の非論理性を断つよう強く要請しているが、鏡花が当時直面していた問題は、こうした単純な二者択一によっては解決されないものであった。鏡花は、「男らしき」論理性を侵す「婦女子」的非論理性を排除するのではなく、むしろそれをいかに論理化し、「詩想」として「再現」するかを考えようとしていたといえる。[16] 換言すれば、「男」あるいは「婦女子」のどちらか一方を特権視することにではなく、両者の関係の仕方にこそ解決の道を見出していたのである。そのことを、「笈摺草紙」に即してみていこう。

この作品の特徴として、「である」という男性的な有徴性を帯びている文末詞を用いた言文一致体を採用する一方、紫という名の女性を主人公に据えていることが、まず挙げられる。これは、「和文体」で「婦女子」的な世界を描いた「一之巻」以下の連作や「照葉狂言」、あるいは、言文一致体によって男性主人公の懊悩を書く「なゝもと桜」とははっきりと異なる点である。鏡花は「笈摺草紙」において、物語形式の次元に「男」を、物語内容の次元に「婦女子」を振り分けているといえる。

前節でも言及したように、同時代評による「笈摺草紙」の肯定的な評価は、物語形式の「円熟」[17]に与えられていた。しかし、たとえば明治三一年八月の「めさまし草」掲載の「雲中語」にみられるように、「笈摺草紙」を「抒情的趣味ありて面白き作なり」[18]として、その内容にある「詩趣」[19]を評価する場合もあったのである。特に、同年五月の「国民之友」中の記事「答友人問書」では、「殊に観るべきはその落想の紫が七年帰来の約を果すに死を以てせる処」だとされ、主人公の紫が亡夫に殉じるという展開に、鏡花の「想路の生命」が看取されている。そして、「か丶る処作者の詩想に留意して点検せば、鏡花の作も合点まいるべく被存候」と、やはりその「詩想」に「留意」するよう促している。

「答友人問書」では、「例の隠怪なる難解の点少からず」と形式上の短所も指摘されているものの、この記事の書き手が、「詩想」という側面から「笈摺草紙」を評価し得たこと自体、その短所が物語内容の「再現力」をさほど阻害していないことを証している。この意味で、鏡花の目論見はそれなりに成功しているといってよい。

さらに具体的にみていこう。以下は「笈摺草紙」二の部分である。

市《まち》から十町とは隔たらない、郡《こほり》の境の一座の岳《をか》で、蓑岡山といふのである。持主であつた蓑岡といふのが、此を開《ひら》拓して、我が名の附いた都にしよう《ママ》と、此処の谷間《たにあひ》、彼処《かしこ》の峰へ、堂を建てる、寺を拵へる、思切つて小さな芝居小屋も築いて見るで、家も出来たし、茶店も出た。地ならしだ、棟上だ、建立だと、三個所の廓を狩催し、芸妓を勝《すぐ》つて、水いろ縮緬の襷に、緋縮緬の長襦袢で、一昨年の青葉頃は、毎日玉をつけて練出させた。これが花で、押懸ける見物人が、田楽を焼いて騒いだが、彼が故人になつた後は、人口の少い、殊に一年の内四分の二以上までは、雨と雪と霰と、曇天とで持切つてる地方であるから、此山は開けなかつた。で結果は其すべての建物のあつたあとが、三年と立たぬ内、尽く扇ヶ原だの、題目堂だの、餅投松だの、襷ヶ岳《をか》だのといふ急拵えな称ながら、もの丶あはれな古跡になつて、他につかひ道はないのであるから、いま女達が踏むで居る土の中には、去年の秋土葬にした蓑岡山の主人で、山下の寮の若旦那といつた美男子の、生々しい屍骸が、生前一時《ひとしきり》豪遊を極めて、其驕奢の一の手段であつた、此蓑岡山の頂の下に横はつて居る。

蒲生欣一郎によれば、この「蓑岡山」は、石川県金沢市にある卯辰山をモデルとしており、福澤諭吉の『西洋事情』に触発された藩主・前田慶寧《よしやす》によって、慶応三年以来本格的な開発が行われたという。一時期は金沢の繁華街として栄えたが、廃藩後は寂れ、明治六年には開拓された頂上の平地は墓地とされた。[20] こうした経緯が、引用した「蓑岡山」の来歴に直接反映されていることは、たやすく見て取れるだろう。また、鏡花の自筆年譜には、幼い頃に両親に連れられて卯辰山に遊んだとの記述があり、さらに実母のすゞが明治一五年に亡くなった時には、実際にこの卯辰山の墓地に葬られた。つまり、卯辰山は、鏡花の家族や明治維新以前の地縁的な記憶＝歴史、そしてその喪失と深く結びついた、特権的な場なのである。

こうした卯辰山を模した「蓑岡山」は、一種の喪失が刻印された「古跡」として描かれている。引用した場面は、物語の現在時における山の状況を表していると同時に、これ以降に語り出されていく主人公・紫とその係累たちの没落をも示唆している。「蓑岡山」は、蓑岡家当主個人の墓であるのみならず、解体され喪われた繁栄の記憶＝歴史をも象徴する墓碑なのだといえよう。そして、ここに導入される「詩想」が、ほかならぬ「もの、あはれ」なのである。

周知の通り、「もの、あはれ」は、本居宣長が『源氏物語』の解釈を通じて見出した、儒教・仏教的な「道理《ことわり》」を超えた「情」を意味している。[21] だが、「もの、あはれ」によって、一篇の「詩想」を保証しようとすることは、「雅俗折衷」を退け「言文一致」に就いた態度と明らかに矛盾する。なぜなら、「もの、あはれ」とは、『源氏物語』的な和文体やそれに類する雅俗折衷体にこそ親和的な「詩想」だからである。「言文一致」は、これらの「文体」がもたらす古典的な「詩」を切断したところに成立するはずのものであった。換言すれば、「言文一致」とは、卯辰山＝「蓑岡山」を廃れさせた廃藩＝維新と同様、和文体や雅俗折衷体が連なる文学的伝統を衰滅させるはずのものなのだ。しかし、鏡花はこの矛盾をあえて受け入れるのである。

このような「詩想」を象徴しているのが、本作のヒロインである紫である。彼女は、「金春金之丞といふ大鼓打の秘蔵娘《ひぞっこ》」（八）で、長じてからは「蓑岡山」を開発した蓑岡家三代目の当主・三次郎の妻となる。紫は「譬にもいふ掌の珠、簪の花」（七）といわれるのをはじめ、作品の随所でその美しさが語られていることからもわかるように、特権的な美的存在として描かれている。ここでまず指摘できるのは、維新前に江戸から落ちのびてきた「大鼓打」の娘という彼女の設定にも、鏡花の実母・すゞの出自や体験がある程度反映されていることである。(22)また、「紫」という名自体が、「もの丶あはれ」を通じて、『源氏物語』の作者「紫式部」や光源氏の妻「紫の上」を連想させる。紫は、実母の記憶を経由して「江戸」、さらには『源氏』の書かれた王朝時代にまで繋がる歴史性を帯びた存在であるともいえよう。だが、作中において、紫の半生は、まさにこれらの記憶＝歴史が解体されていく過程自体として構成され、語り出されていくのである。

たとえば、「金春金之丞は、抱へられた藩主が特に内意を下して、十分の手当で国元なる其下邸まで落したくらゐ贔屓の大鼓打ではあつた」が、「維新」の後は「国事多端の折から、段々構ひつけず」という状態になり、金之丞夫婦は「紅梅焼」を売って糊口を凌がなければならないほど貧しい暮らしを余儀なくされる（二十一）。金春家は藩主の手厚い庇護の元に栄えた由緒ある「大鼓打」の家系であったが、「維新」によって権力と芸能の結びつきを可能にしていた秩序が解体されてしまったために、零落してしまうのである。そもそも、彼らが「慶応元年」に「江戸」から藩主の「国元」に下ってきたのも、「上野の戦争」で「江戸は修羅の巷」になるとの風説を聞き、「予め兵乱を避け」るための措置であった（七）。「維新」は、彼らの生活の基盤であった「舞台のあつた、下谷黒門町」から一家を引き離し、見知らぬ「田舎」へと流れることを余儀なくさせるのである。その後、狂言師であった長男も身を持ち崩して死に、いよいよ暮らしに窮した金之丞夫婦は、千個寺詣でを思い立つ。紫はこれに同道するのであるが、そこで目撃するのは、「一番の姉は、会津の城で乱軍のなかに髪《はつ》を被《かむ》つて血だらけになつて最後を遂げた」こと、あるいは「小倉」の「大百姓」に嫁いだ二番目の姉娘の死など、自らの起源である家族の廃滅であった。そして、紫の父である金之丞自身も、「維新」以前の秩序の消滅を体現するかのように、旅先の「木賃宿」で頓死してしまう（二十二）。

このように、紫の象徴する「もの、あはれ」は、単なる伝統的な「詩想」なのではない。「笈摺草紙」の「詩想たる「もの、あはれ」とは、故郷喪失から生じるある種の「情」なのである。この故郷喪失としての「もの、あはれ」について、紫と蓑岡三次郎との結婚という挿話から考察してみよう。紫は三次郎にとって「生命を賭けた恋女房」（六）であったといわれるが、二人の結婚についての具体的な描写は、作中に存在しない。しかし、紫が金之丞の娘から三次郎の妻となることは、彼女が「江戸」＝「維新」以前の秩序から、「田舎」＝「維新」後の秩序へと本格的に移動することを意味する。この結婚は、紫の世俗化を敢行する重要な契機なのだ。では、彼女が輿入れをした蓑岡とは、そもそもどのような家であるのか。

十二の蔵も三万畝の沃田も、本宅も此寮も、既に其頃は故人であつたが先代は、高利貸から仕上げたもので。／最初《はじめ》は浜でこぼれ魚を拾つて売つたものだが、元日の朝だといふ、初日を拝みに千石船の持主が、船に乗込んで帆柱を礼拝した。朝霧のなかに、先代の蓑岡の九平といふのが、烏帽子を被り、白丁を着て、あらかじめ帆柱の突尖に蹲んで居て、自分の口から、善哉汝、冥福を得むとならば、松小屋に露宿してこぼれ魚を拾つて居る、九平に五両小判を与へよ、渠は神慮に合《かな》ひしものぞ、といひ終ると、てつぺんからもんどり打つて、海中に白波を立てて没したが、すぐぬき手を切つて泳いであがつて、土地で首尾よく小判を頂いた。其が元で高利を貸したが、あれ〳〵、とばかりに成りあがつたと、突拍子もない風説《うはさ》をさへした位なもの。　（九）

引用にある通り、蓑岡家は「高利貸」によってその財を成したとされている。しかし、初代の九平は「浜でこぼれ魚を拾つて売つてたもの」と書かれているように、蓑岡家は、金春家がかつて属していたような伝統とは無縁の存在なのだ。また、「高利貸」を始めたきっかけについても、「突拍子もない風説《うはさ》」が立つほど、その起源には決定的な曖昧さがつきまとっている。金之丞が三次郎からの援助を頑なに拒んだのも、「高利でこせえた家蔵」（二十一）という疚しさを抱えた蓑岡の出自に対する不信があったからだ。

このように、蓑岡家は、金春家を保証してきたような伝統の基盤から断絶したところに成立した家なのであり、その意味で世俗的なのである。だが、この蓑岡家も、「あれまでの分限だつた蓑岡の身上《しんしやう》が、五七年の間に微塵に成つた」（十）とあるように、見る影もなく衰え、夫の三次郎も、紫が両親の千個寺詣でに付き添っている間に亡くなってしまう。こうして紫は、根づくべき場所を徹底して奪われ、方々を流離してまわる故郷喪失者としての側面を強調されることになる。

その一方で、紫には三次郎との「正に七年だけと云ふ固い約束」（二十二）が残されてもいるのである。紫はこの「約束」を果たすために再び婚家のある土地を踏むが、夫の三次郎はすでに亡くなっている。「約束」はいまや、純粋な象徴形式としてしか存在しない。しかしだからこそ、この夫との「約束」は、放っておけばどこまでも流れていくしかない「もの、あはれ」＝紫を捉え、枠付けすることが可能になる。この「約束」が「笈摺草紙」の「想路の生命」たり得るのは、これに紫を殉じさせることで、「もの、あはれ」という、それ自体としては一種の哀愁でしかない非論理的な「詩想」を、「景色」として組織することが可能になるからなのだ。

作品の末尾で、紫は「虫の這ふけはひのやうな、幽かなゆかしい衣の音、薫が細く縷々として空に靡いて去るやうな」（二十三）不可視的な雰囲気にまで還元される。しかし、この雰囲気こそが「もの、あはれ」そのものなのだ。そして、この「もの、あはれ」が夫＝「男」との「約束」という象徴形式に収斂することで、「笈摺草紙」は一幅の「景色」として成立するのである。

四、「言文一致」の揺らぎ

夫、すなわち「男」との「正に七年だけと云ふ固い約束」が、紫という「婦女子」の体現する故郷を喪失した「もの、あはれ」という「詩想」を「景色」へと変換する象徴形式であるとすれば、「笈摺草紙」の「文体」に言文一致体が採用されるのは必然である。なぜなら、言文一致体とは、小杉天外が指摘したように、なんらかの「思想」＝「詩想」が「そツくりそのまゝ写し出」されているかのような虚構を可能にする形式だからである。換言すれば、「詩想」としての「女」が、現にそこに存在してあるという確信をもたらすのが「言文一致」なのだ。

だが同時に、形式としての「言文一致」は、内容の「詩想」にはおよそふさわしくない「蕪雑」さも引き込んでしまう。そして、この「蕪雑」さを払拭しようとする振る舞いが、「景色」の成立を阻害する事態を生じさせることさえある。「笈摺草紙」の場合、「詩想」たる「女」を「そツくりそのまゝ写し出」そうとするまさにその時、その意図をかえって裏切る状況が現れるのである。

紫は父親五十四、母親四十三の時の末ツ子であつたから、喩にもいふ掌《たなそこ》の珠、簪の花なり、予め兵乱を避けて、舞の舞台のあつた、下谷黒門町の邸を開いて、田舎へ落ちやうといふ時、矢玉が飛ぶからと言つておどしても、雛の傍を離れないで、くさ草紙や、歌がるた、紅猪口と一所でなくツてはと、あどけないことをいつてむづかつたわがまゝを、可愛さに眼のない両親《ふたおや》は、唯莞爾《にこ》々々《〳〵》顔で聞入れて、好の衣裳を襲ねたまゝ、ピラ〳〵の簪、高島田、胸高の帯。ふツくりした懐中から、箱せこ簪の紅の総《ふさ》がしツとりしてうつくしい、袘《ふき》のあつい、きりツとした、武家の風に、品は能くツても芸人の好、町屋の俠な処を取まぜた、眼さむる姿で、塗骨の銀地の扇を持ち、裾をば引あげもしないで乗つた、駕籠には花の枝をかざさぬばかり、猿若町へハツチヨで飛ばす時と、さしてかはりはない、尤も贔屓で抱へられて居た、江戸詰の藩主《との》が内命で、其本国へ落したので、手当はあるなり、派手な消火《くらし》はして居たなり、控へ目ではあるが、さして不自由もせず、江戸を卯月の八日といふのに。（七）

これは、「慶応元年」に「江戸」から落ちる少女時代の紫を描写した部分である。まず目につくのは、三節で引用した「蓑岡山」の場面と比較して、一文が明らかに長くなっている点だ。特に、本来ならば句点を打っても差し支えないと思われる箇所にも、すべて読点を打ち、語句の連なりが生み出すリズムを完全に断ち切らないよう配慮されているのがわかる。また、この部分は二文で成り立っているのだが、その文末に着目すると、一文目は体言止め、二文目は一種の省略法が採られている。

これらの文末処理、なかでも文中への「なり」の複数挿入に見て取れるように、紫の美しさを記述する際に導入されるのは、言文一致に背反する「雅俗折衷」的な要素である。そしてその分、描かれる対象である紫のイメージは拡散し、統一的な像として把握されづらくなる。引用文以外でも、紫に言及する場面では、たとえ文末詞に「である」が使われていたとしても、言文一致の「再現力」が上手く機能せず、結果として難解になってしまっている箇所がみられる。また、紫に限らず、「女」の語りを記述しようとする部分では、「再現力」の阻害が顕著になる。

はじめさへ見棄てられなかつたものを、たとひ良人《おつと》に誓つたにしろ、七年が九年にならうが、一層年を取つて歩行さへ腑甲斐ないものを一人路傍《みちばた》に棄てて行かれはせぬ。尤もまた婿に対して、今になつて阿容々々《おめ〳〵》母親がついて行かれる義理ではない。自分は面を被らうと、此は亡くなつた金春に対して済まぬ。と云つて、一人残らうとしては紫が海を渡らうと言はないので、もし自分の為に約束をかへるやうでは、義として此母親は縊れても死なねばならぬ。死ぬのは易いが、それでは折角少《わか》い身を、千個寺までして、我慢な父親《てゝおや》を見送つた孝の道完《まつた》からずで、水の泡といふものなり。海さへ渡れば、期日を後れず約束を違へないことの出来るやう、今日此寺まで着いた。来る道でも、母は繰り返し進めるけれども、紫は決しない。でそれならば死なうといはる、、死なうと迄いはれては、約束に趨いて母親を棄てねばならず。それはといつて棄てられるものではない。棄てなければ行かれないが、一所に行つては婿に済まぬ。これはまた老人《としより》の意地で、亡き人の我意は曲ぬといふので、とかうにも決しかねるとのことを、一徹な母親は、其の一徹な眼に涙ぐんで長々と岡蔵に語り果てた。

（二十二）

千個寺詣でからの帰途に立ち寄った「摩耶寺」で、紫と母親はかつて「江戸」から逃れる時に同道した、駕籠かきの岡蔵と再会する。引用は、その岡蔵に母親がこれまでの経緯を説明する場面である。直接話法を採らずに、地の文として、母親の語った内容を話者が要約する形で記述されている。一文の長さは短いが、文末等に文語が混じる頻度は、先に引用した部分よりも高い。さらに、否定の「ない」と「ぬ」「ず」が交互に現れ、文章全体に独特の調子が加わっている。ここでの文語の挿入やリフレインの効果は、この箇所が登場人物の語りであることを示す符牒として活用されているのである。しかし、このことは、「言文一致」が保証する「再現力」にとっては脅威であるといえる。なぜなら、こうした文章の調子のせいで、読む者の意識は書かれている内容以上に、書かれ方それ自体に向けられてしまうからである。

「言文一致」的「再現力」から逸脱しかねないこの母親の語りを、別の角度から考察してみよう。物語内容の次元でみると、引用した母親の岡蔵への言葉は、紫の「とかうにも決しかねる」逡巡を説明するものとなっている。紫は、父親と夫の間で文字通り身動きが取れなくなっている。父親への「孝」（年老いた母親を見捨てぬこと）と夫との「誓」（七年後に必ず婚家に戻ること）は両立し得ず、どちらか一方を取れば、必然的にどちらかが犠牲になってしまう状況で、紫の思考はとりとめのない堂々巡りに陥る。先ほど指摘した母親の語りの効果は、なによりもまずこの紫の混乱を演出するのに一役買っているといえるだろう。ここに、岡蔵という男性の登場人物が介入し、紫の終わりのない逡巡を断ち切り、彼女に「誓」を選択するよう決断を促すのである。岡蔵が紫母子に付き添いを申し出ることは、紫を「誓」の象徴形式に統合する契機となる。この点に関わって、見逃せないのは次の場面である。


森《しん》とした小座敷を遥にへだつて、くりやの方で、若《じやく》―有《う》―無《む》―量《りやう》―百《ひやく》―千《せん》―万《まん》―億《おく》―衆《しう》―生《じやう》―受《じゆ》―諸《しよ》―苦《く》―悩《なう》、と張上げた、清い、うら少《わか》い声で、新発意《しんぼち》の誦すのがあはれに聞こえる。（中略）爾時《そのとき》、聞《もん》―是《ぜ》―観《くわん》―世《ぜ》―音《おん》―菩《ぼ》―薩《さつ》―即《そく》―時《じ》―観《くわん》―其《ご》―音《おん》―声《じやう》―皆《かい》―得《どく》―解《げ》―脱《だつ》と、朗《ほが》らかに聞こえたのである。／母親は耳を澄まして、

「紫《むら》。」

「はい。」

「あ、、御利益じや。お頼み申さう。」　（二十二）

紫母子が岡蔵の勧めに従うのを最終的に後押ししたのは、この「新発意《しんぼち》」による読経である。偶然聞こえてきた観音経を、彼女たちは一種の啓示（「御利益」）として引き受けている。「新発意《しんぼち》」の「清い、うら少《わか》い声」は、逡巡の内に停滞していた紫たちの時間を解き放ち、前へと進める運命の一撃として作用する。この観音経もまた、先の三次郎との「誓」に、「詩想」である「女」を結び付け、「景色」として構造化する媒介の役割を果たしているの

である。

それゆえ、それは「新発意《しんぼち》」個人の「声」を超え、作品を支える普遍的な「声」として現前しているかのように読まれねばならない。「御利益」とみなされた観音経の文句を書いた文末に、「である」が使用されているのは、そうした意図の現れといえよう。だが、各語の間に挿まれた「─」が、そうした普遍性の獲得を決定的に阻んでしまっているのである。確かに「─」は、「言文一致」を志す者たちの間で、「……」や種々の括弧等と共に、文章の明晰性を保証する句読法として採用されてきたものであるが、ここでは明らかに、そうした志向とは正反対の効果をもたらしている。挿まれた「─」は、観音経を読む「声」が垂直的に享受されるイメージを視覚的に与える。その一方で、経を構成する語句は「─」によって隔てられ、解体される。結果、読む者の注意はまず寸断された一つ一つの語に向けられ、統一的な意味の把握は、相対的に遅延することになるのである。

もちろん、この部分を実際に音読する場合には、この「─」は発音されないという意味で無視されるため、なんの障害にもならないだろう。だが、「文」においてはそうはいかない。この場面では、観音経が天から垂直に降りてくる「声」として存在させられねばならないとしても、それは「─」のような記号の視覚的イメージに依拠することでは達成できないのである。ここでは、「声」を「文」に転移させようとするあまり、かえって「言文一致」の「再現力」を逸脱する過剰な要素が持ちこまれてしまっている。そして、このことが「詩想」を「景色」として全体化させる論理性に亀裂を入れるのである。

これまで述べてきた通り、「笈摺草紙」は「なゝもと桜」と同様、「言文一致」の「再現力」を作品内へと導入する具体的な試みであった。しかし、「言文一致」によって必然的にもたらされる「蕪雑」さを回避するために、「雅俗折衷」的な「詩」とは異なる、新たな「詩想」が必要とされた。この時に鏡花が見出したものこそ、「女」であった。その結果、「言文一致」が物語形式として採用されると同時に、「女」が物語内容の主題として現れてくることになる。「詩想」＝「女」の非論理性は、形式の審級では言文一致体、物語内容の審級では象徴としての「男」との「誓」によって枠付けられ、「景色」として「再現」される。しかし、「詩想」＝「女」は、その「再現」を阻む要素を絶えず形式に持ち込み、「言文一致」＝「男」の論理を揺らがせる。「笈摺草紙」で露わになるのは、「言文一致」と「詩想」の止揚されざる葛藤のあり様なのである。

注

（1）「泉鏡花・差別と禁忌の空間」（昭和五九年一月「日本文学」三三巻一号）。
（2）「鏡花の隠れ家」（平成二年三月「成城国文学論集」二〇輯）。
（3）「明治二十年代末の鏡花文学―作家主体確立をめぐる素描―」（平成二年一〇月「国語と国文学」）。
（4）言文一致運動については、山本正秀『近代文体発生の史的研究』（昭和四〇年七月／岩波書店）を始め、多くの論考があるが、本論文ではこれらの先行研究を踏まえつつも、あくまでも鏡花との関連に限定して「言文一致」の問題を扱う。
（5）「名人鏡花芸」（昭和六三年一一月『鏡花文学』研文社。初出原題は「泉鏡花」で、昭和一八年一二月『近代日本文学研究　明治文学作家論』下／小学館）。
（6）明治三〇年六月二六日「国民之友」（無署名記事）。
（7）無署名「辰巳巷談」（明治三一年三月一〇日「国民之友」）。
（8）（注7）前掲記事。
（9）明治三一年一月一〇日「国民之友」（無署名記事）。
（10）「言文一致」によってもたらされる現前性については、絓秀実『日本近代文学の〈誕生〉』（平成七年四月／太田出版）を参照。
（11）無署名「今の小説家の文体」（明治三一年五月「太陽」）。

（12）明治三一年二月「早稲田文学」（無署名記事）。
（13）二葉亭四迷「予が言文一致の由来」（明治三九年五月「文章世界」）をみると、言文一致体を試みていた当時の二葉亭にも同種の困難があったことが窺える。だが二葉亭の場合は、宙外とは逆に雅俗折衷的な「美文素」を積極的に排除し、「下品であるが、併しポエチカル」な新しい「詩化」の方法を探ろうとしていた。
（14）（注10）前掲書。
（15）「最近の創作界」（明治二九年一二月「太陽」）。
（16）従来の鏡花論では、たとえば笠原伸夫が「現世的存在としての父性原理の喪失のうえに成立する」「〈母〉なるもの、いわばエロス的なものの純化する領域」（昭和六三年一〇月『泉鏡花　エロスの繭』国文社）と説明したように、「〈父〉」＝「男」の論理性を排したところに成立する「〈母〉」＝「婦女子」の世界こそが鏡花作品の特徴とされ、称揚されてきた。しかし、こうした捉え方は先の引用中で漁郎が提示したものと本質的にさほど異なるものでなく、漁郎はそれを否定したが、後世の論者は肯定したという態度の差があるにすぎない。
（17）（注11）前掲記事。
（18）「笈する草紙」（明治三一年八月「めさまし草」）。
（19）無署名「『文藝倶楽部』第四巻、第五編（博文館発行）」（明治三一年五月「早稲田文学」）。
（20）蒲生欣一郎「③〝墓参小説〟が映画的手法を生む」（昭和四〇年一二月『もうひとりの泉鏡花：視座を変えた文学論』東美産業企画）。
（21）なお（注10）前掲書で、絓は、坪内逍遥が『小説神髄』中で、『玉の小櫛』の「もの、あはれ」を論じる一節を引き、これを「小説の主脳」たる「人情」と類比しつつ、滝沢馬琴の勧善懲悪志向への批判を敢行したことに言及している。
（22）『新編　泉鏡花集』別巻二（平成一八年一月／岩波書店）所収の「年譜」には以下のような記述が見られる。
　母すずは、嘉永七年（一八五四）一月二十八日、中田萬三郎豊喜（四十七歳）の娘（壬申戸籍には「長女」とある）として江戸に生れた（自筆年譜各種には「下谷」生れとある）。すずの父豊喜は、文化五年九月三日生れ、本名萬三郎。葛野流大鼓師で加賀藩前田家の江戸詰の御手役者。天保十四年に父猪之助の病死により名跡を継ぎ、明治元年妻子とともに江戸から金沢に下り、（中略）明治二年平民となって新町に住んだ。

また、「笈摺草紙」七で、紫が江戸から落ちる時に持って行った道具の中には、「田舎源氏、大倭文庫《やまとぶんこ》、白縫物語」などの書名が見られる。これらは、鏡花が母との思い出を回想している談話「いろ扱ひ」（明治三四年一月「新小説」）でも、「母が貴下、東京から持つて参りましたんで、雛の箱でさせたといふ本箱の中に『白縫物語』だの『大和文庫』『時代かゞみ』大部なものは其位ですが、十冊五冊八冊といろいろな草双紙の小口が揃つてあるのです」と言及されている。

第五章　もたらされた危機
——『湯島詣』論——

一、「母」の世俗化

明治三二年一一月に、春陽堂から書き下ろし出版された『湯島詣』は、後藤宙外に「頗る写実的傾向著しく進めるを見る」[1]と評価され、山崎紫紅（指玉）にも「一読して速やかに意を了し得ること誠に鏡花の作としては稀有のことなりとす（中略）鏡花の才大なるかな」[2]と手放しに称賛された。正宗白鳥が的確にまとめるように、文壇は『湯島詣』を「非常に」「歓迎」し、鏡花がその「魔道」を離れ、「正路」についたことを言祝いだのである。[3]

ところで、かつて鏡花がそこに踏み迷い、『湯島詣』で離脱したとされている「魔道」とは、いかなるものであったのか。荒川漁郎は、明治二九年、すなわち『湯島詣』が発表される三年前、特に「龍潭譚」を槍玉に挙げ、次のような批判を行った。[4]

われ等を夢幻にもあらぬ、理想にもあらぬ、一種朦々として怪しき霧立ちこむる鏡花の魔界に眠気を催さしむるは迷惑なり。（中略）その文字は迂《ママ》余曲折して蛇の行くが如く、繊巧軟弱見るに堪へず《ママ》その会話は徒らに婦女子が喃々の低声痴調をうつして嘔吐を催さしむ。

この直後、漁郎は「一之巻」連作、『照葉狂言』をどちらも「失敗の製作」であるとし、鏡花がかつて「外科室」等で見せた、「爽明なる思想」と「簡潔にして直截なる文字」に支えられた「男らし」さを捨て去ったことを嘆いている。

だが現在では、「観念小説」にみられる「男らしき」作品世界よりも、漁郎が唾棄すべきものとみなした「繊巧軟弱」な「婦女子」的文体によって現出させられる「魔界」の方が、鏡花の本領に即したものと考えられている。周知の通り、「龍潭譚」は深山幽谷に住まう美女と、その棲処に迷い込んだ少年との蜜月的交流を描いており、同時期に書かれた「清心庵」や「化鳥」（どちらも明治三〇年作）、先の「一之巻」連作などと共に、早逝した生母に対する鏡花の思慕が扱われた初期の重要な作品とみなされている。こうした「女」を巡る物語内容の「魔」性は、半ば以上、漁郎のいう「徒らに冗漫」で「朦朧としてたゞ雲を捕ふるが如」き形式によって担保されている。

ここで注意したいのは、漁郎によって罵倒されている「文字」が、非言文一致的な和文体だという点である。内容のみならず、その形式にまで刻印された「魔」性、そしてそれと相即する「女」性を統括するのは、和文体を含む文語文がもたらすとされる上演＝再現的な話者だ。この話者の位置が確保されているからこそ、「龍潭譚」はその「迂《ママ》余曲折」にも関わらず、物語の破綻から免れているのである。

一方、このような「魔道」から抜け出したとされる『湯島詣』の物語内容も、やはり「女」を扱っている。しかも、主人公である芸妓・蝶吉は、本作発表の前年にあたる明治三〇年一月に出会った、後の鏡花夫人・伊藤すゞを明確に意識して造形されている。すゞが鏡花にとって特権的な女性であるのは、その名が彼の亡母と同じだからである。すゞ‐蝶吉という「女」は、否応なく鏡花の「母」への欲望を背負わされることになる。この点で、『湯島詣』もまた「龍潭譚」等と同様、いわゆる「亡母憧憬」系列の作品なのである。

重要なのは、鏡花が『湯島詣』において、「母」へと通ずると固く信じられていた「女」を、従来の文語体によってではなく、文末詞「である」を使用した言文一致体によって書くことを試みていることだ。「である」体を完成させたとされる二葉亭四迷の改訳「あひゞき」と、鏡花の師である尾崎紅葉の『多情多恨』は、共に明治二九年に発表されている。これまでの各章でも述べてきた通り、鏡花の言文一致体の採用は、こうした趨勢、就中、紅葉の先蹤を意識的に踏襲しようとしたものと考えられる(5)。

しかし、言文一致体の採用は、これまで保たれてきた小説内の文語的秩序の解体と、その世俗化を必然的に引き起こす。そして、解体された「魔界」は、言文一致体のもたらす「俗」的な言説のうちに再編成される。結論を先取りしてしまえば、この時、深い山奥の隠れ家に棲み、「俗」界とは異なる時間を生きていた「母」であるはずの「女」たちもまた、その棲処を追われ、「俗」的秩序の内で生きていくことを余儀なくされるのである。

『湯島詣』における言文一致体の採用は、俗語革命の遂行が基本課題とされる文壇においては、その「正路」に即した「写実的傾向」（宙外）の更新とみなされ、積極的に評価された。その一方で鏡花は、自らもその圏域に不可避的に取り込まれている「俗」的言説の中に、「母」たる「女」をいかに位置づけるかという問題に直面せざるを得なくなったのである(6)。

二、「かくれ里」の封鎖――「龍潭譚」との比較を中心に――

物語内容における「母」の世俗化は、どのような形を取って表れるのか。『湯島詣』において、それはまず、「母」との蜜月を可能にする「かくれ里」（二十二）の封鎖として書かれる。

梓が上京して後東京の地に於て可懐《なつかし》いのは湯島であつた。（中略）可懐《なつか》しさも宛然《まるで》過世の夢をこゝに繰返すやうなもので、敢て、此処で何等のことを仕出したことはないが、天神下は其の母親の生れた処だといふことに就てである。（中略）恋しさも慕しさも、たゞ青海の空の雲の形を見るやうに漠然とした、幻に過ぎなかつた。然るに或時、それを形に現して、梓の感情を支配する、即ち、床しい、懐しい念の総てを以て注ぐべき本尊、譬へば婦人が信仰の目じるしに、優しい、尊い、気高い、端厳微妙なる大悲観世音の御姿《みすがた》を持つてるやうなものが出来たのである。（二十一）

主人公である神月梓にとって、「湯島」はなによりもまず「母親の生れた処」であるという一点において、特権的な場所である。不遇な境遇に育ち、進学のために仙台から上京して来た彼は、寂しさを紛らわすために頻繁に「湯島」を訪れる。杲由美が指摘する通り、(7)『湯島詣』の舞台となる「数寄屋町」や「天神下」は、江戸期には下谷地域に属していた。鏡花の生母すゞもまた、安政元年に江戸下谷で出生している。鏡花にとって、「湯島」は生母への愛を喚起させられる場所の一つであったと思われる。宇月原晴明のいうように、『湯島詣』は、「東京における母恋いの物語の系譜(8)」の始まりに位置する。

このような「湯島」において、梓は、「幻」に過ぎなかった生母への思慕を「形に現し」、「床しい、懐かしい念の総てを以て注ぐべき本尊」、「端厳微妙なる大悲観世音の御姿《みすがた》を持つてるやうな」蝶吉に出会う。ここで注意したいのは、彼らの出会いの経緯が、「龍潭譚」の主人公・千里と秘境「九ツ谺」に棲む美女との出会いの経緯に類似している点である。「龍潭譚」の冒頭で、千里は彼が日常を過ごす領域から逸脱し、美女の棲む領域へと迷い込む。梓もまた、学資に窮して大学の「寄宿舎」を出ることになり、緊急避難先の下宿でも、突然の引っ越しが持ち上がり、急遽「天神下××番地」へと移らなければならなくなる。しかし、梓はどうしても目的地に辿り着けず、「天神下を彼処此処」とさまよい歩くことになる（二十二）。さらに、「龍潭譚」の千里は、道中、「斑猫」という「蟲」

の「毒」のせいで、一時的に実の姉にも気付いて貰えないほどの面変わりをしてしまうが、梓もまた、毒虫ならぬ「癇癪」の「蟲」のために「其の美しい眉」が「逆釣ツ」てしまうのである。

　あてどない彷徨に苛つき、疲れ果てた「少年」（『湯島詣』二十二）たちの窮地を救うのは、どちらの作品においても、美しい女性である。千里が目覚めたとき、「龍潭譚」の美女は、豊富に溢れる湧き水で行水をしていたが、それと平仄を合わせるかのように、蝶吉は「洗髪で、濡手拭、紅絹《もみ》の糠袋を口に銜へて、鬢の毛を掻上げながら、瀧の湯とある、女の戸を、からりと出た」ところで、「此方《こなた》を向いて悄然洋燈を手にして佇んでる一個白面の少年」、つまり梓を見つけるのであり、そのとき蝶吉の足元には、「龍潭譚」の美女の「脛のあたりをかすめ」飛ぶ「鳥よりは小さき」「真白き」鳥（「五位鷺」）を思わせるような「蝙蝠が一羽ひら〳〵と地を低」く飛んでいるのである（二十二）。

　また、女性たちが「少年」らを導いた場所も、日常的な生活空間から隔絶されており、滅多に外界の者が出入りできる場所ではないという点において共通している。「九ツ谺」は人里離れた「くるま山」の中にあるが、梓の引っ越し先も、「柳にかくれ、松が枝に隔てられ、大屋根の陰になり、建連る二階家に遮られて、男坂の上からも見えず、矢場が取払はれて後、鉄欄干から瞰下《みおろ》しても、直ぐ目の下であるのに、一棟の屋根も見えない」ほど「湯島」の奥深くに潜む「天神下のかくれ里」（二十二）なのである。

　そして、最も重要な類似点は、千里も梓も、自らの窮地を救ってくれた女性を、「母」と同一視していることである。梓は、名前も知らぬ「恩人」の「風俗」から、彼女が死んだ母と同じ「芸妓」であることを鋭く見抜き、「亡母が仮に姿を現して自分を救ったのであらう」と、「亡母」と蝶吉を重ね合わせる。さらに、「敢て爰《こゝ》に更《あらた》めていふ、梓の母は芸妓であつた。そして天神下は其の生れた処である」（二十三）と、再度「天神下」が特権的な場所であることを強調し、「亡母」と蝶吉を積極的に短絡させる。「母が恰も其の年紀《とし》で、其頃、同じことを、此処でして、恁《か》うして育つたのであらう」と思わせる「前世紀の活きた映画《うつしゑ》」（二十三）である蝶吉は、梓の「亡母《なきはゝ》」への「感情」を刺激しつつ満足させる一枚のスクリーンであり、梓に「母」の不在を忘れさせる完璧な「女」である。(9)「彼処の柳」、「此処の松」、「湯屋」、「女の子」が「打集うて遊んで居る」「寺の門前」、聞こえてくる「鞠唄」、「庇、軒、土の色」や「破屋《あばらや》」に至るまで、「幾多の星霜を経」てもなお「有の儘」である「天神下」の風景は、それらの一つ一つが「母」の無数の断片である。梓は、そこに居る限り、これらの断片を蝶吉の上で組み合わせ、「映画《うつしゑ》」としての「母」を味わうことが出来る。

　だが彼は、この「かくれ里」を「幾ほども」経ないうちに出て行くことになり、再び「寄宿舎」に戻る。そして、「天神下のかくれ里」は、「隠家の木戸は釘附の〆切となつて、古家の俤も偲れなくな」り、すでに「入つて見られず、伺うて分らな」（二十四）い場所となってしまうのである。しかし、「少年」梓と「母」蝶吉との親密な交流が、「かくれ里」の消滅によって中断されることはない。それどころか、彼らは「かくれ里」が封鎖された後に、本格的な恋愛関係を取り結んでいくのである。

　早朝の湯島天神の境内で、子供に「水銭」を要求され困っていた梓に代わり、蝶吉が小銭を差し出したことで再会を果たした二人は、再び「珠の如き」御手洗の「清水」の流れによって聖別された、「少年」と「母」の幸福な関係を取り戻すかのように見える。しかし、彼等を「少年」と「母」たらしめていた「かくれ里」は永久に閉ざされてしまっている。その上、梓は玉司子爵家の娘・龍子と正式に結婚もしている。彼はもはや「少年」ではなく、子爵家の家長であり、近い将来嫡子をもうけることを期待される未来の「父」である。そして蝶吉も、美しい「亡《なき》母《はゝ》」の「映画《うつしゑ》」を映す「女」であることを求められながらも、梓との関係を深める過程でその要請を裏切り、悲劇に見舞われる。

　こうして、「母」であるはずの「女」の世俗化は、それを保護する「かくれ里」を解体することから始まる。だが、「かくれ里」の支えを喪った「母」は、果たして世俗の秩序の中でも「母」たり得るのか。鏡花が突き当たった問いとは、このような「母」たる「女」の存在条件を巡るものであったといえるだろう。

三、龍子という「妻」

梓の結婚生活が決して円満なものでなかったことは、『湯島詣』冒頭の「紅茶会」の場面からも明らかである。この時、梓はすでに玉司家を出奔しており、「籠城」先の「谷中の寺」から「情婦《いろ》」すなわち蝶吉の元に通うという生活をしている。梓が蝶吉と初めて出会ってからほどなくして、「仏文の手紙によって」彼への経済的援助を申し出たとされる龍子であるが、彼女がどのようにして一介の苦学生に過ぎない梓を見出し、長期に亘って学資を援助するほどの執着を持つことになったのか、その経緯や理由は一切書かれていない。だが、龍子は梓の実質的なパトロンであり、その保護は学資の確保のみならず、梓の大学卒業後は自身の婿として正式に玉司家に迎え入れたように、彼の社会的な地位までも保障する絶対的なものである。

「上流の貴婦人」たちの間でも「師の如く、姉の如く」君臨する絶対的保護者としての龍子の姿は、鏡花の師・尾崎紅葉を彷彿とさせる。紅葉は、何のツテも無く上京した無名の文学青年である鏡花を玄関番として下宿させ、鏡花が父親の死によって精神的に追いつめられた時も、根気強く彼を励まし、その苦境を支えた模範的な師である。こうした紅葉から受けた庇護の記憶が、「学資に窮して、休学の已むを得ざらむとする毎に」、「行届いた仕送」によって、梓の「業を助けた」という龍子像に結実しているとも考えられよう(10)。龍子に紅葉の影を背負わせるのみならず、「三両二分」の場面で、蝶吉に岡惚れしている源次郎が、彼を含めた若者たちに「頭」と立てられている「辰何」（「本名は誰も知らない」とされている）によってそのことをこっぴどく咎められ、最後には蝶吉から貰った駒下駄を火にくべられてしまうというエピソードを挿入しているところからも、鏡花の胸裡には、当時進行しつつあったすゞとの関係から発する紅葉への罪悪感と葛藤が存在していたと思われる。そして同時に、事が露見した時に生じる紛糾をも予感していたのであろう（この予感はいわゆる「『婦系図』事件」として現実のものとなる）。

だが、『湯島詣』に表れた龍子的女性に対する強い忌避感は、当時の鏡花の心境にのみ還元できる問題ではない。梓の「妻」への嫌悪感は、蝶吉という「女」への執着と深く関係しているのである。

子爵家の令嬢として生まれた龍子は、幼い頃から「仏蘭西」で最先端の教育を受け、長じてからは「上流の婦人の亀鑑」として「敬ひ尊ばれて」いる。また、先に指摘したとおり、苦学生である梓を見捨てることなく援助し続けた。さらに、梓に対して冷淡と見える態度を取りつつも、「恋婿」に対して相応の慕情を抱いていることは、彼に距離を置かれて「神経衰弱」に陥っていることからも見て取れる。このような献身性にも関わらず、龍子が梓に忌避される理由はどこにあるのか。それは、まさに今述べたような龍子の「妻」性に起因する。龍子は理想的な「妻」ではあるが、同時に、理想的な「妻」でしかない女性なのである。「女学校の教科書が貴婦人に化けたやうな」（四）という形容が示すように、龍子は、「国家」を支える「国民」である「夫」にふさわしく、自らを「国民」化した（その意味で男性化した）女性＝「妻」のカリカチュアとして描かれている。新婚旅行の車中から見えた「光りもの」を「人魂」とみなそうとする梓に対して、龍子が即座に、それが単なる「隕石」、大気中の塵の燃え滓にすぎないという事実をつきつけたことで、夫の「感情」を害してしまうというエピソードは、彼等の関係を象徴的に表している。龍子は梓の「妻」にはなり得るが、彼の欲望（「感情」）を満たすことを拒否してしまうがゆえに、決して彼の「女」にはなり得ないのである。

そして、このような「妻」である龍子と蝶吉が対置されることにより、蝶吉こそが真の「女」であるとの印象が強められていく。

然《さ》らぬだに蝶吉は恩人である。殊に懐旧の情に堪へざる湯島の記念がある上に、今は或者は死し、或者は行方の知れない、もの心を覚えてから、可懐《なつか》しい、恋しい、いとほしい、嬉しい情を支配された、従姉妹や姉に対する総ての思を、境遇の斉《ひと》しい一個蝶吉の上に綜合して、其の情の焦点を聚《あつ》めて居るのであるから身にかへても不便《ふびん》でならぬ。

（二十八）

梓の耳元で「訳の分からない、他愛のない、仇気ない、罪のない」ことを始終話す蝶吉は、「四角い字、難かしい理屈」の支配する世界とは異なった世界を与えてくれるかもしれぬ存在として、梓の目に「可愛らし」く映るのである（「二十七」）。なにより彼女は、梓の「母」（あるいは、「母」代わりに彼を愛してくれた「従姉妹」たちや「姉」）への「思」を引き受けることで、それらを「綜合」し「焦点」化することで作られる「映画《うつしゑ》」を現前させる存在である。梓は、蝶吉と関係を持っている限り、「母」の不在を永久に否認することが可能となるはずであった。

だが、この理想的な男女関係は、ある決定的な出来事によってあっさりと瓦解する。その出来事とは、蝶吉の懐妊と「堕胎」である。このとき露呈する「蝶吉は『母』ではない」という事実は、梓にとって耐え難いものだ。「かくれ里」の封鎖は、結果として、梓にこの耐え難さからの逃避を禁じ、「異界」ではなく、あくまで「俗」界においてこの事実と対峙するよう彼に迫るような状況を出現させるのである。

四、痕跡としての「子供」

梓は、蝶吉が彼の子供を「堕胎」したことを理由に、彼女に別れを宣告する。梓が蝶吉の妊娠を知ったのは、「堕胎」が行われた後のことである。彼らの子供は、作品の舞台からあらかじめ排除されており、「堕胎」という言葉によって、かろうじてその痕跡を留めるのみである。しかし、この痕跡としての「子供」が、梓と蝶吉を支配し、その関係性を決定的に変質させていることは明らかだ。

「『（前略）お政府《かみ》に知れりゃ罪人だぜ。（後略）』」（二十七）と梓が言うように、「堕胎」は明治一三年以来、刑法の中で「堕胎ノ罪」として明確に規定されている。この堕胎禁止条項に支えられた「堕胎罪体制」[11]の下、望まない妊娠をした女性たちは、最悪の場合命を落とすことになるかもしれぬような危険な方法によって、秘密裏に子供を始末することを余儀なくされる。蝶吉の場合も、その典型的な一例として考えることが出来るだろう。彼女は、母親の経済的困窮の果てに「色は屹と売らさぬ代り、芸事にかけては如何なる手段をもつて仕込んでも差仕へはない」（二十九）という約束で、幼い頃から芸妓として抱えられたのであった。この約束通り、きつい折檻を受けながら様々な「芸事」を仕込まれたことは物語中で詳細に語られている。しかし、売春をさせないというもう一つの約束が厳格に履行されたかどうかは非常に疑わしい。少なくとも、蝶吉は「客」であった梓と性的関係を持ち、その子供を妊娠した。その結果、彼女は強制的に「堕胎」させられることになるのである。蝶吉の先輩の芸妓である蔦吉の「『（前略）憚ンながら大金が懸つてますよ。（中略）情人《いろ》なんぞ拵へて、何だい孕むなんて不景気な、（中略）商売にも障ります、此方や何も慰に置くお前ぢやあない（後略）』」（四十九）という台詞は、蝶吉に象徴される当時の芸娼妓の苦境を端的に表している。

「『色情事《いろごと》に孕むなあ野暮の骨頂だ、ぼてと来るとお座がさめる』」（三十八）という「三遊派の落語家」圓輔の言葉が示す通り、「芸妓」に期待されているのは「粋」という美的価値観を体現する「女」であることであり、そこでは「色情事《いろごと》」の必然的な帰結であるはずの「孕む」ことは「野暮」として退けられるしかない。また、『湯島詣』では、不特定多数の男性の「色情事《いろごと》」の相手をする「芸妓」は、「畜生呼ばはりされる身」（十九）とされ、蝶吉をこよなく愛する梓でさえも、彼女のことを「有繋《さすが》に清い、美しい体のものだとは思はない」（四十二）として、蝶吉と同衾する時は、自分の体を「汚さしめ」ぬように配慮している。こうして一種の「汚れ」を強調される一方、蝶吉は「泥中の此の白き蓮」に喩えられるなど、随所でその「清い心」が強調される。このような「清」と「汚」の力学を小説内に導入する手法は、鏡花の作品のみならず、日清戦争後に現れた多くの「悲惨（観念）小説」にも見られるものである。この手法が、現実に存在する芸娼妓に対する差別的なイメージを利用したものであることはいうまでもない。

しかし、作品中に存在するこうした側面を指摘しただけでは、『湯島詣』における蝶吉という「女」の妊娠、そして「堕胎」の本質的な意味を正確に捉えることは出来ない。蝶吉が梓の子供を妊娠したことは、なによりもまず、「母」たるべき存在が、その「息子」の子を宿したことを意味する。このような事態は、『湯島詣』において初めて出現したものであり、それまでの鏡花の「母」を主題とした作品にはみられなかったものである。蝶吉に宿った「子供」は、擬似的な近親相姦の表徴であると同時に、梓の執着する「母」と「息子」の関係を打ち壊す決定的な危機でもある。なぜなら、梓の子を宿した時点で、蝶吉は彼ではない「子供」の「母」となってしまうからである。梓は、「子供（息子）」の地位を追われ、「父」になることを迫られる。「母」－「子」から、「父」－（「子」）－「母」へという関係の変転こそ、梓が最も怖れていることなのだ。

この危機を回避しつつ、「母」との蜜月を維持するのに必要とされた場が「かくれ里」なのであり、そこに留まる限り、「息子」は性的に成熟した男性としてではなく、永遠の「少年」として「母」との関係に安住し得るのである。しかし、すでに指摘した通り、『湯島詣』において「かくれ里」は封鎖されている。したがって、この危機を回避するためには、「かくれ里」に退却する以外の方法をとらねばならない。鏡花は、梓と蝶吉の子供を「堕胎」という形で、あらかじめ物語の舞台から排除することで、この危機を解決しようとしたのである。だが、「堕胎」という行為の前提には懐妊があるのであり、「堕胎」によってその事実を完全に消去することは不可能である。むしろ、「堕胎」という言葉によって、「子供」の痕跡が物語内にはっきりと刻印されることとなる。[12] かくして、彼らの「子供」は闇に葬られたにもかかわらず、その痕跡は執拗に回帰する。痕跡としての「子供」は梓を脅かし、蝶吉との理想的な「母」-「子」関係に亀裂を入れ、瓦解に導く。換言すれば、この「子供」は、梓に「母」の不在、つまり、彼の欲望を完全に満たす「女」などどこにもいないということをつきつける存在なのだ。前節で指摘した通り、梓はこうした事実に耐えられない。だからこそ、彼は一方的に蝶吉に別れを切り出すのである。

　梓から別れを告げられた蝶吉は、「堕胎」した子を模した「人形」を作り、日夜熱心に「冊《かしづ》く」ようになる。

（前略）一体遣りッ放しのお俠《きやん》で、自転車に乗りたがつても、人形などは持つて見ようと思はない質《たち》であつたのが、（中略）恰《あたか》も活《い》きたるものを愛する如く、起きると着物を着更《きか》へさせる。抱いて風車を見せるやら、懐《ふと》中《ころ》に入れて小さな乳を押付けるやら、枕を並べて寝て見るやら、余所目には宛《まる》で狂気《きちがひ》。（三十九）

　蝶吉は、「華美な死体」とも書かれている「人形」を、「恰《あたか》も活《い》きたるものを愛する如く」扱うことで、彼女の子供がすでに死んでいることを否認する。また、二の腕には、「神」という「神月の頭一字」（四十一）の入れ墨を彫ることで、彼女が梓の「母」ではないことをも否認する。蝶吉は「人形」遊びによって、梓との間に生じていた「母」-「子」関係を再現しようとするが、もはや「母」ではない彼女がそのような行為に耽ることは、「狂気《きちがひ》」沙汰でしかない。

　それでも、こうしたフェティシズム的営為に身を任せている限り、蝶吉の精神の均衡はかろうじて保たれるはずであった。この危うい「人形」遊びすらも不可能になった時、蝶吉は本当に「狂気」へと陥る。そのきっかけとなったのが、姐芸妓の蔦吉を始め、圓輔や源次郎をも加わって行われた「悪戯」である。

「（前略）お蝶さん、神月の旦那から、」

「え、、」

（中略）

「神月さんからお届けものだ。」

（中略）

「神月より、……おや、平時《いつも》の字と違つてやしなくッて?……何だか手が違つているやうだねえ。」

敢て疑ふといふではないが、まさかと思ふ心から人にも、確めて貰ひたいので、態《わざ》と不審《いぶかし》げに呟いた。（中略）上包はくる〳〵と開いて、（中略）中は、手文庫ばかりの白木の箱。（中略）箱の中には紙にも包まず裸の人形が入つて居る。（中略）

「おや〳〵、をかしいねえ、あてッこすりに寄越したのか不知《しら》、私を這麼《こんな》にして置いて、まだ那様《そんな》ことをする方ぢやあない、」と此時気が付いたのは、自分の人形のことである。（中略）ばたりと箱を落して立ち、何を憚るともなく、浮足で、密《そつ》と寄つて、蒲団を上げて見ると何もない。（中略）「坊や、」とばかり、あはれな裸身を抱へ上げようとして、其の乳のあたりを手に取ると、首が抜けて、手足がばら〳〵。

（四十五～四十七）


あらかじめ破壊しておいた「人形」を、梓からの「お届けもの」として蝶吉に突きつけるという悪趣味な「悪戯」は、蝶吉の懐妊から「堕胎」へと至る過程の反復であり、蝶吉が行っていたフェティシズム的なふるまいへのさらなる否認でもある。「神月梓」の名の下に「人形（子供）」が送付されることで、蝶吉がもはや梓の欲望を満たす「母」たる「女」ではないことが再度宣告され、その人形が「ばら〳〵」になるのを見ることで、「子供」の死という事実が蝶吉に改めて突きつけられるのである。

五、「『母』は存在しない」

蝶吉と別れた梓は、その後「人にも逢はず引籠つて、二月余」も「谷中の瑞林寺」で蟄居生活を続ける。玉司家からの再三の復縁要求をも顧みず、ひたすら「瑞林寺」に立てこもり続ける梓の様子は、「清心庵」の摩耶の姿を彷彿とさせる。彼女もまた、どんなに催促されようとも婚家に帰ろうとはしなかった。梓は、龍子の腹心の「乳母」からの要請も拒絶するが、それはまた、蝶吉を落籍する手段（「金の蔓」）をも手放したことを意味する。彼は龍子からも蝶吉からも遠ざかり、安んじて、「瑞林寺」に喪われた「かくれ里」を再構築し始めるのである。玉司家とはっきり絶縁したことで、「薩張《さつぱり》した」という梓は、その再構築に半ば成功する。「雨月物語」を音読する彼の「声」は、「『幽冥に通じて、餓鬼畜生まで耳を傾けて微妙の音楽を聞くという音調だ』」（四十二）という住職の評が端的に示すように、神的な力さえ帯びている。この「声」自体が、「実に白蓮の花に露が転ぶといふのか、任《か》う其の渓川の水へ月が、映ると申さうか、如何にも譬へやうのない、清い、澄んだ、冴々した」（四十一）ものとして、「水」のイメージに引き寄せて形容されているのは注目すべきことだろう。梓は自らのこの「声」によって、「美しい冷い水を一雫づ、飲むやうで、（中略）体が半分水になつて、それが解けて行くやうで、月の雫で洗つたやう」（同）な、一種の浄化作用を経験する。そうして「清」められた梓の口中には、「涼しい」「唾」（同）すら湧くのである。

だが、いくら「清い」「冷い水」が溢れても、「龍潭譚」で千里の口中に「涼しき唾」をもたらす契機となった美女のような「母」であるはずの「女」が「瑞林寺」に招き寄せられることはない。そしていうまでもなく、このような「女」の存在がなければ「かくれ里」は完成しないのである。唯一、この「かくれ里」の女主人となれたはずの蝶吉は、すでにその資格を喪っている。梓の正体不明の「胸騒」は、「かくれ里」の再構築が、最終的には挫折するしかないことを予感しているための不安であるといえよう。

しかし、この不安は、「瑞林寺」に逗留する以前から、梓の胸底にあったものでもある。梓はかつて、玉司の自邸に迷い込んだ鶯を、蝶吉が手を通した羽織で捕らえたことがあった。その鶯はほどなく死んでしまい、それ以来、彼は「然《さ》ることはあらじと知りながら、（中略）羽織の同一《おんなじ》のが兆をなして、恐らく、我が手に彼を救うて之を掌中の玉とせむか、時を措かず砕けるのである」（四十三）という「迷信」に囚われる。その結果、梓は蝶吉を落籍することに踏み切れなかった。この「迷信」は、蝶吉という欲望の対象（「玉」）を所有しようとした瞬間、それが全くの「無」に過ぎないことを目の当たりにする（「時を措かず砕ける」）事態を予告している。梓は「然ることはあらじ」と思いながらも、この「迷信」の示す結末を怖れるがゆえに、蝶吉を所有することを「躊躇」せざるを得ない。しかし、梓は結局、蝶吉が「無」ではないのかという疑念を抱きつつも、彼女を「玉」として（「母」として）扱うほかはなかった。こうした梓の振る舞いこそ、真に「迷信」的なものであるといえるだろう。

再び「瑞林寺」の場面に戻れば、自ら再構築しようとした「かくれ里」の不完全さゆえに、「胸騒がする、気が鬱ぐ、もう引き入れられさうで耐へられなくなつ」（四十四）た梓は、かろうじて「母」を触知出来る場所である「湯島」に向かう。しかし、この「母」への巡礼がもたらしたものは、そのような行為がもはや何の救いにも繋がらないという絶望的な宣告であった。

然矣《しかり》、＝色狂気《いろきちがひ》の亭主＝これを警官の口から聞くに至つて梓は絶望したのである。／然れば冥土《よみぢ》を辿るやうな思ひで、弥生町を過ぎて根津まで行くと、夜更《よふけ》で人立はなかつたが、交番の中に、蝶吉は、腕《かひな》を背《そびら》へ捻られたま、、水を張つた手桶に其の横顔を押着けられて、ひいひい《ママ》泣いて居た。（中略）深更の大路に車の轢《きし》る音が起つて、都の一端をりん〳〵として馳せ行く響、山下を抜けて広徳寺前へかゝる時、合乗の泥除に其の黒髪を敷くばかり、蝶吉は身を横に、顔を仰けにした上へ、梓は頰を重ねて居た。其時は二人抱合て居たが、死骸は大川で別々《わかれ〳〵》。／男は顔を両手で隠して固く放さず、女は両手を下〆で鳩尾《みづおち》に巻きしめて居た。／此死骸を葬る時、疾風一陣土砂を捲いて、天暗く、都の半面が暗くなつて、矢の如き驟雨が注いだ。棺は白日暗中を通つたが、寺に着く頃《ころほ》ひには、拭ふが如き蒼空となつた。／墓は、神月梓、松山峰子、と二ツならべて谷中の瑞林寺にある。

（五十一）

引用箇所は、蝶吉と梓が心中に至るまでの場面である。蝶吉は、蔦吉らの折檻に耐えかねて、大和屋を飛び出し、狂乱したまま徘徊していたところを、警察に保護された。その時に梓の名前が出たため、「湯島」から帰ろうとして職務質問を受けた彼は、そのまま交番に連れて行かれたのである。文中にある通り、梓の「絶望」を決定的なものにしたのは、「色狂気《いろきちがひ》の亭主」という「巡査」の嘲りの言葉である。「母」－「子」関係の充実した再現という理想的な男女関係として始まったはずの二人の関係は、ここにおいて「色狂気《いろきちがひ》」とその「亭主」というまったく「俗」的なものに堕している。

こうして梓は、彼の求める「母」となるべき「女」はどこにも存在せず、自身もまたその「母」と特別な〝対〟関係を保つことの出来る「子」ではあり得ないという「絶望」的な事実に直面させられるのである。この回避不能の「絶望」を、梓は「心中」という方法によって一気に乗り越えようとする。だが、「死骸は大川で別々」とあるように、この決死の跳躍によっても、彼らの関係は理想化されない。「顔を両手で隠して固く放さ」なかったという梓は、死してなお、「母」の不在という「絶望」に固着したまま取り残されているのである。

『湯島詣』は、「母」を書くことを自覚的に選択した鏡花が、その世俗化を断行する過程で、「『母』は存在しない」ことに直面した作品であったといえる。だが、周知の通り、彼はこの時点で「母」を書くことを放棄せず、むしろ積極的に「母」へと至る道筋を模索し始める。「瑞林寺」に「二ツならべて」ある梓と蝶吉の墓標は、「母」が存在しないという「絶望」を引き受けつつ、それでもなお「母」を書き続けることを選んだ鏡花が建てた、悲壮な記念碑として、いつまでもその姿を留めているのである。

注

（1）「鏡花氏著『湯島詣』を読む」（明治三二年一二月「新小説」）。
（2）「翔雲放語（四）」（明治三三年一月「文庫」）。
（3）「鏡花の註文帳を評す」（明治三四年四月二二日「読売新聞」）。
（4）「最近の創作界」（明治二九年一二月「太陽」）。
（5）『湯島詣』と当時の文壇の関係性を論じた主な先行研究としては、鈴木啓子「『湯島詣』とその時代――戦略としての模倣」（平成一一年七月『論集泉鏡花』第三集／和泉書院）や杲由美「泉鏡花「湯島詣」論――心象風景としての湯島」（平成九年一二月「待兼山論叢（文学篇）」三一号）が挙げられる。
（6）もっとも、鏡花が「である」体を用いて、本格的に「母」であるはずの「女」を書いた作品は、『湯島詣』が初めてというわけではない。明治三一年に発表した「笈摺草紙」においても、すでに同様の試みがなされている（前章参照）。その一方で、三二年九月から一〇月にかけて発表された「鶯花径」では、同様の主題を扱いながらも、形式的には非言文一致体が採用されている。短期間のうちに起こったこれらの形式上の変動は、当時の鏡花が、「母」であるはずの「女」を書くための形式を意識的に模索していたことを示している。
（7）（注5）杲前掲論文。
（8）「禁忌への迂路　鏡花の言葉はなぜ迷宮化するのか」（平成一二年一〇月「ユリイカ」）。
（9）蝶吉のこのような性質については、ジャック・ラカンの『対象関係』上（小出浩之他訳／岩波書店／平成一八年九月）の次の記述を参照。

この介在的位置の効果によって、愛の対象において愛されているのはその向こう側にある何ものかである、ということになるのです。その何ものかは確かに何でもありませんが、それでも象徴的にそこにあるという特性をもっています。それは象徴ですから、無でありうるばかりか、無でなくてはなりません。（中略）何かの前にあるヴェールや幕は、また、愛の基本状況の最良のイメージでもあります。（中略）人間はまさにヴェールに、この無、愛の対象の彼方にある無に対する感情を具現化し、偶像化するのです。

（10）「紅茶会」の場面は、柳田国男が『故郷七十年』（昭和三四年一一月／のじぎく文庫）の「文学の思い出」の中で行った証言から、鏡花が懇意にしていた吉田賢龍らとの交流をモデルに書かれたとされる説が定着している。こうした交遊の一方で、鏡花は、小栗風葉ら紅葉門下生が明治二九年末から始めた十千萬堂塾に頻繁に出入りしている。十千萬堂塾は、風葉や徳田秋声ら若手の作家たちが、紅葉宅の隣家を借りて共同生活をしつつ形成した紅葉門下生のサロンである。その雰囲気は、風葉の「十千萬堂塾」（明治三六年一一月「卯杖」）等に詳しいが、その中には、「鏡花は此の時大塚に老いたる祖母を養へりしが、帰るを忘れて夜の明くるを知らず」とある。「紅茶会」の場面は、基本的には柳田の証言するような状況を元にして書かれたのであろうが、それと同時に、今述べたような十千萬堂塾グループとの交遊も念頭に置かれていた可能性を否定することは出来ない（ちなみに十千萬堂塾は、三二年の春に解散している）。

（11）藤目ゆき『性の歴史学　公娼制度・堕胎罪体制から売春防止法・優生保護法体制へ（普及版）』（平成一七年一二月／不二出版）。

（12）「堕胎」という言葉のみならず、蝶吉が源次郎に与えた「駒下駄」もその一つである。種田和加子は「『湯島詣』―卑小さの構図―」（平成元年一一月「解釈と鑑賞」）の中で、この「駒下駄」について次のように指摘している。

このあとの九章で鳶の頭が源次郎からむりやりとり上げた駒下駄は「源次が私生児」と名ざされる。（中略）下駄は源次郎にとっては蝶吉の換喩的表象以外の何ものでもないのに、子供にまつわる意味を重ねることで、作品全体の主題としての卑小さの葛藤、その集約である水子を不在の主体とするドラマを象徴する提喩へと発展していくわけである。

第六章　『風流線』のプラクシス

一、決算の書『風流線』

「風流線」は明治三六年一〇月二四日から翌三七年三月一二日まで、「続風流線」は、前作から約二か月の間を置き、三七年五月二九日から一〇月五日まで、それぞれ「国民新聞」紙上で連載された(1)。以下、本章では「風流線」「続風流線」の総称として、『風流線』を用いることとする。

鏡花は、昭和初頭に『風流線』執筆当時を回想して、死の床に就いていた師・尾崎紅葉から「勉強しなよ」と励まされたのを受け、「刻心、精励」し「毎回殆ど夜を徹」して本作に取り組んだと書いている(2)。この時期、鏡花の文壇での立場はほぼ安定し、事実上、紅葉の膝下を離れていた。だが鏡花は、師の死を前にして、自身の小説家としての価値が問われていることに無自覚ではあり得なかった(3)。たとえば、藤村操による華厳の滝投身自殺という、当時のジャーナリズムを賑わせていたトピックを大胆に取り入れた点にも、その意気込みを感じ取ることが出来るだろう(4)。

また、周知の通り、『風流線』には「湖のほとり(5)」という先行作品が存在する。秋山稔が指摘するように、『風流線』には、「湖のほとり」にみられた「金沢」にはびこる「閉鎖性・封建的性格」への批判が引き継がれつつ、「活如来」と呼ばれる慈善家・巨山五太夫と、鉄道敷設工事を請け負う「風流組」の対立図式が導入されている(6)。このため、『風流線』の展開には、活劇的な波乱を多く含んだ、ダイナミックな演出が施されることになった。先に挙げた藤村操の自殺事件を取り入れたことと併せて、鏡花が新聞連載小説の作者として、読者の興味を惹こうと努力していた様子が窺われる点である。

その一方で、『風流線』を構成する様々な要素を検討してみると、彼が文壇に名乗りを挙げて以来扱ってきた、いくつかの主題が取り集められていることがわかる。(7)たとえば、巨山五太夫の営む「救小屋」の造形には、実在する慈善家とその活動を紹介するルポルタージュ記事が参照されている。(8)これは、明治二八年に発表された「貧民倶楽部」を書く際に採られたのと、同様の手法である。第二章で検討した通り、松原岩五郎の『最暗黒の東京』を素材とした「貧民倶楽部」では、東京を舞台に、「華族」の「慈善」に抵抗する「貧民」たちの騒擾が描かれた。『風流線』では、この騒擾がより大規模な形で反復されると共に、〝敵〟の行う搾取と支配の構造も明確に描かれることになる。また、巨山の権力機構に対抗する「風流組」の行動を支える独特の倫理は、鏡花のデビュー作「夜行巡査」を始めとする一群の観念小説の中に繰り返し現れてきたものにほかならない。つまり、『風流線』は、この時点での鏡花の集大成として構想された作品なのである。

本章ではまず、巨山五太夫の慈善活動にみられる収奪の構造を分析していく。「救小屋」の運営を始めとする巨山の慈善事業が、大いなる欺瞞の産物であることは、作品を一読すれば明らかである。問題は、その収奪がどのように行われているかという点にある。この点を明らかにすることで、「風流組」による巨山への反抗の意義をより鮮明にすることができるだろう。同時に、「風流組」という独特の集団を構成する力学についても分析を行う。そして、「工学士」水上規矩夫の「精神」と、村岡不二太の「悪魔」の「精神」(9)とが結びついた「風流組」の工夫たちの抵抗が、なぜ巨山の権力機構への有効な批判となり得たのかを考察していく。

二、閉塞する「博愛」――「金沢」における収奪の構造――

「金沢」に巣食う巨山五太夫の権力機構の構造については、すでに多くの分析がなされている。たとえば、上田正行は、『風流線』の主眼は「金沢批判」にあるとして、その対象となる「金沢に残る半封建的」かつ「前近代的」なものの象徴が巨山なのだとしている。(10) しかし、笠原伸夫が指摘する通り、巨山たちは単に「封建的」なのではなく、「知事様」を頂点とする中央集権的な官僚組織や、「警察権」と結託する極めて近代的な「〈父＝法〉の拠点」でもある。(11) さらに、この「〈父＝法〉」は、「県の門閥財産家、竪川製糸場の主人」竪川治右衛門をはじめとした、地域のブルジョワジーたちとも共犯関係にある。巨山が、治右衛門の娘である美樹子を娶っていることからも明らかなように、『風流線』中の「金沢」とは、「〈法〉」と資本と慈善とが文字通り三位一体となったところに成立する収奪機構なのである。(12)

この「金沢」の隅々にまで張り巡らされているのが、「敬意の政治」である。今村仁司は『近代の労働観』(13) の中で、この「敬意の政治」を、「相互に『敬意』（自己尊重、自己尊厳、威信）を他者から勝ち取るための闘いである」と定義し、「敬意の政治を駆動する心的状態は虚栄心である」と述べている。こうした「敬意の政治」が働くさまを、『風流線』冒頭にある「大巌の傾斜地蔵《かたがり》」の場面に見て取ることができる。

「賽銭は賽銭さ、別に寄附をしなさいといふのだ、此の帳面につける分だよ。多少には寄りません。」（中略）「そりや、そりや何でごぜえす。もの、些とばかしでお恥しいこんだけど、引続いた凶年で心には任しましねえ、それで、はあ、志だけは出いたでがすよ。」（中略）

「それ、十銭が五銭でも、一々帳面につけて、国処、姓名が丁《ちやん》と乗る、月の末に県庁へ差出すと、知事様が御覧になりますぞ。」

「ひやあ、南無阿弥陀。」（中略）

「上木滑村……石川郡だね、名は……六兵衛、さあ、つけました、県庁で御覧になるよ。」

六兵衛は大き手を内端に出して、机の隅に密と置く。（中略）

「合せて三銭、石川郡、木滑村……六兵衛、知事様が御覧になるよ。」

だら〳〵流る、汗だらけの胸を、平手で拭うて、六兵衛足も地につかず、

「勘弁してくらつせえ、これで何うにもなりましねえ。」

「五銭、確に受取り。」と持直して筆を置いて、小屋守は顔を背けた。


（「風流線」九〜十）


「小屋守」の木谷転倒太《ころんだ》が、「傾斜地蔵《かたがり》」に参詣した客から、「寄附」を強要する部分であるが、ここで木谷は、「寄附」を渋る六兵衛に、「知事様が御覧になりますぞ」と頻りに言っている。そして、六兵衛から出来るだけ多くの「寄附」を引き出そうとするのである。木谷は、「知事」や「県庁」という他者の視線を絶えず意識させると同時に、「寄附」の金額はもとより、「国処、姓名」まで「帳面」につける徹底した可視化作業をあからさまに行ってみせることで、六兵衛を「敬意の政治」の力学に強引に巻き込もうとする。六兵衛自身は、木谷と異なり、こうした承認のゲームに積極的に参加することを決して望んでいない。しかし、彼は「知事」ないし「県庁」といった〝お上の目〟のプレッシャーに屈して、苦痛を忍びながらも分不相応な「寄附」を行わざるを得ない状況に追いやられてしまうのである。

この時、「寄附」はもはや本来の意義を失い、一種の消費行動と化す。木谷の同類である「訓導」の垂井が言う

ように、人々の「虚栄心」を刺激して「敬意の政治」に巻き込み、「寄附」という特権的な消費財に金銭を投入させればさせるほど、「我輩の名誉になつて、知事公にも名を知られる、詰り出世の基」（『風流線』十四）となる。木谷や垂井のような「役場の受附」的小役人にとって、「寄附」を募ることは労働であり、彼らはその中で、自らの社会的上昇志向を実現し、「虚栄心」を満たそうとするのである。そして、この「虚栄心」を原動力とした自己承認の「闘争」の頂点を象徴するのが、「知事」のいる「県庁」であり、「巨山氏の芙蓉潟の別荘」なのだ。

一方、この「敬意の政治」の最末端に位置するのが、巨山の経営する「救小屋」である。笠原が「非人小屋として徹底した収奪の構造になっている」[14]と指摘する通り、この「救小屋」には、巨山の欺瞞性が集約されている。「救小屋」の実態は、「続風流線」の五から九にかけて、狩野秀岳の内縁の妻であるお妻と、「小屋もの」の「草刈の親仁」の会話の中で詳しく説明されている。「草染の筒袖、同じ色の半股引、襟に黒く博愛と染めたは、巨山に養わる、小屋ものの記号と見える」（「続風流線」五）とあるように、「博愛」という「記号」は、「小屋もの」とそうではない者たちを区別する徴として機能する。「小屋もの」たちは、この「記号」を背負わされることによって、絶えず自分が「巨山に養わ」れている存在であることを意識させられると同時に、巨山の慈悲深さを喧伝する生ける広告としての役割をも担わされる。さらに、このあからさまな有徴性は、「お小屋づきの役人」が「見廻り」を行う際、「小屋もの」の姿を一目で弁別し、監視を行いやすくもするのである。

「宛然《まるで》活きながらの地獄の境涯、今時の懲役同様」（同六）という「草刈の親仁」の言葉は、巨山の「救小屋」の本質をずばりと言い当てている。今村は、「監獄的工場としての救貧院制度」の本質を「宗教的愛徳（慈善）の意図と過酷な労働強制との奇妙な複合」であるとし、「商品経済と産業が要求する労働身体の創出を事実上引き受けたのが、救貧院における強制労働システムであった」と指摘している。[15]「年寄は年寄、若い者は若い者、婦人は婦人で、皆それぐ〳〵（中略）仕事をせねばな」（同七）らず、その「仕事」も「お小屋づきの役人」の厳しい監視下にあるため、「第一、掟が正しいで、朝も早く来りや晩《おそ》く帰る、昼休はせず、おやッつの心配も入らぬ」（「続風流線」七）規則的かつ合理的なものである。「小屋もの」たちの労働は、雇い主側からは、「自前で稼」ぐ「大工、左官、日傭」よりも、「利方が可い」と重宝される。厳格な時間管理で、極力無駄を省くように仕組まれた「小屋もの」たちの労働体制は、まさに資本主義的な「時は金なり」の見本である。彼らは、「仕事」の「掟」の下、機械のごとく合理的に働くことを強要される。その結果、「自前で稼」ぐ者たちよりも「二割三割増」（同八）の賃金を得る。だが、この賃金はすべて巨山が吸い上げる。事実上、過酷な労働の対価として「小屋もの」たちが得るのは、「兵隊屋敷の残飯を買込んで使ふ」（同七）「悪臭芬々」（同十八）たる粥のみなのだ。「救小屋」に収容された人間たちは、「商品経済と産業」の「掟」に服従する労働の担い手として、その身体を強制的に徴用される。それはただ労働にのみ適合させられた身体であり、一個の人間としては「半死半生、生きて居るか、死んで居るか分りませぬ身体《からだ》」（同八）である。

このようにして創られた労働の身体は、たとえば「竪川の製糸場」（同八）をはじめとした、産業資本を支える各種の工場に派遣される。資本と慈善の「奇妙な」（今村）共犯関係のからくりは、「草刈の親仁」によって次のように説明されている。

「（前略）親仁をはじめ、大勢の小屋ものは、たとひ羅苧屋にしろ、何にいたせ、相応な稼業のないものはござりませぬ。其の稼業が貴女、引続いた不景気で、まるで上つたり、勘定して米の代ほど、掌で数を読むお鳥目は、かいしき見ることが出来ませぬで、仕方なしに小屋入をいたしますが、一旦入りますと、恁《か》うやつて、何か不知《しら》仕事にありつくでござります、（中略）又せねばならぬ仕事でも、同一《おなじ》ことなら小屋ものにさせる方が、第一人聞も可《よ》し、（中略）お上からも誉められる、（中略）取締が行届く、（中略）昼休みなんぞはせず、算盤と外聞を両天秤でござりますで、壓《おさ》れ壓《おさ》れに、日一日と、自前で拵《かせ》ぐものは、魚屋八百屋まで花主《とくい》がなくなります勘定で、其困つたのが、追々に殖えますな、人数が多くなりや、巨山の人望も大くなりや、寄附金も沢山。／小屋から出ます商人には問屋でも安値に卸す、それが又売れますわ。(後略)」(「続風流線」八)

ここには資本家たちと結託する巨山の「救小屋」が、「不景気」に乗じて、競争に敗れた零細商工業者を吸収し、雪ダルマ式に膨張していく過程が語られている。「花主《とくい》」を失い、生計の手段が無くなった者たちは、生きるために「小屋入」をせざるを得ない。だが、彼らの生活を支えていた「相応な稼業」の足場を掘り崩したのは、他ならぬ巨山なのである。「露命が繋げますくらゐなら、人には乞食扱ひされまする、巨山の小屋へなんぞ、誰が入りますものでござります」(「続風流線」八)という「草刈の親仁」の言葉からもわかるように、人々は決して元々依存的であったわけでも、怠惰であったわけでもない。だが、桁外れに安価な労働力を大量に供給する「救小屋」の支援を受け、暴力的な成長を続ける資本家たちに圧迫され、彼らは自分たちの生活を破壊した張本人の一人である巨山にすがりつかざるを得ない屈辱的な立場に追い込まれる。さらに皮肉なことに、いったん「小屋もの」となった以上は、資本に奉仕する労働力として、かつては仲間だった零細の「自前で拵《かせ》ぐもの」たちと競合し、彼らを経済的に追い詰めることに加担しなければならなくなるのである。

この収奪の永久機関を駆動させているのは、やはり「敬意の政治」である。「算盤と外聞を両天秤」という言葉に表されているように、「小屋もの」に「仕事」をさせる雇用主たちは、彼らを利用して、経済的な合理性と自己承認の欲望を、同時に実現しようとする。そして、この構造を支配する巨山もまた、「救小屋非人控」なるものを作成し、「小屋もの」たちを種々の「畜生」(「風流線」七十三)に擬えては密かな楽しみを味わっている。「小屋もの」たちは、牛馬あるいは「蚕」(「続風流線」十五)といった経済動物となんら変わらぬ待遇で働かされているばかりか、「博愛」の徴によって、町の者たちから「小屋ものと見れば汚らはしさうに、戸外で逢うても遠くから避け」られるような差別すら受けている。そしてまた、「非人控」という「帳面」に「畜生」として登録されることにより、表象の次元においても徹底的に卑しめられているのである。(16)「小屋もの」たちを、社会的に「汚らはし」い存在、あるいは「畜生」としてまなざすとき、町の者たちも巨山も共に「虚栄心」の満足を得ている。こうして、「小屋もの」たちは「金沢」に蔓延する「敬意の政治」の犠牲に供されているのである。

このような状況の中、「手取川の鉄道工事」の「人足」になることは、「小屋もの」にとって、惨めな境遇からの脱出を図る千載一遇のチャンスであった。「続風流線」十六から十七に登場する「二個《ににん》の小屋もの」たちも、「私等《わたくしども》が思うやうに」(「続風流線」十七)生きたい一心で、「一人の旅僧」(村岡不二太)から聞いた「風説《うわさ》」を頼りに、「救小屋」から脱走したのである。だが、件の「博愛」の「お仕被《しきせ》」のために、彼らはあえなく、「巡査」を連れた木谷・垂井といった「お小屋づきの役人」に捕らえられてしまう。「人足」として雇ってもらえなければ「乞食」をする、「其の方が勝手なのでござります」と主張して、見逃してくれるよう必死に懇願する「小屋もの」らに対して、垂井は次のように喚く。

「そりや、成らん。苟も当国に巨山様のいらつしやる間は、たとひ如何なる事があつても、同郷の人民を乞食には遊ばされん。此の思召し洸大ぢや、因つて其の意を奉戴する我輩等も、又当のない処へ行つて、見すく乞食をするやうな事は為《さ》せられん、屹《きつ》とお小屋まで引戻す、愚図々々いはんで帰つて了《しま》へ、手のつけられた奴等ぢやない」

(「続風流線」十七)

この言葉に対し、なおも食い下がる「小屋もの」たちに、今度は「巡査」が「心得違をする奴を、説諭せんで置けるものか、好なやうにさせるといへば、掏摸《すり》も盗人《どろばう》も勝手だわ、馬鹿なことを！」（同十七）と一喝する。無論、脱走した「小屋もの」たちは、「金満家になりたいの、盗賊《どろばう》をしませうのと、心得違をいたす」（同十七）つもりは毛頭無い。ただ、「人足に雇われたい、出来ませんときは乞食をする」（同十七）自由と自立を求めているにすぎない。しかし、「巡査」に象徴される行政機構の側からすれば、「貧民」たちが「好なやうに」することは、直ちに社会的な放埒を意味する。彼らにとって、「乞食」とはそうした放埒な生き方の典型であり、潜在的犯罪者以外の何者でもない。そのため、「乞食」になりたいと言い出す心性自体が、「心得違」も甚だしいと感じられるのである。

　こうした「乞食」的存在を、社会的な悪の萌芽と捉える考え方の背後には、下層社会の人々の中にも「質的な差異」（今村）があるとみなす統治者たちの考え方がある。今村によれば、統治者たちにとって、「貧民」の種類は二つある。一つは「貧しい人々」、もう一つは「人間の屑」である。前者は「社会的規範と生産体制にとって『受け入れ可能』な人々」であり、後者は「どうにも規範になじまず、生産体制を攪乱する存在であり、政治的にも経済的にも、さらには宗教的にも異物」である。「乞食」は無論、後者のカテゴリーに分類される。今村は、「監禁制度あるいは救貧的労働収容所の本来の『対象』」は、この「人間の屑」であったと指摘している。「苟も当国に巨山様のいらつしやる間は、たとひ如何なる事があつても、同郷の人民を乞食には遊ばされん」という垂井の言葉からも分かるように、「金沢」においては、「仕事」を失い、自活出来ずに「人間の屑」としてしか生きる術が無くなった者は、一人残らず「救小屋」に入れられ、「貧しい人々」になるよう馴致されるのである。なぜなら、こうした「貧しい人々」の存在は、「社会と国家が円滑に運営されるためには」（今村）必要不可欠であるからだ。[17]「三宮村の正訓導」である垂井が、「救小屋」では「貧民に倫理を講ずる」（「続風流線」十七）という点を見ても、彼らが「貧民」を、「倫理」を欠き道徳的に退廃している存在と考えているのは明白である。垂井は「貧民」たちの「訓導」として、彼らに「倫理」を教育する。この意味で、「救小屋」は一種の学校でさえある。もっとも、そこで教えられる「倫理」とは、産業経済に奉仕する労働を、「道徳的にして宗教的な活動」（今村）だとみなすような、「金沢」を支配する資本家たちにとって都合の良い「倫理」であるのだが。

ところで今村は、「人間の屑」への対処の仕方は、「強制的に排除するか、さもなくばその存在を強制的に作り替えるか、のどちらかである」と述べている。とりわけ、「追放と排除」は、「主として外国人」、すなわち共同体の〝よそもの〟である「人間の屑」に対して採られた方法であったという。先に見た通り、「金沢」内で「人間の屑」となる恐れがあるとされた「貧民」たちは、「救小屋」に収容され、「その存在を強制的に作り替え」られた。だが、「金沢」を外部から脅かす「百が九十九人までは、どれも無宿もの」（「風流線」四）という「悪工夫」（同十七）たちの集団「風流組」に対しては、徹底した「追放と排除」が試みられる。だが、垂井が「放火《ひつけ》、強盗、人殺の団《かた》体《まり》」と罵る「鉄道工夫」たちは、「北陸線」という「二条《ふたすぢ》の鉄の線《はりがね》」（同四）と一体になっている。工事を指図する「工学士」水上規矩夫の親友・唐澤新助がいみじくも喝破したように、「風流組」という「人間の屑」の「団体《かたまり》」を「金沢」から完全に排除するには、「すべての線路を破壊して、是を取棄つる」以外に方法はないのである。次節では、「二条《ふたすぢ》の鉄線」によって、「金沢」に「荒療治」（「続風流線」三十八）を施さんとする「風流組」について詳述していこう。

三、「風流組」の「精神」――「社会的共通資本」としての「鉄道」――

ここで改めて確認すれば、「風流組」とは、「工学士」水上規矩夫の指示を受けて「北陸線」の敷設工事を行う工夫の集団である。ここに、日光で自殺したはずの村岡不二太と、その愛人である小松原龍子が合流し、工夫たちの「精神を支配するもの」（「風流線」四十九）として迎え入れられる。ただし、この「支配」という言葉から、主君と臣下のような従属関係を連想すべきではない。村岡と龍子は、「位牌といふ言さへ知らない」（同）工夫たちにとって、まず「信仰すべき本尊の姿」（同）の顕現として受け止められる。彼らが手取川の工事現場に現れる直前の場面では、「男と女の並んだ姿」に見える怪しい「雲」が目撃され、工夫たちはそれを「男女二柱の神」（同四十二）に擬えている。さらに、その「神」は、「あゝ見えても悪魔外道」（同四十三）だとすらいわれる。村岡と龍子は、「百が九十九人までは、どれも無宿もの」が集まった「風流組」の精神的な結びつきを保証する、氏神のような存在なのである[18]。

それでは、水上と「風流組」はどのように結びついているのであろうか。工夫たちは水上を呼ぶ際、「旦那と称へ、先生といふ処、対手《あひて》に因《よ》つて（中略）親分となり、親方となり、お頭となり、棟梁となり、ともすれば隊長となるのである」（「風流線」十七）と、一定の呼称を用いない。こうした流動的な呼称は、彼らの関係性が固定的なものではないことを示唆している。工夫たちと水上は、敬意と友愛によって緩やかに結びつけられている。

一方の水上は、自分たちを手取川の工事の人足として雇って欲しいと頼んできた要蔵と良助に向かって、「人夫の出入は私には解らんね」（同二十七）と言い、さらに「風流組」の行った暴行事件についても「乱暴された人たちも、私が発頭人だと思違ひをしようも知れんな」（同四十）と懸念している。そして、「私は工夫の取締ぢやない。唯ヅツと、これ此の加賀の国の図の中へ、良い具合に、併行した赤い線を二条《ふたすぢ》通すだけの役目だ」（同）とはっきり宣言するのである。水上自身は、「風流組」を自分の支配下に置いているつもりはない。彼は、工夫たちをあくまでも仕事仲間として見ているのであり、鉄道敷設の作業に支障が無ければ、彼らが「蔭で何を為ようと構はない、又多人数の事だ、構つたつて為やうがない」（同）と言い切る。また、「素々《もと〳〵》私は工夫の頭でも、親分でもないのだ。土方なり、仕事師なり、大工、左官、其の他、すべての人足と同然、為《す》る事は違ふが、同一《おなじ》給金取だ、いふ事を肯かんければ、黙つて其場を去るの他、為やうがない」（同）という言葉からも、水上が工夫たちを、「給金取」として「同一《おなじ》」の立場にある者たちとみなしているのがわかる。

このように、水上は「風流組」の工夫たちを、自分と対等の存在として扱っている。「風流組」は、水上の「鶴の一声」（同）で上意下達が行われるような、専制的かつ官僚的な組織ではないのである。そうした「風流組」の本質は、たとえば水上の「天幕《テント》」内に置かれた「卓子《テーブル》」の上の状況を、「土瓶、茶碗の類が、取散らされてある、其の不規則なのが、却つて一個々々《ひとつ〳〵》、緊乎《しか》と主人に然《し》か命ぜられて、各々厳格に位置を守りつつあるが如く、秩序正しく整然として見えたのである」（「風流線」三十六）と描写するところにさりげなく表されている。鉄道敷設工事という仕事を媒介に、水上の平等意識と、工夫たちが彼に抱く友愛とが結びつけられて生じた「不規則」の規則――これが「風流組」の「秩序」を構成するのである。

ところで、笠原が指摘する通り、この鉄道敷設工事は、まぎれもなく「国家的事業」である。「官設北陸線」は、「西洋の技術を導入しての、後進国日本の総力の事業」であり、それを指揮する水上もまた、「鉄道技師、工学士として制度の内側にいる公的な人格」を持っている。[19] 上田もまた、この鉄道工事は、巨山を中心とする「金沢」の収奪構造を批判する「近代＝文明＝善の象徴」として作中に導入されていると論じている。[20] したがって、水上をはじめ、工夫たちに「給金」を支払っているのもまた「国家」ということになる。

とはいえ、水上や「風流組」が、「金沢」という地方の特殊性を、狭義の「近代主義」（上田）や「国家」の論理で断罪しているわけではない。たしかに、「北陸線」敷設工事の持つ「公的」な側面は、「国家」との関わりの中にある。だがそれは、「国家」と完全に同一化するものでもないのである。なぜなら、鉄道とは元来、「社会的共通資本」としての側面を強く持つ施設だからだ。宇沢弘文は、「社会的共通資本は、一つの国ないし特定の地域に住むすべての人々が、ゆたかな経済生活を営み、すぐれた文化を展開し、人間的に魅力のある社会を持続的、安定的に維持することを可能にするような社会的装置」であると定義し、それらは「決して国家の統治機構の一部として官僚的に管理されたり、また利潤追求の対象として市場的な条件によって左右されてはならない」としている。[21]そして、こうした「社会的共通資本」は、「それぞれの分野における職業的専門家によって、専門的知見に基づき、職業的規律にしたがって管理、運営」されねばならないとするのである。

「北陸線」や、その工事を指揮する水上の保持する「公的」な性格は、このような観点から理解されねばならない。水上は、「技術という普遍性」（笠原）によって、信託された「北陸線」を敷設・管理する専門家であり、あくまでその職務に忠実たらんとする。工事に関わらない場での工夫たちの言動に対する水上の奇妙な無関心ぶりは、彼がその「職業的規律」に基づいて、己の職域を厳密に限定しているところから生じるのである。水上の「職業的規律」への忠誠は、鉄道にあたる「二条《ふたすぢ》の朱線」が引かれた、「『山も谷も、一尺の勾配、五寸の窪地、恐らく三寸の草まで、精細に測量が行届いて、掌《たなごころ》に据ゑて見るが如し。（中略）此の一枚の図を持てば、樹の枝に干棹をかける知識もない、門外漢、私の如きものでも、寝て居て、工夫の指揮《さしづ》をすることが出来さうに見える。』」（『続風流線』三十七）と唐澤が褒め称える「敷設地の地図」の精密さに象徴されている。そして、この朱線の到着地点となる「金沢の停車場《ステイシヨン》」は、「工学士の旧《もと》の邸跡」である「空地」なのである。唐澤の説明によれば、水上は「金沢」に住む「一切の人類」（同）を憎悪している。そして、彼の「北陸線」の敷設工事に賭ける情熱は、その憎悪に裏打ちされてもいる。しかし、自らの生家の跡地を、「金沢の停車場《ステイシヨン》」という「公的」な場所として指定し、作り替えることにより、彼の憎しみは、「金沢」を徹底的に批判する普遍的な「精神」（同）にまで高められる。「北陸線」の「二条《ふたすぢ》の朱線」が、旧水上邸跡に引き入れられていることは、こうした公と私との運命的な結合を意味しているのである。[22]

笠原の指摘通り、水上は「どのような私怨を抱こうとも、かれの使命は鉄道を完成させるという公共性をつらぬかざるをえない」のだが、この「北陸線」という「技術」の「公共性」は、彼の「私怨」を抑圧するものでは決してない。むしろそれは、単なる個人的な感情を、大義にまで引き上げると同時に、故郷への批判を全面的に展開させる原動力となる。水上において、「私怨」と「公共性」は単純に矛盾対立するものではなく、「精神」として止揚されているのである。

私的な憎悪を、「北陸線」という「技術」を媒介にして、普遍的な批判精神にまで高めた水上は、唐澤にその心境を次のように述べている。

「（前略）鉄道の、山を開き、土を破るのは、恰も外科医の刀《メス》を執るが如きものである。／其の刀《メス》の胸に臨むや、患者の如何に痛苦を感ずるかは、外科医の関する処でない。／自分は責任を重んずる、刀《メス》を執る技術と順序とは、断々乎として其の法を誤らない。（中略）技師として鉄路に処する又是に異らずだ。けれども、これを敷設する理想に至つては、荒療治たるを免れない。我が掌中の刀《メス》や、渠等は見て、毒ある針の如く、人を殺す剣《つるぎ》の如く感ずるであらう。（後略）」

（「続風流線」三十八）

「公共性」の大義の下、「鉄道」は「外科医の刀《メス》」のごとく無慈悲に、資本家たちの支配と収奪に閉ざされた「金沢」を「一抉」する。その際の「患者」の「痛苦」など、「外科医」たる「技師」の職業的使命を全うすることに比べれば、何ほどのものでもないのである。このように、水上と、彼の「技術」の粋たる「北陸線」が体現する「公共性」は、穏やかな人道主義的ヒューマニズムからは程遠い。それはむしろ、「技術」の唯物的な性質が最大限に発揮されることで生ずる、苛烈な暴力として顕れる。

こうした「職業的規範」への徹底した奉仕を通じて非情な公共の倫理へと至る過程は、「夜行巡査」（明二八）や「海城發電」（明二九）といった観念小説群の中で、すでに繰り返し描かれてきたものでもある。[23]特に、「其の刀《メス》の胸に臨むや、患者の如何に痛苦を感ずるかは、外科医の関する処でない」という箇所をはじめとした、「外科医」と「刀《メス》」の比喩は、すぐさま「外科室」（明二八）の高峰医師を思い起こさせる。水上は、八田巡査や赤十字看護員の神崎、高峰医師らの後継者として、産業資本主義の「バチルス」が蔓延する「金沢」に、「公共性」という「精神」の「刀《メス》」を存分に振るうのである(24)。

四、敷設される「規矩」――「線」を引くことのプラクシス――

「風流組」は、「金沢」において、いかなる抵抗を企てるのであろうか。それはまず、「敬意の政治」の力学への加担を拒否することとして表される。

「君は御存じないと見えます。皆でお銭《あし》をお銭《あし》をと申したわけで、此の橋をお渡りなさるのに、幾干《いくら》かお出し下さいといふんです。」
「分りました、橋銭ですな、幾干《いくら》。」と直《すぐ》に衣兜《かくし》へ、無造作に手を突込《つきこ》む。（中略）
「別に値価《ねだん》といつて極《きま》つては居らんので。（中略）慈善家の恩恵で出来ました、此の橋をお通りの方に、志を頂戴しようといふわけです。僕が申さいでも当国の境をお跨ぎになつた以上は、速に御承知でありませう。慈善家といふのは、巨山氏、誰も活如来といへば、知らないものはありません。」（中略）
「ぢや、貴下《あなた》、志だけ、軽少です。」
　銀貨一片。／黙つて手を出さず、目ばかり瞬《みは》つて大息を吐《つ》いて居るから、工学士は其のまゝ、訓導の肱の傍なる欄干の上へ、衝《つ》と差置くと、姿黒く、夕暮の橋の新しい上に、鮮明《あざやか》に露《あら》はれて、悠々と通つた。（中略）

工学士、

「捨《すて》か。」

　蓬々《おどろ〳〵》しい年少《としわか》な工夫の姿は、黙つて前面に顕れた。

「最う些《ちつ》と下《しも》の方へ、流の下《しも》だ。」と工学士は岩伝ひ。捨吉は命に応じて、南北、流を挟み、水暗く岩の白き間へ、双方一条《ひとすぢ》の黒き線を曳いて、十五六歩。（中略）算《かぞ》ふる声と挙動《ふるまひ》に、略《ほゞ》規矩夫の意を了したか、捨吉は振向いて、静に背後《うしろ》なる樹立を見た。

「其の六本目の榎を倒せ、丁《ちやう》ど今立つてる処、岩の切目だ。」

聞きも敢ず、力松ぢたゞらを踏んで、

「占《しめ》、占《しめ》、橋が出来るんだい。」（中略）

　従つて爰《こゝ》に工学士の指揮《さしづ》の下に、工夫等が為せる業は、恰も土の底、幽冥の境に於て、行はるる事に似て、端倪すべからざるものであつた。（中略）仁者の架した橋を頼まず、鬼の渡る路は出来た。

（「風流線」十六〜十八）


このように、水上は自らの「技術」を駆使して川の上に新しい橋を架けることによって、巨山の名に付された威力を無効化する。彼はいったん「志」を支払うが、それは面従腹背といった類の姿勢ですらない。彼にとって、この「志」は橋を架けるという仕事を遂行するための必要経費なのであり、それ以上でも以下でもない。だからこそ、彼は「志」を払いつつも、垂井の強いる「敬意の政治」への加担を拒んで、「仁者の架した橋」を「悠々と」渡りきることが出来るのである。

「三宮村の草分以来、未だ嘗つて聞いたことのない、異様な響」（同十八）を立てて作られたこの橋は、やがて

「金沢」の地に引かれることになる「北陸線」の予兆である。この「鬼の渡る路」が出来たことで、巨山への「志」を強要され「迷惑」していた村人たちも、今後は「仁者の架した橋を頼まず」、自由な往来をすることが可能となる。水上の架けた橋は、「仁者の架した橋」が設定し体現していた、「志」を支払う者と支払えない者とを選別し、後者を排除する境界線を失効させた。そして、彼が「杖の尖で地の上に線を描」（同十七）く如くに敷設されつつある「北陸線」は、「金沢」を支配する巨山や彼と結託する大資本家・行政組織の「〈法〉」に対して、さらに大規模かつ暴力的な破壊を敢行するだろう。

たとえば、次のような場面を一読すれば、水上に指揮された「北陸線」の敷設工事が、「金沢」にとっていかに破壊的な効果を及ぼすものであるかがよく分かる。

平地に深く、未だ嘗て此の辺には見当らない、恐しき穴は穿たれたり、水なき処に縦横《たてよこ》に流が出来て、逆流してちよろ〳〵と、耳に就いた河音の他に新しい響が伝はる。太い鎖は、十町、或は五町のあひだ、遮るもののない眇たる凹凸の石の間を潜つて、八重十文字に線を交へ、工夫と工夫と工夫等《ら》の間に断続し、八方に奔つて、末は河に入り、果は又雲に連なるなど、恰も世界のはじめ、天帝が描いたる、設計の、図取をこゝに見る如く、或は地球の滅びんとする時や、日月暗澹として最後の幕を引く処を、纔《わづか》に支へた一落数千仞《せんじん》の谷の底なる小都会に、決死の人種が、火と水と土と木を敵になし、防ぎ戦ふにも似るのである。

（「風流線」四十一）

敷設工事の主な現場となっている「手取川」の河畔に、「遮るもののない眇たる凹凸の石の間を潜つて、八重十文字に線を交へ、工夫と工夫と工夫等《ら》の間に断続」する「太い鎖」は、「天帝」による天地創生の「世界のはじめ」にある混沌に擬えられると同時に、「地球の滅びんとする時」の「日月暗澹」たる「最後の幕を引」きに広がる終末的な光景にも擬せられる。「平地に深く、未だ嘗て此の辺には見当らない、恐しき穴」が穿たれ、そこに何本もの「太い鎖」が「八重十文字に線を交へ」たがために、「金沢」の境界を定めていた自然の地勢は決定的な変容を被る。こうした境界面の強引な変形が、「金沢」の秩序に、「世界のはじめ」あるいは「地球の滅びんとする時」にも匹敵する混乱を持ち込むのである。さらに、この「二条《ふたすぢ》の鉄線」は、作中でしばしば荒ぶる大蛇の姿、あるいは「所謂籠釣瓶的悪剣」（「続風流線」三十九）といった、超自然的な力を持つ存在に比せられている。また、水上たちが「三宮村」の川に橋を架けた際にも、「工学士の指揮《さしづ》の下に、工夫等が為せる業は、恰も土の底、幽冥の境に於て、行はるる事に似て」と書かれているように、彼らの行う「業」には、この世のものならざる超常的なイメージが強調されている。これらの点から、「北陸線」及びそれを創る「風流組」には、一種の神的な暴力性が付与されていることが明確に読み取れる。そして、この暴力性こそが、排除と選別の基準を定める「金沢」の「〈法〉」の威力を打ち砕くのである。

　こうして、水上の「精神」と結びついた「風流組」は、巨山らの「〈法〉」を「滅ぼさう」[25]とするのだが、彼らの反「〈法〉」的な態度を、笠原のように「〈法〉」すなわち「父性原理」から逃れる「母性原理」と整理してしまうことには、若干の問題があるだろう。彼らはむしろ、選別と排除による収奪の「〈法〉」に対して、「公共性」という別の「〈法〉」を対置していると考えるべきである。この別の「〈法〉」は、巨山らの「〈法〉」からすれば、すでに不「〈法〉」的なものである。それは単に「〈法〉」を侵犯するのではなく、「〈法〉」の境界設定自体を無力化し、ひいては巨山らの持つ「〈法〉」を措定する権力すらも奪いかねぬ最悪のものにほかならない。だからこそ、水上と「風流組」は、「社会の安寧を攪乱する暴行」（「風流線」八十五）の首謀者として、断固排除されねばならないのである。

　水上は、彼に与えられた「規矩夫」の名に相応しく、「公共性」の「精神」という「規矩」を、「金沢」に敷設する。[26]「北陸線」とは、この「規矩」が、「技術」によって具現化されたものである。「法学士」であり、「地方裁判所の判事」を担当している唐澤は、水上を「兇賊の首領、徒党の張本」（「続風流線」三十四）として弾劾しようとする巨山らに反論して、彼に法律上の罪は一切無いと主張する。そして、水上は犯罪者というよりも「全くの狂人」とみなす方が妥当だと断じるのである。なぜなら彼は、「〈法〉」の規定する不法行為を働いているのではなく、「〈法〉」の持つ合法と違法の境界を決定する機能自体を停止させるという、〝犯罪以上〟のことを目論んでいるからだ。唐澤は彼自身が守護する「〈法〉」を、別の「規矩」で以て超えようとする水上を、まさに「〈法〉」の論理によって肯定し、「水上が有形の罪を、秋毫も犯さないことを断言」（「続風流線」三十八）する。このとき、唐澤もまた、「仮名倶楽部」に席を連ねる法曹官僚の立場を離れ、「法学」を学んだ「一個人」（同三十九）として、水上の「規矩」、すなわち「公共性」の「精神」に共感しているのである。

水上を「〈法〉」の名の下に検束することは不可能であるという唐澤の主張を裏書きするかのごとく、警察は決して水上を「捕縛」（同三十四）することができない。次の場面に明らかなように、警察が拠って立つ「〈法〉」は、水上の「規矩」にどこまでも翻弄されてしまうのである。

はじめ万力の傍に、其の形を見て以来、天幕《テント》の屋根に翻つて、恁《か》く船の中に飛べるまで、旗の所在《ありか》を変ずること、数ふれば、やがて八回。／彼処よ、此処よ、といふまゝに、其の都度、十《と》時《とき》は益々怒り、愈々激して、右より左に、前より後に、更に同一《おなじ》ことを繰返す徒労《むだぼね》を顧るに遑あらず。（中略）
「旦那、お待ちなさりまし、妙でござります。前刻《さつき》から幾度《いくたび》か分りません。私《わし》どもの参ります時分には、お頭の旗が傍《わき》へ行つて了《しま》ひますで、一足おくれに、後へ後へと回ります勘定でござります。はい、稀有なことでござります。／然《さ》うかと申して、お頭は何も御存じはござりませんで、旦那を見懸けてお遁《に》げなさるわけではなし、まあ其の、マンが悪いのでござりませう。／これではお見合せなさりました方が宜しうはござりませんか。

〈後略〉」（中略）

唯口を開き、眼を怒らし、歯噛をして、世は倒《さかさま》かと見る岸の方、磧《かはら》は隔ること約五十間の汀に並んで、数多き工夫の中にも、特に我がために撰み出されたる趣の、態度に嘲を帯び、軽蔑を示し、憐愍《あはれみ》を含み、弔意を表したかの如きが、ずらり一列に十四五人。（中略）

「〈前略〉真個《まつたく》の事ですがね、私等《わつしら》がする事は、夢にだつて、水上さんは御存じぢやねえんですよ。旦那、棟梁はね、優《おとな》しい、真面目な、立派な学者です、先生だ。お前さん方に用のあるやうなんぢやありません。（中略）御当所にや、今年、悪い病が流行るんだと思つて、まあ〳〵往生をなさいまし。力づくぢや不可《いけ》ません〈後略〉」

（「風流線」八十八～九十）

警察側の再三の出頭命令にも関わらず、尋問に応じようとしない水上に業を煮やし、「石川県警部長」である十時猛連が、直接「手取川」の敷設工事現場に乗り込んで来る。しかし、十時が「警察権」（「続風流線」三十五）を恃みに、水上を捕らえようとすればするほど、「右より左に、前より後に」振り回され、いたずらに工事現場をさ迷い歩く羽目になる。一方、元駕籠かきの要蔵が「お頭は何も御存じはござりませんで」と言う通り、当の水上には、十時や警察に対して積極的に反抗する意志はまったく無い。彼はあくまでも、「北陸線」敷設工事を指揮するべく、現場を「彼処よ、此処よ」と歩き回っているに過ぎず、十時を「見懸けてお遁げなさるわけではな」いのである。

こうした「〈法〉」に対する消極的サボタージュは、水上が自身の「規矩」に忠実たらんとする態度から生じている。その意味で、彼は常に、「真面目な、立派な学者」であり、違法行為に手を染めているわけでもない。河童の多見次の言葉通り、警察などに用のある人物ではないのである。したがって、十時がいくら「〈法〉」の威力を振りかざし、「力づく」で「捕縛」しようとしても、「徒労《むだぼね》」に終わらざるを得ない。こうして水上は、自らの「規矩」への忠誠によって、結果的に「〈法〉」への不服従の態度を貫くのである。

水上の「公共性」の「精神」は、「金沢」を支配する「〈法〉」を批判する「規矩」であり、それは「社会的共通資本」たる「鉄道」として具現する。水上にとって、「金沢」に「北陸線」を敷設するということは、収奪の「〈法〉」によって病みやつれた故郷を、「公共性」という「規矩」を用いて「荒療治」することと同義なのだ。このような水上の態度は、単純な違法行為とは異なり、「〈法〉」の機能自体を無効化するものである。排除と選別によって、支配する側とされる側を画定する「〈法〉」の境界を、水上は「規矩」の「線」を引くことで切断する。

鏡花は、明治二八年に「夜行巡査」を発表し、「観念小説」の書き手として文壇に登場して以来、職業的な規範に徹底して忠実に振る舞うことで、普遍的な倫理に至る登場人物を繰り返し描いた。その一方、先行する下層社会ルポルタージュを素材とし、秩序維持と管理の手段として「慈善」を用いようとする支配層に反抗する「貧民」の騒擾をテーマとした「貧民倶楽部」等の作品も発表してきた。『風流線』でも、「観念小説」において見られた倫理の問題と、「貧民倶楽部」で展開された「慈善」批判及び「貧民」たちの抵抗の問題が明確に結びつけられている。「観念小説」の登場人物たちの系譜を継ぐ水上規矩夫の「精神」と、「貧民倶楽部」で女首領の丹に率いられた「鮫ヶ橋」の「貧民」たちの後裔である「風流組」の工夫たちとの出会いは、理念的な「精神」が、遂に自らを現実化する圧倒的な力を手に入れたことを意味する。工夫たちの力を得、ひとたび「鉄道」として具現した以上、水上の「精神」は、「雨にも風にも永遠に破損」（「続風流線」三十八）することはないとされ、また実際、彼の「半生の業を破壊し去らんとして押寄る」「俄な出水」（同八十八）にも、「鉄橋の土台は一寸も、五分も狂はなかつた」（同八十九）のである。こうして、水上の敷設した「公共性」の「精神」は、「金沢」の地に「二条《ふたすぢ》の鉄線」として恒久的に刻み込まれることになる。

このように、『風流線』では、鏡花が作家活動の初期に扱った主な主題が、総合的に展開されている。紅葉門下の有力な新人の一人として文壇に登場した鏡花は、師の逝去に際して『風流線』を執筆することで、明確な自己総括を行った。こうして、名実ともに自立した作家となった彼は、自然主義の台頭する文壇において、新たな地歩を築くべく、精神的「父」でもあった紅葉との関係性を、改めて問い直していくことになるのである。

注

（1）前者は明治三七年一二月、後者は翌三八年八月、どちらも春陽堂より単行出版される。なお、「続風流線」は、八月一九日から九月二〇日までの約一か月間、詳細不明の休止を挟んだ後、一〇月五日に掲載された「黒髪谷」第六十五をもって、連載が途絶している。単行本は、第六十六以下の章を加えて出版されたものである。連載中絶の経緯は明らかではないが、越野格は「風流線論――Ⅱ」（昭和五九年一一月「福井大学教育学部紀要〈国語学・国文学・中国学編〉」三三号）の中で、明治三七年二月の日露開戦に伴う「国民新聞」の戦時報道体制への移行が間接的に影響したのではないかと推測している。

（2）昭和三年九月『明治大正文学全集』第一二巻「小解」（春陽堂）。

（3）笠原伸夫はこの点について「『風流線』は、師風継承の思いを込めつつ、やがて時流の中枢部に蟠踞するにいたる〈自然主義〉の勢威にも抗すべき一編にちがいなかった」（「『風流線』の地形図」／昭和五九年八月「文学」）と指摘している。

（4）作品を一読すれば明らかだが、藤村操事件の影響は、主人公の一人である村岡不二太の造形に直接的に表れている。村岡は、「巌頭之感」ならぬ「最後之感」を書き遺し、「日光の華厳の瀑」で投身自殺を図った。しかし、この自殺の真相は、哲学的な懊悩の結果などではなく、恋人との仲を裂かれたことへの絶望にあった。結局、村岡は死にきれず、日光から北陸へと流れ、鞍ヶ岳に身を隠すのである。こうした設定から、死の顚末や、事件後に流布された失恋自殺説、生存説等、藤村操を巡る様々な噂をも取り込む形で、村岡が造形されていることがわかる（藤村操自殺事件については、平岩昭三『検証　藤村操　華厳の滝投身自殺事件』（平成一五年五月／不二出版）に詳しい）。村岡の自殺未遂の原因が失恋であるという点については、石原公道が「泉鏡花『風流線』について―〈世間〉と〈娑婆〉―」（昭和五九年三月「山梨大学国語・国文と国語教育」一号）で指摘する通り、『風流線』の連載が始まる数か月前の明治三六年四月に、病床にある紅葉に呼び出され、愛人である芸妓桃太郎（本名すゞ）と別れるよう叱責された鏡花自身の体験が反映されていた可能性がある。村岡の造形については、次章で詳しく検討する。

（5）明治三二年四月「新小説」。

（6）『湖のほとり』から『風流線』へ」（平成三年一一月『論集泉鏡花』第二集／和泉書院）。

（7）鏡花は『風流線』のプロットを作るにあたり、『水滸伝』をはじめとしたいくつかの先行文学作品を参考にしていることがすでに指摘されている。たとえば、手塚昌行「『風流線』プロット考」（平成三年一一月『論集泉鏡花』第二集／和泉書院）では、ウィルヘルム・ハウフ作『隊商』が、人物造形とプロットに影響を与えているとの指摘がなされている。また、須田千里は「草双紙としての『風流線』」（平成一六年七月「文学」）、「反自然主義文学を越えて――近世文学の受容、谷崎潤一郎との類比」（平成二一年九月「解釈と鑑賞」）において、草双紙との関連を指摘している。このほか、久保田淳「『風流線』とその背後にあるもの（下）――文学の流れを遡る（五）」（平成七年四月「文学」）や、植田理子「〈神〉と〈河童〉の織りなす舞台――泉鏡花『風流線』と河竹黙阿弥『黄門記童幼講釈』との対比から」（平成二二年一二月「稿本近代文学」三五号）の中で、本作との関連が推定される諸作品について詳論されている。これらの指摘から、鏡花が自身の知識を総動員して『風流線』の執筆にあたっていたことがわかる。

（8）秋山稔は「『風流線』の一考察――巨山五太夫のモデルについて」（昭和六〇年一〇月「三田国文」四号）の中で、巨山五太夫のモデルとなった人物を、鏡花の郷里金沢で「困窮者を施設に収容し、救養」する慈善活動を行った小野太三郎であるとしている。秋山によれば、小野の営む困窮者収容施設は明治六年木ノ久保に開かれ、同一二年、鏡花が育った下新町に近い彦三二番丁に移転した。そのため、「幼少期から鏡花は『四壁蕭然』として『人の堪へざるところのもの』という『小野救養場』の実態を知っていた」可能性があるという。さらに、明治二八年九月一〇日から一五日・一七日にかけて「北国新聞」に掲載された、荘司生「貧天地主小野太三郎」や、明治三〇年六月二五・二四日に「毎日新聞」紙上に載った天涯茫々生（横山源之助）「北陸の慈善家」（明治三二年四月『日本の下層社会』教文館）といった記事を目にしたことをきっかけに、小野をモデルとした作品を書こうとしたのではないかと推測している。また、上田正行も「『風流線』の背景」（昭和六二年二月「金沢大学文学部論集（文学科篇）」七号）や、「小野太三郎の出生地――『風流線』補遺」（昭和六二年七月「こだま」五号）の中で、小野の慈善活動の内容等を詳しく紹介している。

（9）沖野厚太郎は「『婦系図』のプロブレマティーク―日本近代文学の星座配置《コンステラツィオーン》（6）―」（平成二五年一一月「文芸と批評」一〇八号）の中で、「不二太の『不二』が富士を媒介に『不死』へと通ずる村岡はいわば不死者《ノスフェラトゥ》であり、これを別称とするヨーロッパの吸血鬼と同様に恐怖という名のペストを加賀一帯にまきちらす」とし、「村岡が「悪逆、無道、酷薄、残忍」の実践例として挙げている、『人を殺す、火を放つ、嬰児を屠る、婦女を辱める』のうち、『マタイ福音書』に記されたヘロデ王の故事をふまえた三番めは、彼が一種のアンチ・キリストであることをはっきり示している」と指摘している。

（10）上田（注8）前掲論文。

（11）「『風流線』のエロスと様式」（昭和六〇年二月「文学」）。

（12）笠原はまた、「『風流線』の地形図」（昭和五九年八月「文学」）において、本作を「科学的に測量された地形図のうえに濾光器を重ねて、地形図に顕われない不可視の領域、あるいは深層部のうごめきを映しだしてみせたもの」であり、「一枚の地形図のうえに、別の幻の地形図、想像力のひろがりを重ねあわせたものといってよい」と評している。金沢市に生まれ育った鏡花は、故郷の自然環境や、その中に暮らす人間の気質、生活のあり方を知悉していた。その上で、彼はあえてそれらを支える「不可視の領域」、すなわち、経済的下部構造を「想像力」によって露呈させてみせたのである。こうして書かれた架空の都市「金沢」は、北陸の一地方都市をモデルとしていながらも、資本による収奪が激化する日本各地の状況と通底するような普遍性を獲得しているのである。

（13）平成一〇年一〇月／岩波書店。

（14）「『風流線』の行動原理」（昭和五九年一一月「文学」）。

（15）今村は「産業を指導するブルジョワたちは、経済に寛大なプロテスタンティズムの教えを歓迎し、その教えに従って、自分の精神を規制するであろう。彼らにとっては自発的禁欲倫理はおそらくふさわしかった」とも述べている。

この指摘を踏まえて、作中で語られる巨山の言動を顧みると、それらの多くが、今村のいう「自発的禁欲倫理」のカリカチュアになっていることが判る。巨山は「商とも見えず、工とも見えず、農とも見えない」「村夫子」（「風流線」四）として作品の舞台に登場するが、彼のこの一見慎ましやかな風貌こそ、禁欲的な「ブルジョワ」に相応しいのだ。巨山は地域の貴顕の集まる「仮名倶楽部」の会合においても、やはり「村夫子の趣」を崩さず、「礼服を着けなば着けもすべき日柄」であるにも関わらず、「手織の単に小倉の帯」で席につく（「続風流線」三十一）。そして、賓客たちの前で「小屋の貧民と同様」に粗末な粥をすするというパフォーマンスさえやってのけるのである。彼はこの行為を「徳の、仁のといふではござらぬ」と断り、「うまれつき人間は、然やうにすべきぢやと、愚昧に心得た所為」だとしている。この言葉からも、巨山が「自発的禁欲」を「人間」に生得的なものであるとみなす「ブルジョワ」的人間観を内面化していることが読み取れる。作中、巨山はしばしば「活如来」と称され、その言動は仏教と関連させた比喩によって語られることが多いが、彼の〝慈善〟を実際に支えているのは、このように明らかにキリスト教、特にプロテスタンティズムの倫理なのである。

(16)　もちろんここには、被差別部落出身者への差別も意識されているだろう。「小屋もの」たちの苦しみは、最底辺の労働者たちの苦境と、理不尽な差別によって被差別部落出身者たちが被った苦痛とを折り重ねることによって描かれたのである。

(17)　「貧民倶楽部」においても、社会の統治者である「華族」たちが、自分たちの規範に服従しない「人間の屑」たる「鮫ヶ橋」の「貧民」たちを、彼らの管理しやすい「貧しい人々」へと作り替える手段として「慈善」が用いられていた。『風流線』においては、そうした懐柔策としての慈善活動に加え、強制的な監禁と懲罰的労働によって、「小屋もの」たちを統治しやすい「貧しい人々」として飼い殺しにしておく手法も描きこまれているのである。

(18)　沖野は（注9）前掲論文において、自殺未遂後の村岡が〝テロルの精神〟を体現する「悪魔外道」として描かれた理由を、「鏡花はピストル自殺したウェルテルが不死者みたいにもしも甦ったなら、自分を死へ追いやった偽善的な社会に復讐するためにこんどはそのピストルをひと殺しに使う、シラーの『群盗』の主人公たるカール・モールのごとき、建前の域を出ない空疎なヒューマニズムに唾するテロリストになったにちがいない、おそらくはそう考えたのではあるまいか」と推測している。また沖野は同論文中で、ドイツ文学者である登張竹風と鏡花の交友関係から、鏡花は「『群盗』の梗概ぐらいは承知していたと思われる」とも指摘している。

(19)（注14）前掲論文。

(20)（注8）前掲論文。

(21)『社会的共通資本』（平成一二年一一月／岩波書店）。

(22)赤間亜生は「鏡花小説のヒロイズム―『風流線』『続風流線』における反転の論理―」（平成四年一一月「日本文芸論稿」二〇号）において、『風流線』に見られる対立の構図は、「慈善家巨山の〈悪〉と村岡ら風流組の〈悪〉の、〈悪〉同士の対決」であり、村岡や「風流組」の〈悪〉は、「鉄道を手段として故郷の閉鎖性を撃つ、という水上の理念と重なり合うことによって」のみ大義を得られると指摘する。赤間は親友・唐澤の演説内容を踏まえ、「水上の理念」の源泉を、彼の故郷への憎悪といった私的な感情に還元するが、本文で分析した通り、「水上の理念」には、必ずしも私的感情に還元しきれぬ公的（普遍的）側面がある。

(23)こうした公共の倫理が、登場人物たちにしばしば非人間的な試練を強いるものであることは、二章で詳述した。水上もまた、彼を慕って巨山の元から出奔してきた美樹子を拒絶し、「秘密な希望を銘々書きあらわす」（「続風流線」九十）ことになっていた「七夕」の短冊に、「予は唯一日も速かに北陸線を完成せむ」（同）と書きつける。彼は美樹子との恋の成就という私的な願いを退け、あくまでも公共の「精神」を貫こうとする。「工学士」水上規矩夫の「精神」には、「秘密」すなわち私的な領域は存在しないのである。これは、「海城發電」において、「看護員」の公的「義務」を全うするため、愛人の李花が「軍夫」たちに乱暴されるのをあえて見殺しにした神崎愛三郎の態度にも通じる。

(24)作中では、こうした「公共性」のほかに、「鉄道」の持つ遊動的な側面も強調されている。「『お待ちなさい、龍巻には中心がある、風にも工夫の団体にも中心がありませう。けれども、鉄道に中心といふのはない。唯停車場のあるばかりです。（中略）彼の夥多《あまた》の工夫は、必ずしも技師を中心として集まつたものではないので、詰り工学士が監督する、鉄道の工事のために、諸国から蝟《ゐ》の如く集つたものでせう』」（「続風流線」三十五～三十六）と力説し、「金沢」の災いを取り除くためには、鉄道敷設工事自体を中止するしかないと断じる唐澤の台詞は、巨山たちと「風流組」との対立を、端的に言い当てている。この点に注目し、笠原は（注12）前掲論文において、

「稲作文化の担い手としての平地の民の日常性に対する、非稲作文化の側の最後の反抗」と規定している。また、渡部直己は、「鏡花再論――『風流線』にむけて　連接機械」（平成八年六月「早稲田文学」）で、こうした定住と非定住の対立図式に、ドゥルーズ＝ガタリ『千のプラトー　資本主義と分裂症』（宇野邦一他訳／平成六年九月／河出書房新社）におけるノマド論の文脈を導入し、巨山と「風流組」は決して「明瞭な対偶」をなすものではなく、「まったく別の原理」に基づいた二つの組織として「非対称」的に対立していると分析する。そして、「風流組」の「闘争＝逃走」の運動を、「金沢」に象徴される搾取の構造を超える原理として高く評価した。しかし、柄谷行人が、『遊動論　柳田国男と山人』（平成二六年一月／文藝春秋社）で指摘するように、ドゥルーズ＝ガタリも依拠した「遊牧民、山地人あるいは漂白民」の「定住以後に生じた遊動性」への称揚は、九〇年代以降新自由主義的なイデオロギーと区別し難くなり、現在では、むしろそれを拡張させる理論的背景として作用する場合が多い。したがって今日、資本主義的な搾取構造に対抗する原理を内包する組織として「風流組」を評価する際、その遊動性を単に肯定するのみでは、もはや十分とは言い難く、「風流組」の遊動性の内実をより具体的に検討する必要がある。その一つの観点として、「風流組」の工夫たちが、「鉄道」という「社会的共通資本」の構築に携わる労働者であるという点に着目し、彼らを公共財の共同管理者集団の原型と捉えることも有効であろう。

（25）笠原（注11）前掲論文。

（26）越野格は「『風流線』の構造―名詮自性を軸にして―」（昭和五八年六月「文学」）の中で、『風流線』の登場人物たちの名詮自性に着目している。

第七章　「革命的精神の詩人」村岡不二太
――明治期のハイネ受容と『風流線』との関わり――

一、『風流線』における「ニィチェ思想」の由来

泉鏡花が『風流線』を執筆するにあたり、様々な先行作品やルポルタージュを採り入れ、活用した形跡があることは、前章で指摘した通りである。その中でも、本章で特に着目したいのは、主要登場人物の一人である村岡不二太と藤村操、あるいはゲーテ『若きウェルテルの悩み』の主人公ウェルテルとの類似に言及したものである。(1) たとえば、種村季弘は、「『風流線』、『続風流線』（括弧内省略）が村岡不二太の姿を借りて、藤村操のこの厭世自殺事件を物語の経緯《ゆくたて》に織り込んでいるのは間違いない」とした上で、「硯友社の周辺で当時よく読まれたらしい、紅葉の日記にもしばしば登場する『ウエルテルの愁』ことゲーテ『若きウェルテルの悩み』の、ロッテに失恋したウェルテルの自殺という外国小説のなかの出来事」がさらに織り込まれていると指摘している。(2) また、村松定孝は、村岡と藤村との関連を、当時の思想界の状況と関連させ、次のように分析・評価している。(3)

（前略）藤村操をモデルにしたと思われる村岡不二太が実は投身自殺とみせかけて生きていたとこしらえ、これもまた当時流行の哲学的懐疑――ニィチェ思想の摂取から村岡をして厭世のはてに右記したような悪魔主義者となる人物に仕立てたのであろう。しかし、福田清人氏も「風流線」（括弧内省略）で指摘しているように、

鏡花の耽美的・主観的文学傾向がニィチェ的自我の尊重を彼の理解する程度をもって、己の芸術の次元に採用したとは云え、作者の思索的でない性向は村岡や水上を描いてもその行動の意義づけは極めて表面的で陳腐であり、やはりこの作品の佳さは、美樹子と幸之助の鼓の場面のような耽美華麗な部分にあり、そうした世界こそ鏡花のものなのである。（中略）明治三十四年一月「太陽」に高山樗牛が「文明批評家としての文学者」と題して、ニィチェの個人主義を説き（中略）、また彼は同年八月の同誌でニィチェの主張に根ざす個人主義思潮の提唱として「美的生活を論ず」を掲げた。（中略）ちなみに三十四年の六月から十一月にかけて鏡花の親友登張竹風が「帝国文学」に「フリードリヒニイチェ論」を連載して、鏡花をニィチェに関心をもたせることになったものと思われる。

このように、村岡不二太の造形は、「哲学的懐疑」の末に自殺した藤村操と、ウェルテルとが合成されたものと捉えられてきた一方、藤村やウェルテルのイメージから逸脱する「悪魔主義者」的な側面もあるとされてきた。村松は、こうした村岡の側面を、鏡花の「ニィチェ思想の摂取」の結果であるとし、それは彼の「親友」である登張竹風を経由して行われたと推測する。だが、その成果については、「極めて表面的で陳腐」と否定的な評価を下している。

しかし、「悪魔主義者」村岡のイメージが、もっぱら「ニィチェ思想」からのみ「摂取」されたわけではなく、登張竹風らが同時期に、「ニィチェ思想」の近傍に位置づけて紹介していた、他の思想・文学から「摂取」されたものである可能性は存在しないだろうか。そして、この可能性から、村岡の造形を再検討した場合、その「摂取」の評価も変更され得る余地が生まれるのではなかろうか。本章では、鏡花が『風流線』を執筆していた「明治三四年」前後の文壇状況及び、彼自身の交友圏に着目し、当時ニーチェの近傍にある文学者として紹介されていたハインリヒ・ハイネに関わる言説が、村岡の持つ「悪魔主義者」的な過剰性の有力な源泉の一つであった可能性を検討してみたい。

芥川龍之介は「鏡花全集に就いて」（大正一四年五月五日～六日「東京日日新聞」）の中で、『風流線』を含む鏡花の「長編」について、次のように述べている。

これは天下の鏡花贔屓には或ひは異端の説かも知れない。しかし先生の作品は、——殊に先生の長編は大抵或議論を含んでゐる。「風流線」、「通夜物語」、「婦系図」、——篇々皆然りと言つても好い。その又議論は大部分詩的正義に立つた倫理観である。この倫理観を捉へ得ぬ読者は徒らに先生の作品に江戸伝来の侠気のみを見出だすであらう。けれども僕の信ずる所によれば、この倫理観は先生の作品を全硯友社の現実主義的作品の外に立たせるものである。のみならず又硯友社以後の自然主義的作品の外にも立たせるものである。

ここで芥川は、『風流線』をはじめとする鏡花の長編作品には「或議論」が含まれており、その「大部分」は「詩的正義に立つた倫理観」に立脚していると評している。そして、この「詩的正義に立つた倫理観」こそ、鏡花の作品を「全硯友社の現実主義的作品」からも、「硯友社以後の自然主義的作品」からも区別する要素であると指摘している。

一方、この記事を発表した二年後、芥川は「文芸的な、余りに文芸的な」（昭和二年四月～八月「改造」）の中で、ハインリヒ・ハイネを「詩人兼ジヤアナリスト」と呼び、ハイネに対する共感を率直に述べている(4)。また、『西方の人』（昭和二年八月「改造」）の中でも、「詩的正義」のために戦う「詩人」にして「ジヤアナリスト」としての「クリスト」像を提示している。

こうした芥川の発言の中に、「鏡花全集に就いて」を改めて置き直してみたとき、芥川は鏡花を、明治の文学の中に現れたハイネ的「詩人兼ジヤアナリスト」の一人として、暗に位置づけていたと考えられる。芥川は『風流線』をはじめとする鏡花の長編作品に、ハイネの諸作と通底する「詩的正義」を見出していたことになるわけだが、鏡花がこのようなハイネ像に接する機会は存在したのだろうか。

鈴木啓子は、鏡花に関する同時代評を仔細に調査し、「鏡花がロマンチックと評される」最も早い例として、明治三四年の正宗白鳥による「鏡花の註文帳を評す」を挙げ、「白鳥が『ロマンチツクの短編』という語を口にした時期は、登張竹風や樗牛のニーチェ論が書かれ、これを起点に『新ロマンチシズム』と呼ばれる新思潮が起こった時期と重なる」と指摘している。(5)同時に、この「明治三四年」は、鏡花と竹風の交友が始まった年でもある。(6)鏡花はこの年、紅葉を始めとする硯友社の主要なメンバーたちと共に、「帝国文学」の総会に招待され、それをきっかけに、竹風と知遇を得た。そして、『風流線』執筆の頃には、竹風が鏡花のところへ頻繁に訪ねて来て、共に下谷・吉原界隈を散策していたという。

「明治三四年」頃から、高山樗牛や竹風らによって「新ロマンチシズム」の紹介が本格的に行われるようになり、その中で最も耳目を集めたのが、彼らの「ニーチェ論」であったことは周知の事実だろう。そして、こうした潮流の中で、鏡花は次第に批評家側から「ロマンチツク」の好例と位置づけられていくのだが、「（前略）立派な作品、完全な芸術を作り上げる為には、ロマンチツクであらうが、乃至自然主義であらうが、少しも差支えない筈だと思ふ」(7)などの発言からは、鏡花自身はそうした評価を自覚的に引き受けることに消極的であったとも推測される。だがその一方で、鏡花は竹風と共に、竹風がニーチェと共に「新ロマンチシズム」の文脈の中で紹介したゲルハルト・ハウプトマン「沈鐘」の共訳作業を行ってもいるのである。(8)

鈴木も指摘する通り、鏡花が「西洋近代思潮」であるところの「新ロマンチシズム」に対してどの程度距離を取ろうとしていたのかを決定することは、非常に難しい。しかし、『風流線』がまさにこの「新ロマンチシズム」の登場と、竹風との交友の中で執筆されていたこともまた事実だ。そして、このとき見逃せないのは、竹風が「新ロマンチシズム」を文壇に移植しようとする過程で、ニーチェと平行して、ハインリヒ・ハイネを積極的に紹介していた点である。また、竹風の「フリィドリヒニィチェ論」が発表された「明治三四年」には、彼が序文を寄せた尾上柴舟『ハイネの詩』が出版され、一世を風靡している。この点に着目し、鏡花が竹風との「交友」の中で触れ得た可能性のあるハイネ像について、さらに検証していく。

二、登張竹風による「革命的精神の詩人」としてのハイネ紹介

先行研究において、明治期のハイネはもっぱら「リリシズム」の「恋愛詩人」(9)として読まれており、その見方を決定的にしたのが尾上柴舟の『ハイネの詩』であったといわれてきた。(10)しかし、この時期のハイネ評価は、必ずしも「リリシズム」の詩人一辺倒とはいえない。たとえば高山樗牛は、ハイネを「ロマンチク派の運動を最後まで続け(11)」て「少年独逸（青年ドイツ――引用者注）」の基礎を作った戦闘的な文学者と捉え、「是を現代の詩人に見れば、ニーチェ、イプセン、トルストイ等の個人主義が、殆ど中部欧羅巴の文壇を風靡しつゝ、あるは世人の熟知する所の事実也(12)」として、ニーチェをハイネの系譜に連なる「詩人」とみなしている。また、長谷川天渓も同様に、既存の体制の抑圧に反発し、「個人の権利を認め、且つ是れを確固たらしむる」「革命的気運」を、「文学」において「代表」した一人としてハイネの名前を挙げている。(13)

このように、「新ロマンチシズム」紹介の機運の中で、ハイネはニーチェの近傍にある「革命的」詩人としても位置づけられており、当時の文壇での評価が「リリシズム」のみに限定されていたわけでは決してない。そして、

こうした文脈の中で、鏡花を「或社会、或階級、或る種の人物」に代わって「不平の叫」を上げ、「理想を鼓吹」する代表者、すなわち「人生の詩人」として捉える蕉風の批評「泉鏡花を評す」（明治三五年四月「帝国文学」）が登場するのである。

小説家は一面詩人たるを要す。（中略）彼れは或社会、或階級、或る種の人物に代つて、語るなり。或社会、或階級、或種の人物に向つて、不平の叫をあぐるなり。或社会、或階級、或種の人物に対して、理想を鼓吹するなり。（中略）然り小説家は詩人なり、人生の詩人なり。（中略）鏡花の作に至つては、少しく其人物の種類、社会の階級を異にす。彼れのは、同感同情の友にあらずして、寧ろ哀憐の情を寄すべき同胞なり。泣くところの姉妹なり。壓せらる兄弟なり。苦む父母なり、妻子なり。されど、主として彼の描かんとするところは、弱き女性なり。（中略）しかも、その壓抑せられたるもの、遂に迸然として噴火口を見出すや、こゝに、或は義を破り、道を傷ひ、或は狂となり、鬼となり、又魔となる。（中略）吾人はこゝに、人心の鼓動を感じ、人生の意義に触る。即ち（中略）最も多く其作に於て、詩を見るをうればなり。

主に「弱き女性」を主人公とし、彼女たち自身を「壓抑」する対象に向かい、「tenderest most sincere and sacred emotion」を迸らせることによって、「世の偽善をやくの熱火」とする鏡花の諸作品に「詩」を見出す蕉風は、樗牛が、「思想感情の自由」の為に「悪魔の如き力を提げて起ち」、「毒蛇の如き舌を揮」う「人生の詩人」[14]として挙げたバイロンやハイネと鏡花とを、暗に重ね合わせていたと推測される。そして、このような「人生の詩人」としてのハイネ像の紹介に一役買ったのが、当時すでに鏡花と交友していた登張竹風であった。

先述した通り、明治三四年一一月に、新声社から出版された尾上柴舟の『ハイネの詩』には、竹風による序文が付されると共に、彼が協力して作成されたと思われる、[15] 次のような「附録 ハインリッヒ・ハイネ評伝」が収載されている。

実に、彼が、詩人、及び諧謔家の両方面を具備せるは、意想外の事に属し、従て、彼れの声価の大部分は、これによりて、博得せられたるものなり。(中略)「ハイネ」は、詩人として、新経路を拓きしのみにあらず、又、文章家として、散文の新体を創製せる功績を有す。(中略) 彼れは、猶、其文字中に、機智的、滑稽的、及び声律的、詩的の語を挿入し、これに由て、独逸文学に稀有なる感情を含有せしめたり。(中略) 乃ち、彼れは、世界、殊に、独逸の社会的、政治的状態に満足せざりしを以て、あらゆる形式に於ける、政治的束縛に向て、戦闘し、破壊するを、其終生の目的とせりしなり。而して、彼れは、此戦闘に従事するに、人間の用ひ得る最鋭の利器を以てし、尤も勇敢に、尤も大胆に格闘したり。(中略) 彼れは、又交友に厚く、熱情に富み、従て、義侠の風あり。故に、困窮者を保護し、屢、他人の怨恨を報ぜりと云ふ。

この評伝の中で、ハイネは「世界、殊に、独逸の社会的、政治的状態に満足せざりしを以て、あらゆる形式に於ける、政治的束縛に向て、戦闘し、破壊するを、其終生の目的」とし、「此戦闘に従事するに、人間の用ひ得る最鋭の利器」、すなわち彼自身の卓抜した文筆の力によって、「尤も勇敢に、尤も大胆に格闘した」詩人にして文章家として紹介されている。また、竹風は明治三七年一二月「ハイネの詩人観」(『時代思潮』)においても、ハイネを「面白からぬ」「不平」の時代に生まれた「不平漢」として規定し、「自由戦争」以来「独逸国民」が置かれた「歴制」という歴史的背景を抜きにして、ハイネの詩や文章を理解することは出来ないと主張する。その上で、自由を求めて政治的抑圧に徹底抗戦を仕掛ける「革命的精神の詩人」ハイネの像を、積極的に打ち出しているのである。[16]

さらに、若干時代は下るが、明治四二年六月「ハイネとニイチエ」（『新小説』）では、「ハイネとニイチエ」を並列し、両者とも「大理想」の下で「世界人生を観」、著述を行っていた「文豪」として評価している。

　こうした状況の中で、竹風は「泉鏡花の『風流線』」（明治三八年一二月一〇日「読売新聞」）を発表し、「鏡花を以て、ロマンチケルと為さんは、当らず。鏡花は純然たる理想派の詩人なり（中略）麗しく織り成せる一篇の錦が即ち風流線なり」と評した。ここで注意を要するのは、竹風の「ロマンチケル」という用語の範囲である。先に取り上げた「ハイネの詩人観」において、竹風はハイネが「シユレエゲル兄弟」を代表とする「中世派《ロマンチツク》の詩風」を批判したことに言及している。つまり、竹風は「中世派」すなわち「ロマンチケル」を、シュレーゲル兄弟をはじめとする初期ロマン派を指す用語として使用しているのである。竹風は、鏡花を「ロマンチケル」ではなく「理想派」だということによって、彼を初期ロマン派から積極的に弁別しようとしていたことが窺える。

　一方、「泉鏡花とロマンチク」（明治四〇年九～一〇月「太陽」）を発表した斎藤信策は、「ロマンチク」という用語の範囲を竹風よりも広く設定し、ハイネやホフマンの他、シュレーゲル兄弟やノヴァーリス、ゲーテと比較している。そして、鏡花もまた「ロマンチクの中でも、世界的で普遍的なる部分」を共有しているとしながらも、「ロマンチケルとしてのゲーテやハイネの、真摯や誠実は尚更無い」と否定的な評価を下している。斎藤はこの批評の中で「続風流線」のごく一部分について言及しているのみで、竹風のように、『風流線』全体を鏡花的な「理想」が発揮された本格的な「詩」とみなすことはしていない。もしも斎藤が、『風流線』を、「無憂樹」や「照葉狂言」と同程度に、「理想派の詩人」鏡花による「詩」として読んでいれば、鏡花においても、ハイネに匹敵する「真摯や誠実」が存在すると認め得たかもしれない。

　さて、竹風によるハイネ紹介と鏡花の接点を考察する上で、もう一つ重要な文献がある。それが『ハイネ氏独逸宗教哲学史　完』（明治三四年〔発行月不明〕／東京専門学校出版部）だ。これは、ハイネの『ドイツ宗教・哲学史考』

（原題は“*Zur Geschichte der Religion und Philosophie in Deutschland*”）の翻訳である。

沖野厚太郎は、『風流線』の村岡不二太の相貌に、はっきりと「アンチ・キリスト」的「悪魔」を見て取り、この「悪魔」的イメージを、シラーの「群盗」、あるいは『マタイ福音書』のヘロデ王の故事から得たのではないかと推測している[17]。しかし、この『ハイネ氏独逸宗教哲学史　完』の中には、かつて「一樹一木」に宿っていた「北欧」の「国民的諸神」が、「基督教」という新たな普遍宗教に「アンチ・キリスト」的存在とみなされて駆逐された後、深い森や山の中に隠れ、「理想的性質の欽無と、卑野残忍の性の混濁」した「悪魔」として蘇生した経緯が、次のように明確に語られているのである。

欧州殊に北欧に於ける民族信仰は汎神教《パンティスムス》なりき。その神秘標現は、何れも自然の為めにするに非ざるはなく、いかなる元素にもその不可思議なる真体を敬し、一樹一木一として神徳なきはなく、森羅万象悉く神化せり。基督教は此の見解を顚覆し、神化せる自然に代ふるに、悪魔化せる自然を以てせり。（中略）独逸の悪鬼の特色としては、吾等はその理想的性質の欽無と、卑野残忍の性の混濁とを見るべし。之に親しむこと愈々深ければ、その結果愈酷薄なり。（中略）然れども《ママ》独逸人の性として、か丶る暗澹たるが中に、滑稽を求むることあり。

伊東勉は、竹風のこの訳業を「些少の誤訳はあるけれども、ハイネの論旨を正しくつたえた名訳である。登張竹風がハイネの思想をふかく正しく理解していたことは、この訳著書によっても推察される」と高く評価している[18]。鏡花がこの訳書に目を通したかどうかは不明であるが、彼はこの時期に、訳者である竹風本人と親しい交友を得ている。したがって、鏡花が竹風から直接ハイネの宗教思想についての正確な知識を得、それらを自身の作品に反映させることは、十分可能であったはずである。

このように、「明治三四年」前後の文壇において、ハイネの多面性はある程度正確に理解され、流通していた。そして、鏡花がウェルテル、あるいは藤村操を超える「悪魔主義者」的過剰性を備えた村岡不二太を造形する際に「摂取」した可能性があるのは、樗牛や竹風ら「新ロマンチシズム」の陣営が打ち出した「革命的精神の詩人」としてのハイネだったと考えられる。蕉風が指摘した通り、元来鏡花の作品の登場人物には、自らの「tenderest most sincere and sacred emotion」を噴き上げることで、自分たちを「壓抑」するものを打破しようという傾向がみられた。ここに、竹風たちによって「新ロマンチシズム」の文脈の中で紹介された「革命的精神の詩人」としてのハイネ像が結びつくのは、比較的容易なことだったのではなかろうか。

三、田岡嶺雲による「ヒユーマニチーの一兵卒」としてのハイネ紹介

ところで、竹風は、前節で触れた「ハイネとニイチエ」の中で、「（前略）独逸語にはガイストといふ言葉がある。（中略）智力の優れた意志の強い独創力に富んだ天才肌の人のことだ。ハイネとニイチエは一言すればガイストである。（中略）この点に就いて言へば最近の田岡嶺雲は稍ハイネ的である」と、批評家の田岡嶺雲をハイネになぞらえて語っている。嶺雲といえば、鏡花にとってもまた関係浅からぬ人物である。

明治四〇年一月の談話「処女作談」（『大阪日報』）の中で、鏡花は嶺雲のことをはっきりと「恩人」であると語っている。この点について、鈴木啓子は、「泉鏡花はきわめて文壇的に登場した作家である」と規定し、嶺雲による推賞によって、「新世代の批評家に論ずるに価する文学と認知される」ことを契機に、小説家としての活動を本格的にスタートさせたとしている(19)。

このように、鏡花は田岡嶺雲に見出されるところから、新進作家としての地歩を築いた。嶺雲の鏡花への支持は一貫しており、明治三〇年前後に鏡花が「観念小説」的な作風を脱そうと試みていた時も、他の批評家たちがこぞって彼を批判した中で、嶺雲はその転身を鏡花の成長と受け止め、肯定的に評価したのであった。さらに、明治三八年四月「鏡花の近業」（「天鼓」）においても、『風流線』等を取り上げ、「渠が紙に莅んで其天才的強熱の昂れる時、其胸中に浮べる一種の詩的幻想は、彼に対しては、実境也、実有也、渠既に自ら感ずること斯くの如し（中略）却て又現実なる卑俗なる事実をも、詩的に神秘的に描写するの手腕を有す」として、鏡花を「詩的幻想」を描くのに秀でた「手腕」を有する「天才的強熱」の持ち主と評価している。

一方、鏡花の方でも、嶺雲をはじめとした同時代の批評家たちの活動を、積極的に創作に生かそうとしていた節がある。特に、蒲生欣一郎が指摘した通り、嶺雲の批評は、鏡花の既存の体制や、権力者に対する「非論理的な一種の〝反感〟」を作品中に具体的に反映していく上で、示唆に富むものであったと考えられる。[20] そしてその中でも、嶺雲によるハイネ論は、『風流線』の村岡不二太にまで繋がる、人間を抑圧する体制に呵責なき批判を加え、自由のために戦う〝怒れる詩人〟像を、竹風らに先行して鏡花に提供していたのではないか。

嶺雲のハイネ論「ハインリヒ・ハイネ」は、明治二七年二月から四月にかけて「日本人」誌上に発表された。明治二九年一一月「太陽」に掲載された「厭世詩人ハイネ」は、この「ハインリヒ・ハイネ」を改稿したものである。嶺雲は「ハインリヒ・ハイネ」の中で、ハイネを次のように評している。

　独のハイネ、峭刻の筆に世俗の烏滸を罵る。（中略）彼のハイネ、詩人中の最も詩人的の情性を有して、而して人生中最も苦惨の人生を味へり、されば満肚の牢騒発して詞となる、其詞、悲壮沈痛の気を帯びざらんと欲するも得べからざる也。（中略）彼は自らを聖虚の一勇将として、ヒユーマニチーの為めに戦はむと決心せしなり。（中略）ハイネは人間が其相伝的大敵たる死と戦ふに当ての、神虚的雄大の状を想起し、坐ろに其客心を愴ましめぬ、その唯に一好詩人としてよりは、寧ろヒユーマニチーの一兵卒として知られむことの決心は、実に此瞬時の感慨に職由したるもの丶如し。（中略）彼を以て、愛の心なしといふ莫れ、彼は愛の為に活きたり、彼は愛の為めに泣き、愛の為めに笑へり、彼は神を蔑視するまでに人間を愛せり、（中略）彼は自由の為めに戦ひ、ヒユーマニチーの為めに戦へり、彼は全世界の人間を壓抑の羈軛より釈放せむことを期せり。

このように、嶺雲はハイネを「ヒユーマニチーの為めに戦はむと決心」した「ヒユーマニチーの一兵卒」と規定している。そして同時に、ハイネの「多面性」にも言及し、「忽ちにして忌憚なき熱罵者なり、忽ちにして柔情の多感詩人たり、方法なしの歴史家ともなれば、統一なきの哲学者ともなり、真の詩才を有してまた天生の散文家なり、耶蘇教徒にして而かも神を嘲り、拘々たる礼文を嗤笑しながら（中略）巻けば其霊妙なる精気数行の歌句に凝晶し、舒ぶれば妖氛の靄《あい》気の如く、雲霧と化すべし」と、その多才ぶりを紹介している。また、改稿後の「厭世詩人ハイネ」においても、「詩人の眼中寧ろ人間あつて国民なし、全世界あつて一国なし、彼は寧ろ人道のために闘へるなり、寧ろ自由の為めに戦へるなり、天才者は天の如し、敢て私偏せず、彼は一国の民として生れず、世界の民として生る、彼は全世界を其羈絆より脱せしむるの天職あるを知るのみ」と述べ、普遍的な自由を求めてやまない、ハイネの闘争的な側面を強く打ち出している。

伊東勉は、嶺雲がこうしたハイネ論を書くにあたって参考にしたと考えられる文献等を詳細に検討する過程で、竹風からの影響の有無にも言及している。そして、「田岡嶺雲の『ハインリヒ・ハイ子《ママ》』が雑誌『日本人』に発表されたのは明治二十七年の二月から四月にかけてであるし、登張竹風が帝国大学文科大学独逸文学科へ入学したのは明治二十七年九月である。それゆえに嶺雲がこのハイネ論をかいていたころには、竹風はまだ山口高等中学校で勉強していた」、「こうした事情であるから、嶺雲の『ハインリヒ・ハイ子《ママ》』には、ドイツ文学者登張竹風は助言も示唆も与えていない。むしろ嶺雲のこのハイネ論が、（中略）竹風のハイネ観に決定的に作用した」と結論している。(21)

鏡花が実際に読んだ可能性がより高いのは、「ハインリヒ・ハイネ」を改稿した「厭世詩人ハイネ」の方であると思われる。伊東も指摘する通り、「厭世詩人ハイネ」では「ヒユーマニチー」という言葉が、「人道」等に置き換えられているが、「ヒユーマニチーの一兵卒」としてのハイネ像自体が撤回されているわけではない。加えて、「厭世詩人ハイネ」と同年の明治二九年一月には「ヒユーマニチー」、三月には「詩人と人道」、またこの前年の二八年九月に「小説と社会の隠微」「下流の細民と文士」「詩人と同情」がそれぞれ発表されており、鏡花はこうした嶺雲の批評を併読することで、このハイネ論の本質を十分に理解し得ただろう。さらに、嶺雲のハイネ観を受け継いで「革命的精神の詩人」ハイネ像を打ち出した竹風との交友を通じても、嶺雲の「ヒユーマニチーの一兵卒」たる「詩人」としてのハイネへの理解をより深めていったと考えられる。

四、「遺書《かきおき》」から「舌代」へ――村岡不二太の転身――

田岡嶺雲や登張竹風は、「ヒユーマニチー」のために戦う誇り高き「革命的精神の詩人」としてのハイネ像を、積極的に打ち出していた。鏡花もまた、彼らの批評活動や、竹風との直接的な交流を通じて、このようなハイネ像に親しく接すると共に、ハイネの持つ宗教思想等にも通ずる機会を多く得ていたと考えられる。本節では、これらのハイネに関する言説を踏まえ、『風流線』の村岡不二太がどのような人物として描かれているかを分析していく。

周知の通り、村岡不二太はモデルとなった藤村操と同じく、哲学的煩悶の末、日光の華厳の滝に投身自殺を図った青年として登場する。しかし、彼の自殺の真の理由は、小松原龍子との恋愛を、竪川昇に邪魔されたことを苦にしたことにあった。結局、村岡は死にきれず、「金沢」の「鞍ヶ嶽」に身を隠し、懊悩の生活を続けていた。「異霊の一山」とされる「鞍ヶ嶽」は、かつて「土寇」と領主が壮絶な「最後の決戦」を繰り広げた山であり、その頂上付近にある「千蛇ヶ池」は、「行詰った相場師などの、覚悟を極め」た連中が、自殺を試みる場所とされている（「風流線」二十五）。このように、「鞍ヶ嶽」には、反逆者・脱落者たちが最後に至り着く場所というイメージが潜在しているのである。

村岡は、彼を密かに訪ねてきた龍子に、「鞍ヶ嶽」や「千蛇ヶ池」を「魔所」と紹介する。さらに、この山に棲む「魔」を、「いはれなきに残忍な仕事を働く」、「僕のやうな駆出しの悪魔、邪鬼外道の輩」だと説明し、そのような「悪魔」たちを自分の「朋友《ともだち》」だと断言する（同三十二）。将来を嘱望される大学生でありながら、生きながらにして「幽霊同然」（同二十七）となってしまった、「世の中」からの亡命者である村岡にとって、「鞍ヶ嶽」の「魔」を友とすることはなんら不自然ではないのである。

村岡は、このような「魔」の山で、龍子に向かって自らの苦しみを吐露し、また、その苦しみの果てに見出した「最後の決心」を次のように説明する。

「（前略）執着があり、未練があり、就中名誉心が盛んだから、絶望した懐疑派の一人《いちにん》が、哲学のために殉じた体に、世を欺き、人を欺き、自分を欺いて、公に遺書《かきおき》を貽《のこ》しました。（中略）たとひ愚にもせよ、癡《ち》にもせよ、僕ゆゑに多くの人が死にましたから、詰り手を下さないで、人を殺したと同一《おんなじ》なんだ。（中略）其処ではじめて、いつはつて遺書《かきのこ》したやうな懊悩を実際に為出したです。（中略）僕は迷に迷をかさねた結果、思ひ切つて悪魔、外道になつたのです。（中略）あらゆる罪を犯す、為し得る限り不法を働く。悪逆、無道、酷薄、残忍、人を殺す、（中略）其の結果、僕は何等かのものに滅されるんですな。（中略）僕は今、光明を求めて認むる能はず、法に従はうと思つて出来ず、正きを欲して得ず、神仏《かみほとけ》にも棄てられた身体だから、自分を救ふためでなく、我を滅さう、罰しようとして、神仏の顕る、のを待つて、跪いて、訴へて、泣いて、救を求め、慰藉を求めて、たとひ殺されても可いから安心して死なうと思ふんです。（後略）」

（「風流線」二十八〜三十一）

村岡は、立身出世のために龍子に横恋慕した昇の攻撃に敗北し、「基督教」に追われた「北欧」の「国民的諸神」のごとく、まずは「日光」の山中に逃れ、その後「鞍ヶ嶽」に流れ着き、身を隠す。そして、引用文中で語られているように、「悪魔」としての生を自ら引き受ける決意をするのである。ここにはたしかに、ハイネの提示する〝追放された神々〟に通ずるモチーフが存在するだろう。しかし、両者には注目すべき差異が二つある。一つは、村岡はあくまでも人間であり、最初から神的な存在であったわけではないという点、もう一つは、ハイネのいう「国民的諸神」たちは、「基督教」に敗北した結果、いわば受動的に「悪魔」という立場に甘んじることとなった一方で、村岡は能動的に「悪魔」たらんとしている点である。

すでに指摘してきた通り、村岡はまず、「絶望した懐疑派」として「煩悶」の末に自死した藤村操や、失恋の結果やはり自死したウェルテルをイメージさせる自殺未遂者として登場する。しかし、「鞍ヶ嶽」での村岡の「煩悶」の意味は、藤村やウェルテル的「煩悶」から微妙かつ決定的にずらされている。彼が「三年間」、「鞍ヶ嶽」頂上近くの「番小屋」に籠って「煩悶」した末に行った「最後の決心」とは、「天魔破旬《ママ》の為す処」（「風流線」三十）を自らの行動規範とすることである。この時、「悪魔」になることは、単なる敗北者への零落を意味するのではなくなり、「たとひ殺されても可いから安心して死」ぬために生きるという、村岡の生を能動的に支える原理となる。

村岡の「煩悶」とは、人間には本来到底耐え切れぬ「悪逆、無道、酷薄、残忍」をあえて引き受け、「天魔破旬《ママ》」のごとき神的存在として生きることを決意するまでの試練として描かれている。ここにおいて、日の当たる社会から脱落し、暗い山の中で「煩悶」する人間であった村岡は、「悪魔」村岡不二太として「異霊の一山」から新たに誕生したといえるだろう。

人の身には背負い難い神的暴力の担い手たることを宣言した村岡と、その「決心」を受け入れた龍子は、すでに人間を超えた存在となっている。それを示唆するのが、「男と女の並んだ姿」に見える「雲」出現という「風流線」四十一の場面の伏線となる、「靄は煙《けぶり》の下を潜つて（中略）雲が来て導くやう」（同三十三）という箇所である。

さらに村岡は、「悪事の手初め」として、「千蛇ヶ池」のほとりで、「華厳の瀑」での自殺未遂を反復すると同時に、「虚《いつはり》の遺書《かきおき》」と決別する儀式を行うことを提案する（同三十五）。「『或者は懊悩して哲学に殉じた少年を拝んだです。其の遺書《かきおき》に跪いたですな、十字架を礼する如くに、或者は又死んだです。』」という村岡の言葉は、明らかに知識人層の青年たちの間に起こった藤村操ブームを踏まえたものだが、こうした〝信仰者〟たちを「（馬鹿め、）」と罵ることは、村岡がもはや彼らの「十字架」、すなわち神ではないことの宣告でもある。

こうして村岡は、「絶望した懐疑派」としての「虚《いつはり》の」像からの離脱を図る。それは同時に、「執着があり、未練があり、就中名誉心が盛ん」な人間であった自身への告別であり、別の神としての再誕でもあるのだ。彼が「三年間」その内側で輾転反側していた「番小屋」が、突然の落石で「附木を裂いたやうに、めり〳〵と崩れ」たことも、そのことを象徴している。「煩悶」する人間・村岡を隠し守っていた「番小屋」は、彼が「悪魔」として、再び「世の中」に生きることを「決心」したとき、その役目を終え「崩れ」ていったのである。

山を下りた村岡たちは「鞍ヶ嶽の麓」にある「手取川」の河原で「鉄道」工事に従事している「工夫」たちに合流する。外部からやってきた「悪魔外道」である「工夫」たちは、「金沢」の秩序に「恐しき穴」（「風流線」四十一）を穿ち、それゆえに「夜叉羅刹」（同四）と称され、住民たちに恐れられている。「鞍ヶ嶽」と「手取川」の河原は、地理的にも近しく、また「いはれなきに残忍な仕事を働く」、「悪魔、邪鬼外道の輩」が跋扈するイメージを共有する。村岡と龍子は、こうした「工夫」たちの集団「風流組」に、「男女《なんによ》二柱の神」（同四十一）として迎えられることになるのである。

「男と女の並んだ姿」に見える「雲」が出現した直後に、村岡とお龍が「工夫」たちの前に姿を現したり、「魔神の男体」（村岡）と力松が「殆ど見紛ふばかりの顔容《かほかたち》」であるために、「一層信仰の念を増し」たとされたりすることが象徴するように、互いに「そツくり」であることが、「工夫」たちと村岡・お龍の結びつきの根拠とされる（同四十六）。「貴下方は悪魔（中略）皆の隊長で在《い》らつしやります」（同四十五）という「工夫」たちの声に迎えられ、「魔神」となった村岡は、「鞍ヶ嶽」に「そツくり」の手取川の河原において、自身にふさわしい新たな「信仰」を獲得するのである。

こうして結びついた「悪魔」たちは、「金沢」の政治的・経済的な支配体制と共犯し、ある種の宗教的権威として人々の精神に君臨する「活如来」巨山五太夫への反逆を企てていく。「異霊の山」から生み出された「魔神」たちが標的とするのは、既存の支配体制を補完することにしか奉仕しない「活如来」の「倫理」（「続風流線」十六）である。巨山は、「博愛」（「続風流線」五）の名の下、「貧窮人」たちを「お救小屋」に集めている。だが、前章でみてきた通り、その実態は、人々を安価な労働力として馴致し、「竪川製糸場」をはじめとした「金沢」の大資本に、永久に奉仕させるための収容所にすぎない。村岡と「工夫」たちの巨山への攻撃は、「蟋蟀《きりぐす》は籠の中が厭でござります」（同十七）と言い、たとえ貧しくとも、「私等が思ふやうに」（同）自由に生きたいと願う「金沢」の人々の心を「壓抑」する体制への、苛烈な批判なのである。そして、彼らの批判は、たとえば次のような行為として現実化する。

「で、其小屋は掘立ではございますが、表の戸だけは出来て居ります。木谷がガラ〳〵と真暗に閉め込んで了《しま》ひました。／真蒼《まつさを》に渓河《たにがは》の水が見えまして、あの大巌の傾斜《かたがり》地蔵は、がらんとした小屋ぐるみ、此処で閻魔の庁となりましてございます。（後略）」（中略）
「否《いえ》、放火《つけび》でございます」（中略）
「（前略）屋根がドンと落ちますすと、火の柱の中に、歴然《ありく》と水が流れて、向うの巌《いは》に色が映つて、極彩色の傾斜《かたがり》地蔵。／向合つて貴官《あなた》、街道の並木を小盾に、凄いほど佳い女と、大斧《まさかり》を担いだ背の高い工夫と二人で、悠々見物をするではございませんか。」

（「風流線」八十一～八十二）

この「傾斜《かたがり》地蔵」を囲む「小屋」は、巨山の「慈善事業」（「風流線」十一）の産物である。だが、その実態は、巨山傘下の者たちが、経済的な余裕の無い農民にまで「寄附」を強要し、この「小屋」を利用する者全員に、巨山の「活如来」としての名声を高めるための片棒を強制的に担がせる場となっている（同十）。お龍と「工夫」たちによる「小屋」への「放火《つけび》」は、こうした虚栄の象徴とされてしまった「傾斜《かたがり》地蔵」の奪還を目的としている。彼らは「放火《つけび》」の浄火によって、「活如来」の「倫理」に「真暗に閉め込」まれ、はからずも人々を苛む「閻魔」とされてしまった「傾斜《かたがり》地蔵」を解放し、本来の「極彩色」の宗教的活力を再生させようとしたのである。

一方、風流組「組頭」の屋島藤五郎と、鉄道技師の水上規矩夫は、「魔神」村岡を、放っておけば無軌道に流出するばかりの「工夫」たちの「悪気」すなわち「精神《こころ》」に、一定の「形」を与える「守本尊」として捉えている（「風流線」四十九）。

「なるほど、ちらく風説《うはさ》を聞くんですが、工夫どもの乱暴狼藉、極る処がないに就いては、いづれ、然ういうのがなければなりますまい、位牌といふ言《ことば》さへ知らない奴等も、遂には何か、精神を支配するものが必要に

なる数《すう》です。」（中略）

「私も、わきから、われ〳〵を見ますのに、目印があつてよからうと考へまして」

「私は是を焼点といひます。」

「私は又、工夫どもの悪気の凝つて形に顕れたものと思ふのであります。」

「同一事《おなじこと》です、社会的にいへば代表者、写真屋ならば其にピントを合せます。」

といつて工学士は呵々《から〳〵》と笑つた。

（「風流線」四十九）


水上が「社会的にいへば代表者」と言っているように、村岡は実際に「工夫」たちの「精神《こころ》」を、主に「筆」によって具現化していくことになる。「鞍ヶ嶽」から生まれた「悪魔」は、遂に「工夫」たちの体制反逆的な「悪気」や、「金沢」に渦巻く「壓抑」された「貧窮人」たちの塗炭の苦しみを「筆」によって代弁する「代表者」、すなわち「革命的精神の詩人」へと転身することになるのである。さらに村岡は、「金沢」に入りこむため、あえて「疫病《えやみ》の神に肖て、且つ災害《わざはひ》の預言者に髣髴たる」「乞食僧」の姿に身を窶す（「続風流線」十八）。「苟も当国に巨山様のいらつしやる間は、たとひ如何なる事があつても、同郷の人民を乞食には遊ばされん」（同十七）という巨山傘下の垂井訓導の言葉からも分かる通り、「乞食」をすることが許されない「金沢」の地で、「乞食僧」に身を窶すことは、それ自体が、「金沢」の秩序への反逆の意志を表しているのはいうまでもない。

そして、かつて「絶望した懐疑派」として「虚《いつはり》の遺書《かきおき》」を記した村岡は、今や「風流組」の「工夫」たちの「精神」の「代表者」として、「金沢」の体制を「破壊」することを宣言する次のような「舌代」を、「仁恵恩徳の、記号《しるし》の札、巨山《おほやま》が金看板」（同十八）に書きつけるのである。

記

一、県下に限り人を殺さむとして能はざる御方は申出でらるべし
一、県下に限り火を放たむとして能はざる御方は申出でらるべし
一、凡《すべ》て県下に於て法の故に社会の制裁の故に敵の抵抗力の故に人道あるが故に其他あらゆる事情の下《もと》に為さむと欲して為し得ざる御方は申出でらるべし
一、当組合は各位に代りて各位の希望を満たさむことを誓ふ勿論適当なる実力あり
一、各位は辻に堂に壁に随所其の希望を記して遠慮なく掲示せらるべし
　当組合は至る処に耳目を有す
一、当組合は報酬を求むることなし故に各位の匿名たることを妨げず候、以上

　月　日

として、名を署さうとして、少時躊躇の後＝風流組＝敢て其の名は語らなかつたが、乞食僧の、（中略）村岡不二太であることは、更ていふまでもないのである。／却説《かくて》、渠が茲《ここ》に此の建札の余白を染めた、幾ヶ条の舌代は、単に此処のみに留まつたものではなかつた。／随処其の希望を記して憚りなく掲示せらるべしと、いへるが如く、村岡もまた城下の各区、辻に壁に、堂の扉に、鳥居に、橋の欄干に、侍町の土塀の一面、おもひがけなき垣根になど、白日晴天、日盛の行人稀なる程、忽然として怪僧の其の黒き影立顕れ、瞬時にして風の如く消え去る跡に、場所として一枚《ひとひら》の告示の掲げ出されぬはなかつた。（中略）

　各位

と掲示を記し果てたり矣《い》。矢立を納めて、手に触れた、法衣《ころも》の袖の露を絞つて、一度《ひとたび》、読返したと見る〳〵中《うち》、蒼き面《おもて》に微笑を含んだ。／乞ひ問ふ華厳瀑と如何《いかに》。

（「続風流線」二十〜二十一）

「寄附金と其の人名」を「塗抹《ぬりけ》し」、「幾多の仁者の名を署し、数千の金額を記すべき、札の表の白い処」（同十九）に書きつけられたその布告は、「乞ひ問ふ華厳瀑と如何《いかに》」とあるように、明確に「虚《いつはり》の遺書《かきおき》」との比較の上で読まれることが意識されている。この「遺書《かきおき》」は、かつて「虚の《いつはり》」「十字架」として、知識人層の青年たちの「信仰」を集めることで社会的な影響を及ぼした。「煩悶」する人間であった時の村岡は、「たとひ愚にもせよ、痴《ち》にもせよ、僕ゆゑに多くの人が死にましたから、詰り手を下さないで、人を殺したと同一《おんなじ》なんだ」と苦しんだが、この「舌代」を書く「疫病《えやみ》の神」あるいは「災害《わざはひ》の預言者」たる村岡にとっては、「殺人《ひとごろし》」や「放火《つけび》」はもはや目的を遂行する手段でしかない。彼は「法」、「社会の制裁」への恐怖、「敵の抵抗力」、「活如来」巨山を始めとする「金沢」の体制が推奨する既成道徳への反逆を、「墨」と「筆」によって「形」にする「革命的精神の詩人」として、この「舌代」を書いているのである。

そしてこの「舌代」は、「城下の各区、辻に壁に、堂の扉に、鳥居に、橋の欄干に、侍町の土塀の一面、おもひがけなき垣根」など、「金沢」市中のあらゆる場所に、アジビラのようにまきちらされる。これを見た人々は、「奇と称へ、怪と叫び、狂人《きちがひ》の所為《わざ》だといひ、役の行者の託宣《つげ》だといひ、凶年の兆だと忌むものあれば、大火事があらうと呟」きながら、隣人たちと「破壊《ぶちこはし》がはじまるぞ」と「詈り騒《の〻し》」ぎ合い、町に満ちる不穏な空気に慄くのである（「続風流線」二十二）。秩序の維持を使命とする「巡査」たちもまた、人々のあまりの動揺ぶりに、「舌代」を一笑に付すことも出来ず、右往左往するしかない。「舌代」は、やがて来る「破壊《ぶちこはし》」、その先にある解放の兆しとして、人心を介して「疫病《えやみ》」のごとく伝染していく。こうして、「革命的精神の詩人」村岡不二太の「筆」は、来るべき時代の「災害《わざはひ》の預言者」にふさわしい成功を収めた。そしてこの瞬間、彼は真の意味で「華厳の瀑」に遺した「虚《いつはり》の遺書《かきおき》」と決別することが出来たのである。

以上のように、本章では『風流線』の登場人物である村岡不二太に付与された「悪魔主義者」的な過剰性の源泉を探るべく、「新ロマンチシズム」の文脈の中で、鏡花と交友のあった登張竹風によって紹介された「革命的精神の詩人」としてのハイネ像、及び、鏡花の「恩人」でもある田岡嶺雲のハイネについての評論の中で提示された「ヒューマニチーの一兵卒」としてのハイネ像を検討してきた。鏡花は、本作を執筆するにあたって、様々な素材を取り入れたが、それらは鏡花の「想」によって鮮やかに組み換えられ、彼独自の世界観あるいは登場人物たちとして蘇生させられている。「ヒューマニチーの一兵卒」あるいは「革命的精神の詩人」として、個人の自由な精神活動を抑圧する政治・経済・宗教的体制に対し、「不平」の「感情」を美しい「詩」とすることで戦ったハイネというイメージもまた、鏡花の諸作品にみられる「tenderest most sincere and sacred emotion」を噴出させることで、自らを「壓抑」するものを打破しようとする登場人物たちの傾向と結びつき、『風流線』において、村岡不二太という新たな「詩的正義」の体現者として結実したと考えられる。

注

（1）本文で触れた村松や種村の指摘のほか、沖野厚太郎「『婦系図』のプロブレマティーク――日本近代文学の星座配置《コンステラツイオーン》（6）――」（平成二五年一一月「文芸と批評」一〇八号）がある。

（2）「解説　芸の討入り」（平成九年四月『泉鏡花集成』11／筑摩書房）。

（3）『泉鏡花』（昭和四一年四月／寧楽書房）。

（4）たとえば「三、僕」の中では「しかし今になつて考へて見ると、最も内心に愛してゐたのは詩人兼ジヤアナリストの猶太人――わがハインリツヒ・ハイネだつた」と書き、「四十、文芸上の極北」では、「ハイネはゲエテの詩の前に正直に頭を垂れてゐる。が、円満具足したゲエテの僕等を行動に駆りやらないことに満腔の不平を洩らしてゐる（中略）ハイネはこの武器（芸術――引用者注）に抑へられながら、しかもこの武器を揮つた一人である」と評している。

（5）「鏡花受容とロマンチック」（平成一八年一一月「国語と国文学」）。
（6）登張正實「ぼろぼろの罫紙」（昭和四九年六月『鏡花全集』巻八月報）、蒲生欣一郎『もうひとりの泉鏡花：視座を変えた文学論』（昭和四〇年一二月／東美産業企画）を参照。
（7）「ロマンチックと自然主義」（明治四一年四月「新潮」）。ちなみに、明治四三年三月の談話「文芸と東京」中では、「新ロオマンチシズム」という言葉を用いている。
（8）共訳された「沈鐘」は、明治四〇年五月五日〜六月一〇日まで「やまと新聞」に掲載された。坂本貴志は「異界の系譜―ハウプトマンと鏡花―」（平成二〇年六月「日本独文学会研究叢書」五三号）の中で、この共訳作業が行われた直後の明治四一年に発表された『草迷宮』と、「沈鐘」との間に、共鳴的な関連が見出されると指摘している。
（9）久保忠夫「明星派と外国文学」（昭和三九年一二月「国文学」）。
（10）関口裕昭「日本におけるハイネ受容の系譜―感傷詩人と政治詩人のはざまで―」（平成二〇年六月「日本独文学会研究叢書」五三号）。
（11）「煩瑣学風と文学者」（明治三三年七月「太陽」）。
（12）「姉崎嘲風に与ふる書」（明治三四年六月「太陽」）。
（13）「新思潮とは何ぞや」（明治三五年三月「太陽」）。
（14）（注11）前掲資料。
（15）伊東勉「日本におけるハイネ研究Ⅰ　田岡嶺雲のハイネ論」（昭和四七年一二月「中日本自動車短期大学論叢」三・四号）。
（16）「ハイネの詩人観」の中で竹風が言及している「橋本青雨君の「詩人ハイネ」」とは、明治三六年七月に金港堂から出版された橋本青雨『詩人ハイネ』のことである。これは、「ハイネがもっぱらセンチメンタルな詩人として愛好されていた明治三十年代に、革命家としてのハイネ」（昭和四七年一二月／伊東勉「日本におけるハイネ研究Ⅱ　橋本青雨の『詩人ハイネ』」／昭和四七年一二月「中日本自動車短期大学論叢」三・四号）を紹介した評論であった。
（17）（注1）前掲論文。
（18）（注15）前掲論文。

（19）「鏡花文学の成立と文芸時評――「湯島詣」「高野聖」への軌跡」（平成二一年九月「解釈と鑑賞」）。
（20）蒲生（注6）前掲文献。
（21）（注15）前掲論文。

第三部　鏡花の闘い

――不遇と再起の時代――

第八章　恩寵としての「音調」
──『婦系図』本文異同と「談話」の考察を中心に──

一、「爺と倅の争ひ」

明治三六年一〇月三〇日、硯友社の盟主である尾崎紅葉が逝去した。田山花袋は、後に『近代の小説』（大正一二年二月／近代文明社）の中で、紅葉の死が「いかに文壇の空気の疎通を好くしたかは、恐らく当時の人達の皆な暗に感じたところのものであつたらうと思はれ」たと同時に、「師弟とか朋党とか言ふものの習慣の、これを最後にしてあとを絶つであらう」という感慨を持ったことを記している。実際、花袋は即座に「露骨なる描写」（明治三七年二月「太陽」）を発表し、三年後の四〇年九月には、彼の代表作となる「蒲団」を世に問うている。その前年の三九年三月には、島崎藤村の『破戒』が上梓され、文壇はいわゆる自然主義の全盛期を迎えることとなった。小説における「モデル問題」が、各誌紙で喧しく議論されるようになるのも、この時期である[1]。

「幻滅時代の芸術」（明治三九年一〇月「太陽」）を始め、自然主義に関する批評を精力的に発表していた長谷川天渓は、明治四〇年一二月の「新小説」誌上で、高らかに「自然派の勝利」を宣言した（「自然派の勝利」）。翌年七月の「太陽」に掲載された「自然派に対する誤解」の中では、「自然派と反対者との論戦は、要するに爺と倅との争ひだ」とし、新潮流たる「自然派」への反発を、「爺と倅」、すなわち「父」と「息子」の間の闘争になぞらえている。端的にいえば、「自然派」の台頭とは、文壇における「父殺し」の敢行を意味していたのである[2]。

泉鏡花の『婦系図』は、このような状況の中、明治四〇年一月から四月にかけて、「やまと新聞」紙上に連載された。明治四一年四月「早稲田文学」に掲載された「批評会の記　『婦系図』泉鏡花」では、島村抱月が、主人公の早瀬主税とその師である酒井俊蔵の関係を、「紅葉氏と鏡花氏のやうなもの」と解説したことが紹介されている。抱月の発言からは、『婦系図』の発表当時から、主税＝鏡花、酒井＝紅葉、蔦吉＝すゞ夫人というように、この作品の主要登場人物を、実在の人物と重ね合わせて読もうとする視線が、すでに存在していたことを窺わせる。

さらに、徳田秋声は、明治四一年一二月「新小説」の「感想二つ三つ」の中で、「モデルの取扱方」に言及し、「私の知つて居るうちでは泉君が一番大胆に使つてゐる。『婦系図』などを見ると実際驚かされる程だ」と、「モデル」の名前を具体的に挙げはせぬものの、『婦系図』が実在の人物や、作者の周囲で起きた事件と強く結びついた作品であることを指摘している。秋声は後年の「尾崎紅葉研究　作家研究座談会（九）」[3]においても、本作品が「紅葉先生」と鏡花の間に生じた葛藤を題材に書かれた「私小説」なのであり、「紅葉さんが死んでからだからいいけれども、生きて居られるうちには書けない種類」の作品であったと述べている[4]。これらの『婦系図』を巡る秋声の発言は、硯友社に出入りしていた当時、間近で見聞した鏡花の恋愛事件を念頭に置いてなされたものであろう。

このように、発表当時から『婦系図』が「モデル」小説として読まれる可能性は存在したのである。しかし、本作がこの時期の文壇で盛んに取り沙汰されていた「モデル」問題の議論の俎上に上ることはなかった。

だが、『婦系図』が「自然派」的コンテクストと無関係であったわけではない。紅葉が「生きて居られるうちには書けない種類」の作品である『婦系図』は、文壇内で生じた「自然派」とその反対者たちの激しいヘゲモニー争いの渦中で制作されているのである。鏡花は『婦系図』を執筆する前年の七月に、逗子に転居している。紅葉亡き後、彼の文壇での地位は凋落し、心身の不調に見舞われた結果、逗子での生活は、文字通り都落ちの様相を呈した。「自然派」の台頭は、秋声の「小説の文章も私が最初に筆を執つてゐた時代と非常に変つて来た」（「感想二つ三つ」）

という言葉からも見て取れるように、硯友社的「文章」の決定的な権威失墜を招いた。このため、その正系と目された鏡花の作家としての立場は非常に危ういものとなり、かつては「少なくともかれの小説があらゆる階級に読まれた時代が二三年続いた」（花袋）ほどの勢いであったのが、作品を発表する機会を得ることすら困難な状況に追い込まれた。(5)このような事態に直面し、鏡花は作家としての生き残りを賭け、「自然派」と対決することを迫られたのである。

『婦系図』には、すゞとの関係を紅葉に叱責されたことを始めとする、鏡花の個人的な事情が反映されていることは疑いがない。しかし、そのこととは別に、秋声のような「自然派」の作家たちが頭角を現した文壇において、鏡花が自分の立場をどのように確保しようとしていたかを考える上でも、『婦系図』は重要な作品である。鏡花は、この熾烈な「争ひ」をなんとしてでも制さねばならぬ立場にあったが、それはあくまで「自然派」に与することの無い形で行われる必要があった。同時期に発表された「ロマンチツクと自然主義」や、「予の態度」といった談話では、鏡花は「自然派」への批判的な態度をはっきりと打ち出している。本章では、『婦系図』を形式・内容の両面から検討することで、鏡花の「自然派」への反発が、単なる感情的な拒絶ではなく、彼なりの論理性に依拠した批判であったことを明らかにしていく。

二、複数の文末詞

『婦系図』の本文異同については、鈴木康子が「『婦系図』論」（昭和五三年二月「国語と国文学」五五巻二号）の中で詳細に論じている。(6)しかし、その考察の中心は、本作品の後半部分、すなわち、「河野家」の女たちと主税との姦通に関わる記述を巡る書き換えに据えられている。したがって、その他の異同、たとえば、地の文の文末がどのように変更されているかという点などに関しては、ほとんど等閑に付されている。

前述の通り、『婦系図』は明治四〇年一月一日から同四月二八日まで「やまと新聞」に連載され、明治四一年二月、春陽堂より単行本『婦系図前編』が、同六月、『婦系図後編』が出版されている。鈴木も指摘している通り、初出本文への加筆修正は、この単行本を刊行する際に行われたものである。そして、大正一四年に出された春陽堂版『鏡花全集』巻七に収録される時点で、「早瀬の遺書」を「抹消」するという断り書きが付されることになる。

このように、現在流布している本文は、最低二度の大幅な手直しを経た上で作られたものである。試みに、初出紙の本文（以下、初出）と初版本の本文（以下、初版）とを比較してみると、かなり大きな違いが見て取れる。左に掲げる表は、その中でも特に文末に関する異同を種別にまとめたものである（矢印上が初出、下が初版。なお、文末表現に関わる箇所について、初出・初版・春陽堂版・岩波版の四種の本文を比較してみたところ、初版以降の本文間で若干の異同はみられたが、初版から春陽堂版への改稿には、初出から初版への改稿の方針を大きく逸脱するような変更はなかった。ただし、文末の開閉については、初版↓春陽堂版のタイミングで修正が行われているのが目についた）。

○文末を過去（完了）形から現在形へ変更

お蔦が優しい低声で聞いた。↓お蔦が低声。

傾いた。↓傾く。

と、半ば、独言だつたけれども、悪怯れないで大音に云つた、↓と、半ば、独言を云ふ。

笑つた↓笑ふ。

云つた。↓云ふ。

行かないのであつた。↓行かない。

靡いて居た。↓靡いて居る。

呼吸をはづませた。↓呼吸をはずませる。

置いてあつた。↓置いてある。

引張つた。↓引張る。

一時であつた。↓一時。

立つ……た。↓立つ……。

入つた。↓次室へ入る。
立つた。↓立つ。
然も放さず、解けなかつた。↓如何に、此の時。
押附けた。↓押附ける。
聞えた。↓聞える。
煽つた。↓煽る。
露はれた。↓露れる。
清い声で言つた。↓清い声で言ふ。
落ちた。↓落ちる。
云ふのであつた。↓云ふ。
流れて輝くのであつた。↓流れて輝く。
思はれた。↓思はれる。
守宮であつた。↓守宮である。
頤でしやくつた。↓頤でしやくる。
嘲笑つた。↓せゝら笑ふ。

○文末の補正

顔色で。↓顔色。
頷いで。↓頷いた。

愛娘で。↓愛娘である。
高いので。↓高い。
行過ぎて。↓行過ぎる。
お蔦が一寸足踏して、…と目配せ。↓お蔦が、…と目
配せする。
寝る事にしたのであるが。↓夜が更けたのである。
口の裡で。↓口の内で言つた。
云つて。↓云つた。
残したものだ。↓残したもので。

○文末の開閉

音を入れると、↓音を入れる。
向から声を懸けた、↓声を懸けた。
中であつたが、↓中であつた。が、
年紀は二十七で、↓年紀は二十七。
櫛の歯を挽くが如しで、↓櫛の歯を挽くが如し。で、
くるりと向き直つて、話に乗るやうに膝を寄せた。
↓向直つて話に乗るやうに、
顧問になるので、↓顧問になる。

透かして見ると、↓透かして見る。と
真中に立つて、↓真中へ。
気抜けはする、↓気抜けがする。
其まで〻、↓其まで。
分けたのである。↓分けたのである、とも云ふが……
櫛の歯を挽くが如しで、↓櫛の歯を挽くが如し。で、
煙を吸つて、↓煙を吸つた。

○文末詞「だ」「である」の削除

言ふのである。↓言ふ。

汲むだ。↓汲む。

さゝぬのである。↓ささぬ。

影を潜めたのである。↓影を潜めた。

酒に酔はずに、アルコールに中毒るやうな人物で、人柄と云へば人柄である。↓酒に酔はずに、アルコールに中毒るやうな人物で。

横から覗いて云ふのである。↓横合から覗いて云ふ。

意見？　を問はれるには恐れるのである。↓意見？を問はれるには恐れて居る。

趣があつたのである。↓趣があつた。
云ふまでの、其もである。↓云ふ。其も、
不都合はないのである。↓不都合はない。
玉を刻んだやうであつた。↓玉を刻んだやうに見えた。
恁く答へたのである。↓恁く答へた。
拾ふのである。↓拾ふ。

○文末詞「である」の前景化

迷ひは寧ろそれ以上であるかも知れぬ。↓迷ひは寧ろそれ以上である。

○文末詞を文語に置き換える

畳に陽炎が燃えるやうな風情である。↓畳に陽炎が燃えるやうなり。
崩さない。↓崩さぬ。
其義審ならずだけれども。↓但し其義審ならず。
それ或は然うか。但↓それ或は然らむ。が
馥郁とした。↓馥郁たり。
呉服屋の手代で、↓呉服屋の手代なり。

○文語を排す
嘘であらむ。↓嘘であらう。
顔の面を蔽へる。↓面を蔽ふ。
染めつ。↓染めた。

○その他
コト〳〵と忽ちはじめる、↓コロ〳〵。
乗出す始末。↓乗出す。
どたばたする。↓どたばた、どたばた。

最も多い変更のパターンは、過去形（または完了形）を、現在形にするもので、「物語の進行をある一点から回顧するような遠近法的な時間性[7]」をもたらす文末詞の一つである「た」の削除が多く見られる。その結果、現行の『婦系図』の地の文においては現在形が多くみられ、「た」の出現度は相対的に低い。甚だしい場合は、以下の引用のように、全ての文末が現在形で閉じられることもある（文中の傍線は引用者が付したもの）。

尤も学者だと云つて、天気の好い日に浅草をぶらついて、奥山を見ないとも限らぬ。爾時《そのとき》如何なる必要があつて、玉乗の看板を観ると云ふ、奇問を発するものがあれば、其の者愚ならずんば狂に近い。鰻屋の前を通つて、好い匂がしたと云つても、直ぐに隣の茶漬屋へ駆込みの、箸を持ちながら嗅ぐ事をしない以上は、速断して、伊勢屋だとは言憎い。／主税とても、唯通りがかりに露店《ほしみせ》の古本の中にあつた三世相が目を遮つたから、見たばかりだ、と言へば其までである。けれども、渠は目下誰かの縁談に就いて、配慮しつつあるのではない歟《か》。然《しか》も開けて見る処が——夫婦相性の事——は棄置かれぬ。／且つ其の顔色が、紋附の羽織で、袘《ふき》の厚い内君《マダム》と、水兵服の坊やを連れて、別に一人抱いて、鮨にしようか、汁粉にしようか、と歩行《てく》つて居る紳士のやうな、平和な、楽しげなものではなく、主税は何か、思ひ屈した、沈むだ、憂はしげな色が見える。／好男子世に処して、屈託さうな面色《おもゝち》で、露店《ほしみせ》の三世相を繰るとなると、柳の下に掌を見せる、八卦の亡者と大差はない、迷ひは寧ろそれ以上である。

こうした文章は、文末詞「である」の使用ともあいまって、限りなく「三人称客観描写[8]」に近いものとなっているが、やはり似て非なるものといわざるを得ない。「た」を用いずに現在形を連ねていく形で行う描写は、近代小説を成立させるための要諦の一つである「語り手の中性化」（柄谷行人）を、完全に遂行するには至らず、読む側に話者の存在を触知させてしまう。また、絓秀実は嵯峨の屋おむろの「薄命のすゞ子」（明二一～二二）の話法を分析し、次のように指摘している[9]。

> 覗きによって語るべき物語を見出そうとする匿名の話者は、言説の現前性を保証する話法を獲得しようとしている。「である」のみならず、「居る」という現在形と体言止めによって、この段落のセンテンスは、全て現在形が用いられているのが、その証である。（中略）しかし、それは非人称の話者の一人称話者への接近による、語りの時制の《現在》化だと言うべきであろう。つまり、「薄命のすゞ子」の話者は、「歴史《イストワール》」の記述であるにもかかわらず、「話《わ》」的な記述の接近を試みているとも言えるのである。これでは「現前的」ではあるにしても、話者の透明化はかえって阻害されてしまう。

『婦系図』の話法も、おおむねこれと同様の事態に陥っているといってよい。さらに、主税の逡巡を演出するために過度に重ねられた修飾語によって生じる〝読みにくさ〟（そしてこれは鏡花の〝文体〟の特徴として頻繁に指摘される事柄である）が、かえって主税の「迷ひ」の現前を阻んでいる。同時に、それらの修飾語を駆使して物語を語る語り手がいることをも、読者に意識させてしまうのである。本文の随所にちりばめられた「何の事ぞ」、「所以ある哉」等の文語的な挿入句も、上演＝口話的な語り手の存在を強調する。先の表に挙げたような文末詞「た」の削除及び現在形への書き換えは、元々存在していたこの傾向を、さらに助長する方向に作用している。

ここで注目すべきは、文末詞「である」の削除と、文語（助動詞）の導入である。無論、文末の開閉や補正の過程で、「である」が前景化されたり（「愛娘で」から「愛娘である」へ等）、文語が除かれたりする場合（「嘘であらむ」から「嘘であらう」へ等）もあるが、比較すると、こちらの例の方が出現数は少ない。ここから、鏡花は、意識的に「である」を排そうとしていたと考えられる。特に注意を要するのは、「畳に陽炎が燃えるやうな風情である」から「畳に陽炎が燃えるやうなり」へのように、「である」を除いた後に、文語を付加している例である。明治二九年に、尾崎紅葉『多情多恨』、二葉亭四迷改訳「あひゞき」によって文末詞「である」を用いた「言文一致体」がひとまず完成して以後、それがほぼ自明の「文」となりつつあった明治四〇年代において、この書き換えは明らかに逆行的である。

このように、鏡花は文末詞「である」を付加するよりは削除する方向で、『婦系図』を改稿した。もちろん、「である」や「た」を完全に排除してはいないが、鏡花がこれらの文末詞を特権視していたわけではなかったことが、この改稿から読み取れる。その結果、『婦系図』の地の文の文末は、動詞の現在形、体言止め、「た」「だ」「である」といった「言文一致」に関わる文末詞、そして、文語の助動詞が横並びに混在することとなった。鏡花は、言文一致体よりも、この一種の混成的な文体の方が、小説の現前性を保証し得ると考えていたようである。この時期に発表された談話の中で、鏡花は「自然派」の〝リアリズム〟を真っ向から批判しているが、こうした『婦系図』の改稿を踏まえれば、それらを「自然派」への単なる感情的な反発とのみ捉えるわけにはいかないだろう。

三、鏡花的フォルマリスムの射程

明治四〇年から四三年の間に鏡花が発表した談話は、論理の展開に独特の難解さがあるものの、総じて彼の小説観を具体的に伝える貴重な資料となっている。たとえば、地の文の「語尾」については、次のように述べている。

（前略）言文一致体の語尾の「だ」と「である」との事で、予は「だ」といふと強く当り過ぎると思ふ。文章であるから、対話とは違ふから好いが「だ」では、読者に失礼なやうな心地がする。「である」ばかりを、使へもせぬが、此の方が好い、予は何もさう窮屈に考へずとも、「なり」でも「けり」でも使つて可《よ》い、文の前後で不調和にならなければ可いと思つて居る。（中略）例の「……皇国の興廃此一戦にあり」といふ文を、言文一致に解釈して、「……此一戦にありだ」といへば言文一致体、「あり」では言文一致でないと言ふのは何うであるか、「……此一戦にありだ」の「だ」を省いたと見ても可いではあるまいか、総て此処等は自由に行きたい。（中略）予は文章は見るべきものではなく、読むべきものだと思ふ。口に出して分らぬやうなのは好く無い。会話のみを云ふのでは無い、例へば「雨が降る」と云つても、雨の音が聞えなければならぬ。（中略）「雨が降る」といふ文章を見て、其の感の無いのは眼に訴へるので、書いてあるから、雨が降つてるのだなどは宜しく無い。ツマリ、耳に聞かす注意がないからである。

（「文章の音律」明治四二年五月「明治評論」）

二葉亭四迷は「余が言文一致の由来」（明治三九年五月「文章世界」）の中で、「です調」を採用した山田美妙に対し、自身は「だ調」を採ったと回想している。一方鏡花は、二葉亭の採用した「だ」と、「である」を比較し、後者に優位を与えた上で、その理由を、「『だ』では読者に失礼なやうな心地がする」と説明する。

柄谷行人は、二葉亭の判断の背景には、話者と聞き手の関係性が、常に「語尾」によって規定される「日本語の性質」があったとしている。その上で、二葉亭には、「です」と「だ」では、相対的に「だ」の方が「関係を超越したニュートラル（中性的）な表現」、つまり「『敬語なし』に近くみえた」ため、「だ」を選択したと分析している[10]。鏡花はそのような「語尾」である「だ」を、「強く当り過ぎる」と捉えていた。絓秀実は、柄谷の分析を受けて、「話者の読み手に対する」「尊大感」を与える「だ体（た体）」が、「音読的・口話的コミュニケーションのスタイル」の中では、余計にその「話者の『粗略の感性』がなまに露呈される」と指摘している[11]。鏡花の小説観は、単純に「音読的」であったわけではないが、「文章は見るべきものではなく、読むべきもの」という意識を、終生捨てることはなかった。そのような鏡花が、「だ」（あるいは「た」）を回避しようとしたのは、ごく自然なことであったといえる。

では、「である」についてはどうであろうか。鏡花は「此の方が好い」としながらも、「『である』ばかりを、使へもせぬが」と断っている。絓は「『である』体によって統括されたいわゆる言文一致体」を、「音読的・口話的コミュニケーションを滅ぼすところの『文』をめぐって成立」したものと規定している[12]。絓が、「『である』体が滅ぼしたもの」として挙げる「音読的韻律」と、「紅葉＝硯友社的美意識」ともいわれる「『雅文』的な『詩《ポエジー》』概念[13]」は、いずれも鏡花の創作を担保する重要な要素である。鏡花は、自身の創作の根幹を揺るがす「である」という文末詞に、一種の脅威を感じていたとも考えられる。

いずれにせよ、この談話中の鏡花の最終的な結論は、「『なり』でも『けり』でも使つて可《よ》い、文の前後で不調和にならなければ可いと思つて居る」というものであり、この意識は、『婦系図』の文末詞の変更方針に直接反映されている。重要なのは、鏡花が、「『……皇国の興廃此一戦にあり』」と「『……此一戦にありだ』」とを比較し、

「『あり』では言文一致でないと言ふのは何うであるか、『……此一戦にありだ』の『だ』を省いたと見ても可いではあるまいか」と主張していることだ。鏡花は両者の違いを、単純に「だ」の有無にのみ還元している。ここで改めて、鏡花が小説（文章）の現前性を確保するためになにが必要だと考えていたのかを確認してみよう。

> 自分と云ふものを挟まないで、観たまゝを書くと云ふのには、余程の工夫がないと書きこなされるものではない。／私は、自分の思ふことを議論で云ふことが甚だ不得手であるから、喩へて云ふが、茲に一尺の長さの物があるとする。それを見たまゝに書いて、読む人が果して一尺と感ずるか何うかと云ふことが問題である。一尺と書いたつもりでも、或る場合には一丈に見えることがあるかも知れず、又、五寸にしか見えないことがあるかもしれない。即ち、其処に工夫を要することと思ふ。一丈位に形容して漸く一尺位の感じしか与へられないこともある。又五尺位に書いて漸く一尺に見えることもある。其処が描写の工夫である。若し一尺の物を一尺に書いて五寸にしか見えなかつたなら、其処で平面描写と云ふものの第一義を失つて了ふことになりはしないか。
>
> （「平面描写に就きて」明治四三年三月「新潮」）

この談話は、田山花袋の「平面描写」論に対する鏡花の批判であるが、ここで問題にされているのは、明らかに小説の現前性に関わる事柄である。「『雨が降る』といふ文章を見て、其の感の無いのは眼に訴へるので、書いてあるから、雨が降つてるのだなどは宜しく無い。ツマリ、耳に聞かす注意がないからである」（「文章の音律」）等の主張から、鏡花は、「文章」を「文」ではなく「言」の問題として考えていたようにみられがちである。しかし、鏡花が単に音読・口話的スタイルに固執していただけの作家でなかったことは、こうした談話の内容からも明らかである。「一尺の長さ」（あるいは「雨が降る」）という内容を、「自然かつ透明に」（絓）読み手に受容させる「文」をいかに獲得すべきかという課題は、他の作家同様、鏡花にも当然意識されていたのである。加えて鏡花は、このような現前性を成立させるためには、ある種の「工夫」が必要であり、それを上手く機能させなければ、「一尺の物を一尺に書いて五寸にしか見えな」いというような事態に陥ってしまうことにも気づいていた。「予の態度」（明治四一年七月「新声」）において見られる、次のような「無飾とか、無技巧とか云ふ或る一派の論者」に対する激烈な批判は、鏡花のこうした「文」への拘泥を踏まえてみなければ、理解しがたいものとなるだろう。

　私は近頃の無飾とか、無技巧とか云ふ或一派の論者には、到底賛成が出来ない。彼等は如何なる意味から言つてるか解らぬが、私の考へから云ふと、文字そのものが已に技巧であると思ふ。従つて其の文学《ママ》の排列布置、亦技巧であらねばならぬ訳となる。譬へば浅草の観音と云ふも、忍ヶ岡と言ふもやはり技巧である。つまり観音の歴史や、記録や、建築や、又はその場所等を互に綜合して浅草の観音なる渾一した名詞が――技巧に依つて――作られたので、若し之を無技巧にして現さうとならば、――浅草観音と言ふ名称を用ゐずに――何尺角の木材と、何貫何枚の瓦と、何匁の鉄と何個の人夫とを以て、築き上げたる何個の物体とでも言はねばなるまい。いやこれすら已に技巧を要することかも知れない。

　ここで鏡花は、「文字そのものが已に技巧である」と主張するが、直後に提示されている例が、「名詞」であることに注目したい。鏡花にとって、「歴史や、記録や、建築や、又はその場所等を互に綜合し」たものとしての「名詞」は、それだけですでに「技巧」だという。ここで「技巧」と呼ばれているのは、「名詞」としての「文字」の圧縮・「綜合」の機能である。様々な表象が、「文字」の下に「綜合」され、「文字」を通じて一挙に提示される。たとえば、「浅草の観音」という一語が示されるやいなや、その背後に堆積された「観音の歴史や、記録や、建築や、又はその場所等」が読み手に現前することになる。

しかし、見逃してはならないのが、その「名詞」の具体例として挙げられた「浅草の観音」「忍ヶ岡」は、いずれも「名所旧跡」、すなわち「歴史的・文学的な意味（概念）におおわれた場所」（柄谷）であるということだ。確認すれば、こうした「歴史的・文学的な意味（概念）」を捨象し、「それまで事実としてあったにもかかわらず、だれもみていなかった風景を存在させる」[14]ための「技巧」こそ、「浅草の観音」を「何尺角の木材と、何貫何枚の瓦と、何匁の鉄と何個の人夫とを以て、築き上げたる何個の物体」と解体していくような「描写」なのである。鏡花は、このような「描写」を「無技巧」の例として挙げたものの、「これすら已に技巧を要することかも知れない」と結論している。これは正鵠を射た指摘であるといえるだろう。鏡花の「無飾とか、無技巧とか云ふ或る一派」、つまり花袋を中心とする「自然派」に対する強い反発は、なによりもまず、彼ら自身が拠って立つところの「描写」に内属する「技巧」性を忘却し、あたかも「書く」ことが自明（「無技巧」）であるかのように振る舞う態度に向けられていた。

四、恩寵としての「音調」

鏡花が「自然派」の「無技巧」に対して、舌足らずながらも批判を行うことが出来たのは、彼独自のフォルマリスムのためである。繰り返すが、鏡花は単に「音読的韻律」の世界にたてこもっていたわけではない。彼にも、内容の現前性は、形式に優先されねばならないという意識はあった。事実、明治三〇年代の初頭から、鏡花は自らの形式に、「た（だ）」「である」といった文末詞を導入し、積極的に「言文一致」を試みていた[15]。しかし、鏡花は結局、物語内容を現前させる「文」として、言文一致体が最適であるとは認めなかった。

も一つ例をあげると、背後《うしろ》から風が吹いて来るとか、前から景色が迎へるとかいふのは、描写する場合別に骨も折れないが、若し茲に一人の人があつて、波打ち際を行くとする。此場合、人と波とは横向きになつて、斜面の形をなしてゐる。こんな時は、在来の習慣上、「人が波打際を行く」とさへ云へば宜いことになつてゐるが、私から云はせると、唯「人が波打際を行く」だけぢや、波と人との描写にはならぬと思ふ。一波一波寄せて来るその調子と、人の歩いて行く調子とが浮いて来なければ駄目だと思ふ。が、これは余程その作者の技倆を要する場面であつて、波も人間も両つながら活躍させるといふことは余程難しい。

（「描写の真価」明治四二年七月「秀才文壇」）

鏡花は、「人が波打際を行く」といったような「文」は、「波と人との描写」としてはまったく不十分であるとみなしていた。その理由は、一読して「一波一波寄せて来るその調子と、人の歩いて行く調子とが浮いて来」ることが無いからである。ここから、鏡花が小説の現前性の条件として最も重視していたものは、「文」の「調子」であったことが読み取れる。言文一致体は、「た」あるいは「だ」といった文末詞を「である」が統括するという「関係」によって、その透明性を獲得するとされる(16)。しかし鏡花は、その透明な無「調子」が、かえって現前性を阻害すると考えた。彼にとって、形式のもたらす「調子」の不透明性こそ、物語内容の現前を担保するものとみなされていたのである。

その結果、『婦系図』の地の文のように、「である」は他の文末詞を統括する「（論理的）繋辞《ファルス》」(17)としての特権的な地位を与えられず、あくまでも「調子」に奉仕する一文末詞の位置にとどめ置かれることになった。鏡花は、他の談話の中でも、「音律」「感情」といった言葉を使用しつつ、しばしば文章の「調子」について言及している。その談話の中で最も興味深いものが、「おばけずきのいはれ少々と処女作」（明治四〇年五月「新潮」）である。この談話は、鏡花の怪異観を説明したものとして紹介されることが多いが、ここでは、鏡花的フォルマリスムの論理を説明した一種の文章論として読んでいくことにしたい。

「おばけずきのいはれ少々と処女作」の冒頭で、鏡花は、「人間はこれに対して到底不可抗力のもの」であるという「超自然力」の存在を主張し、それを二つの側面から説明している。一つは、「鬼神力」で、これは鏡花を「畏れ」させるものとされ、その例として挙げられているのが、「三つ目小僧」「一本脚傘」といった「所謂妖怪変化の類」である。そして、もう一つが、彼に「加護」を与え、「鬼神力」の脅威から庇護する「観音力」である。この二つの力は従来、鏡花の怪異趣味についての具体的な説明とみなされることが多かった。だが、そのような限定的な解釈は、この談話の意義を矮小化することになりかねない。なぜなら、これらの概念が最終的に指し示すものは、鏡花的フォルマリスムに内在する論理だからである。

僕はかの観音経を読誦するに、「彼の観音経を念ずれば」といふ訓読法を用ゐないで、「念彼観音力」といふ音読法を用ゐる。蓋し僕には観音経の文句――なほ一層適切に云へば文句の調子――其ものが難有いのであつて、その現してある文句が何事を意味しようとも、そんな事には少しも関係を有たぬのである。この故に観音経を誦するも敢て箇中の真意を闡明しようといふやうなことは、未だ嘗て考へ企てたことがない。（中略）僕は唯かの自ら敬虔の情を禁じ能はざるが如き、微妙なる音調を尚《たふと》しとするものである。そこで文章の死活が又屢々音調の巧拙に支配せらるゝ事の少からざるを思ふに、文章の生命は慥かに其半以上懸つて音調（ふしがあると云ふ意味ではない。）の上にあることを信ずるのである。

ここで鏡花がいう「訓読法」とは、「観音経」の内容（意味）を志向する読み方のことであり、「音読法」とは、

「文句の調子」、すなわち経文の韻律を志向するものである。「文句の調子」が現前しさえすれば、「その現してある文句が何事を意味しようとも、そんな事には少しも関係を有たぬ」という鏡花の極端な主張は、「文章」一般についても、その「生命」は「慥かに其半以上懸つて音調の上にある」という確信に繋がっている。「観音力」は、突き詰めれば「文」の持つ「音調」それ自体のことであり、崇拝の対象として把握されていた。このような「信仰家」であった鏡花にとって、事実上無「調子」である「言文一致体」を「文」とみなすことは耐えがたかった。しかし鏡花は、形式は究極的には物語内容の現前性に奉仕するものでなければならないこともまた、理解していた。そのため、鏡花は「音調」を手放さぬまま、内容の現前性を確保する形式を模索することになった。『婦系図』の地の文改変も、そうした形式を確立する過程での、鏡花の努力の痕跡として捉えることができるのである。

注

（1）明治四〇年一一月「早稲田文学」誌上に掲載された、中村星湖・島村抱月による記事「モデル問題の意味及び其の解決」では、次のような整理がなされている。

島崎藤村氏の『並木』に対して、馬場孤蝶氏がその『並木観』を書いて以来文壇に一種の流行を作つて、同じ島崎氏の『水彩画家』に対する丸山霞晩《ママ》氏の不平録、または田山花袋氏の『蒲団』に対する中山某の第三者観とか云ふ風の物が雑誌『趣味』『中央公論』『新聲』等に現はれ、此等を中心として近頃、諸新聞雑誌で事実と作品もしくは作とモデルと云ふやうな問題が盛んに論ぜらるゝに至つた。

（2）この時期の文壇内における「父殺し」について論じたものに、絓秀実『「帝国」の文学　戦争と「大逆」の間』（平成一三年七月／以文社）の第五章「『父殺し』の二つの型」を挙げることが出来る。

（3）昭和一〇年五月「新潮」。この他にも、秋声は昭和一五年六月に「改造」誌上で行われた「文学雑談」でも、『婦系図』の主題は紅葉との葛藤にあると発言し、「間違つた家族主義への反抗」こそが作品の主題であると主張する久保田万太郎と対立している。

（4）紅葉の日記『十千万堂日録』（平成七年一月『紅葉全集』第一一巻／岩波書店）の明治三六年四月の部分には、この事件に関する次のような記述が残されている。

　一四日
　夜風葉を招き、デチケエシヨンの編輯に就いて問ふ所あり。相率て鏡花を訪ふ。（曜《ママ》妓を家に入れしを知り異見の為に趣く。彼秘して実を吐かず、怒り帰る。十時風葉又来る。右の件に付再人を遣し、鏡花兄弟を枕頭に招き折檻す。十二時頃放ち還す。疲労甚しく怒罵の元気薄し。
　十五日
　風葉秋声来訪。鏡花の事件に付き、之より趣き直諫せん為也。夜に入り春葉風葉来訪、十一時迄談ず。
　十六日
　夜鏡花来る。相率て其家に到り、明日家を去るといへる桃太郎（すゞ――引用者注）に会ひ、小使《ママ》十円を遣す。

（5）明治三二年一月「文庫」に掲載された「牛門の二秀才　泉鏡花と小栗風葉」では、鏡花は風葉と共に、将来の紅葉露伴の位置に立つべき若手作家として激賞されていた。だが、この時期には、同じ「文庫」に、次のような厳しい鏡花批判の記事が載っている。

　曾ては『文庫』の同人が、揃ひも揃つて鏡花贔屓であつた。而して自分は其の中でも殊に熱心な方であつたが、今や件の鏡花熱、全然冷却しきつて了つた。これは自分が新興の自然派の作物などに読みかぶれた故では少しもない。（中略）鏡花があの才で、一転して其の新境を開き得ないものかと残念に思ふ。が今日の鏡花には、もはや到底左様な望みはかけられぬ、鏡花は既に全く囚はれて了つた者らしい。これは風葉のやうに、何処までも若い者等と競争して勉強しやうといふ心懸けが無いからであらう。（中略）才を恃んで修養を務めぬ彼は、才を発揮し尽したあとに所有するもの貧しく、相弟子風葉が兎にも角にも年一年と進歩の道程を辿るに反して、あのなさけない退歩の有様はよと生意気ざかりの若蔵共に嘲られて居る。

（明治四一年七月／五十嵐白蓮他「余が好む作家及作物」）

（6）鈴木はこの論文の中で、「早瀬の遺書」の追加を始めとする後半部分の改稿は、主として「河野家」の「モデル」とされた「内田家」への配慮のために行われたものとみなすのが妥当との見解を示している。同様の見解は、内田亨

「『婦系図』のモデル」（昭和四一年一〇月「学士会会報」）や、村松定孝「鏡花研究新資料に関するノート」（昭和五一年七月「文学」）にも示されている。鈴木は、「『婦系図』の改稿にはそれを促す外的要因が存在し、従って構成の不均衡その他の作品の内部的要請による改稿とは質が違ったものであると言わざるを得ない。とすると現行の本文よりも初出の本文の方が、本来の作品世界に近く、『婦系図』の原モチーフを捉えるためにはふさわしいと考えられる。前篇後篇の枠をはずし、早瀬の遺書及びそれを付加する為に施された改変を排した形態で『婦系図』一篇の世界を考えて行くことが最も望ましい」と結論している。しかし、「早瀬の遺書」の有無は、作品の結末を大きく左右することになるため、単純に初出本文に回帰すればよいともいいきれない。この「早瀬の遺書」を巡る問題は、次章で詳しく論じる。

（7）柄谷行人『定本柄谷行人集1　日本近代文学の起源』（平成一六年九月／岩波書店）。
（8）野口武彦『近代小説の言語空間』（昭和五五年一二月／福武書店）。
（9）『日本近代文学の〈誕生〉』（平成七年四月／太田出版）。
（10）（注7）前掲書。
（11）（注9）前掲書。
（12）（注9）前掲書。
（13）（注9）前掲書。
（14）（注7）前掲書。
（15）この点については、本書の第三・四・五章で詳しく論じた。
（16）（注9）前掲書。
（17）ジャック・ラカン「ファルスの意味作用」（昭和五六年五月／佐々木孝次他訳『エクリⅢ』／弘文堂）。

第九章　妙子という「婦《をんな》」

――『婦系図』を司るもの――

一、分裂した主題

昭和一五年六月、「改造」誌上に掲載された対談「文学雑談」中で、徳田秋声と久保田万太郎は、泉鏡花『婦系図』の主題について、それぞれの見解を述べている。久保田が「間違つた家族主義への反抗」を描いた「伝奇小説」として『婦系図』を捉えているのに対し、秋声はあくまでも、鏡花が「自分のこと」を書いた作品として捉えている。対談中、二人の意見が一致することは無かったが、『婦系図』の主題を巡って行われたこの応酬には、現在でも久保田と秋声のどちらが正しかったか、即座に決定しきれない難しさがある。

『婦系図』の主題を確定することが難しいのは、この作品の前半部（以下「前篇」）と、後半部（以下「後篇」）で、物語の軸となるエピソードが異なっているように見えるからである。「前篇」では、主人公・早瀬主税と蔦吉の恋愛が、主税の師である酒井俊蔵の反対によって破局するまでの過程が前景化される。一方、「後篇」では、酒井の愛娘・妙子に縁談を申し入れた河野家が、彼女の「身元調べ」を行ったことに憤った主税が、河野家に隠されていた不義の秘密を暴き出し、滅ぼしていくまでが描かれる。これら二つのエピソードが、ほぼ同等の比重で扱われているため、「前篇」と「後篇」のどちらを重視するかによって、読み手による『婦系図』の捉え方も異なってくるのである。

たとえば、手塚昌行は、「『婦系図』は三十章に及ぶ長篇で前後二つの篇から成っている。その全体を貫くテーマは、人間性を無視した一家一門主義への反抗である」として、主として「後篇」のエピソードから『婦系図』の主題を導いている。(1)これに対して、吉村博任は、「この『婦系図』がその背後にあった事実の重さに報復され、それによって裏切られた結果を示している以上は、これまでどおりその有名な事件（鏡花とすゞの恋愛事件――引用者注）に依存する立場を捨てるわけにはいかない」と主張し、「前篇」のエピソードとその背後にある作家の自伝的事実を重視した上で、作品を読んで行く立場を採用している。(2)

手塚・吉村両者の立場の相違は、冒頭で言及した久保田・秋声のそれを反復している。しかし、二つあるエピソードの一方にプライオリティーが与えられれば、必然的に、もう一方のエピソードは抑圧される。したがって、『婦系図』の主題を統一的に把握するためには、「お蔦・主税系統の話と、河野家系統の話という主要な二系統の筋立てが相拮抗して併立している」(3)という状況を、統一的に解釈する視点を設定するところから始める必要がある。

このとき着目すべきは、『婦系図』に登場する女性人物たちである。中でも、蔦吉と島山菅子は、主人公である主税と特に親密な関係を持っており、『婦系図』のヒロインを決定しようとする場合、もっぱら彼女たちが候補に挙げられてきた。(4)見逃せないのは、『婦系図』のヒロインは蔦吉と菅子のどちらなのかという問いが、作品内に存在する「二つの筋立て」のうち、どちらを優先するのかという選択に結果的に通じていくことである。仮に蔦吉をヒロインであるとすれば、彼女と主税の関係に焦点を当てて構成された「前篇」を中心に解釈を行うことになる。一方、菅子をヒロインであるとすれば、彼女が実際に登場し始める「後篇」を軸に、解釈が行われることになるだろう。そのため、『婦系図』内に存在する「相拮抗して併立している」、「二系統の筋立て」を統一して解釈する視点を得るためには、蔦吉・菅子をヒロインとする見方をも相対化する必要が生じるのである。

本章では、蔦吉と菅子と共に、主税と親しい間柄である酒井妙子に注目する。彼女は主税の恋人というわけではないが、二人の間には物語の早い段階からその終局に至るまで、幼馴染という関係に還元することは出来ない感情の交流が、見て取れる。まず、この妙子がどのような存在として作中に登場するのかを分析し、彼女をヒロインと仮定して『婦系図』を解釈していく。そして、「前篇」と「後篇」のエピソードを統一し、新たに構造化する視点について考察する。(5)

二、「女学生」妙子の造形

鈴木康子は、前半と後半でストーリーが分裂をきたすという『婦系図』の「構成上の破綻」の原因を、「鏡花文学にとって基本的な母恋いのモチーフが皆無に近い」ために生じた、「女主人公の欠如」に求めている。鈴木はまた、「『婦系図』は個的存在の内側に向かわせる原理としての母性的モチーフの代わりに、父性的モチーフに支配されているため、鏡花の作品としては珍しく対社会的な開かれた姿勢を示すことになったのではないか」と推測している。(6)一方、山岡峰子は、他の鏡花作品にも言及しつつ、『婦系図』の中にも、「鏡花の母への憧憬で満たされた幼な心の小宇宙を色彩や形の上で表象」したものである「紫色に対する感覚や杜若のイメージ」が散見されることから、「母恋のモチーフが潜在している」ことを指摘する。そして、こうした「作品を越えた鏡花の心像世界」を踏まえれば、「菅子」や「お蔦」ではなく「杜若の絵を描き、紫の水を散らす」妙子こそが、「『婦系図』の女主人公」にふさわしいと結論する。(7)

両者の論考は、作品中の「母」の有無を巡って真っ向から対立しており、この状況自体が、『婦系図』における「婦《をんな》」が「母」へと単純に収斂されない存在であることを示唆している。その点で、妙子を「母恋」の象徴としてのみ捉えようとする山岡の分析には疑問が残る。だが、「母性的モチーフ」に対する「父性的モチーフ」といった対抗概念を設定し、前者が後者に単純に屈服しているとする鈴木の分析も、やや図式的過ぎるといわざるを得ない。重要なのは、妙子が「母」という表象から逸脱する「婦《をんな》」であり、仮に鈴木の指摘通り、『婦系図』が「父」の君臨する作品であったとしても、その「父」の支配の力学は、「婦《をんな》」の力学との相関によって測られねばならないということである。

『婦系図』の登場人物の背後に存在するとされるモデルたちの多くは、鏡花の近傍にいた人々の証言や、資料の精査により、現在かなり詳細に把握することが出来るようになっている。(8)しかし、妙子の場合は、その造形に深く関わる特定の人物を発見することが非常に難しい。

こうした中で工藤京子は、妙子が「女学生」と設定されている点に着目している。(9)工藤は、明治三〇年代後半以降、学生風紀の紊乱が社会問題化されていく過程で、特に「女学生のからむ現象、行為」が「『堕落』という烙印を押されてスキャンダラスに報じられることが多かった」と指摘している。その上で、こうした「女学生」に対するネガティブな「同時代の眼差し」は、『婦系図』の中にも少なからず反映されているとしている。その一方で、工藤は「『婦系図』に現役の女学生として固有名をもって登場する」妙子には、そのような「皮肉な眼差しが向けられることはない」と結論している。たしかに、妙子の言動から直接的に「堕落」のイメージを読み取ることは出来ない。だが、「女学生」妙子に関わる記述をより仔細に検討してみれば、彼女の造形も当時の歴史的文脈をある程度共有していることがわかる。

スキャンダラスな「女学生」ブームが生じた時期は、ちょうど日露戦中・戦後期に重なり合う。「（堕落）女学生」の存在は、健全な「市民」社会、あるいはそれを構成する「家族」の危機として喧伝されたのである。「女学生」は、日露戦時下に高揚したナショナリズムを背景にして、完全な統一性を達成したかのようにみえた市民＝国民的秩序の限界を暴露しかねぬ存在とみなされていた。(10)「女学生」とはいわば秩序に穿たれた穴であり、この時期に発表された小杉天外『魔風恋風』（明三六）、小栗風葉『青春』（明三八）などの「女学生」を題材とした小説は、この穴を埋めようとする努力の現れであったといって差し支えない。特に、『婦系図』の連載から数か月後に発表された、田山花袋の「蒲団」（明四〇）は、「日露戦後に成就したかにみえた『国民』的統合を乱す『匂ひ』であり『染み』であり『汚れ』」(11)としての「女学生」に、最も触知し得た小説として、日露戦後の作品中で特権的な位置を占めている。

鏡花の「女学生」一般に対する評価を垣間見ることの出来る資料には、「座談より」（明治四二年三月「東京日日新聞」）と「一度は恁うした娘の時代」（明治四二年六月「新声」）がある。共に『婦系図』発表後のものであるが、発表時期の近さから考えても、作品執筆当時もここに現れた評価と大差のない考えを持っていた可能性が高い。いずれの記事の中でも、鏡花は明確に「女学生」への強い嫌悪感を表明している。それでは、なぜ鏡花は「女学生」を主要な登場人物として『婦系図』に登場させたのだろうか。理由の一つには、当時、鏡花の文壇内での立場が非常に不安定だったことが挙げられるだろう。一般に「不遇の時代」とされるこの時期に、鏡花はあえて風葉や天外といった「自然派」と同様の題材を取り入れることによって、文壇内でのヘゲモニー争いに積極的に身を投じていったと考えられる。(12)

こうした状況を踏まえた上で、『婦系図』中の妙子に関わる記述を検討してみよう。「教室を出る娘たちで、照陽女学校は一斉に温室の花を緑の空に開いたやう、澆と麗かな日を浴びた色香は、百合よりも芳しく、杜若よりも紫である。（中略）妙子が居た。」（前篇四十六）のような描写、あるいは、妙子に憧れる「学校出」の若者たちから「酒井さんの天女《エンゼル》」（前篇三十七）と褒め称えられていることからも、「女学生」妙子がある種の「美」を体現していることは間違いない。しかし同時に見逃せないのは、父親である酒井俊蔵の酒席に頻繁に侍る妙子を、口さがない同輩たちが、陰で「お酌さん」と「冷評《ひやか》」している（同十二）という記述である。「お酌さん」を雛妓の意に解するか酌婦の意に解するかによって、この「冷評」から受け取る印象は随分異なってくるが、いずれにしろ、妙子は「天女《エンゼル》」と呼ばれると同時に、「泥水稼業」（同三十九）とも呼ばれる境遇に身を置く「芸妓《げいしゃ》」に近しい存在としても提示されている。さらには、後篇「二十七」において、妙子の実母が酒井の本妻ではなく、愛人の小芳であったことが判明するのである。

これらの妙子に関わる記述は、先に言及した花袋の「蒲団」に登場する「女学生」横山芳子が、ほかならぬ「醜業婦」のイメージに引き付けられていたことを髣髴とさせる。妙子と芳子を並列して論じた例はほとんど見られないが、『婦系図』と「蒲団」が、日露戦後期の「女学生」ブームのさなかに相前後して発表されたという事を考えても、妙子の「美麗《あでやか》」な「色香」と、芳子の「匂ひ」は共通の歴史的文脈を有していると考えるのが妥当である。妙子もまた、市民＝国民的秩序を危機に陥れる「汚れ」としての「女学生」表象の圏域に属している。そして、こうした「女学生」妙子を作品のヒロイン、すなわち特権的な「婦《をんな》」として読むとき、「婦系図」という表題の意味も明確になる。「系図」は血統の正統性を保証し、その起源を定めることで「家族」に通時的な秩序をもたらすものだが、そこに添えられた「婦《をんな》」とは、そうした安定した秩序を動揺させる「汚れ」だといえる。だが、秩序の他者たる「婦《をんな》」が存在しなければ、「系図」の全体性が確保出来ないこともまた事実なのである。「系図」は「婦《をんな》」を隠蔽することで、その同一性を保とうとするが、「婦《をんな》」を完全に抹消することは出来ない。「婦系図」とは、そうした秩序の葛藤状態自体を体現する、象徴的な表題なのである。

そうであるならば、次に問題となるのは、物語内容の次元において、「婦《をんな》」たる妙子が、「系図」的秩序とどのような関係にあるかという点である。次節では、鈴木が「父性的モチーフ」という言葉で表した「父」と妙子の関係性を分析することで、この問題を検討していく。

三、妙子と二つの「父」

『婦系図』には、「父性的モチーフ」を担う存在が二種類ある。一つは、妙子の実父・酒井俊蔵であり、もう一つは河野英臣とその嫡男である英吉を中心とした河野家の一統である。妙子は、英吉の結婚相手の候補に選ばれるという形で、前者のみならず、後者の河野家とも関わりを持つことになる。この二つの「父」は、妙子の縁談を巡って対立することになるのだが、まずは酒井と妙子の関係性から詳しくみていこう。

（ⅰ）酒井俊蔵と妙子

酒井俊蔵が、「父」として最も峻厳な態度を現すのは、柏屋の座敷で、弟子の主税と愛人の小芳を叱責する場面である。たとえば、主税と蔦吉の仲を取り持った小芳に対して「『酒井は芸者の情婦《いろ》を難有《ありがた》がつてると思ふんだらう。（中略）難有《ありがた》くないものを、何故俺の大事な弟子に蔦吉を取持つたんだい！』」（前篇四十一）と頭ごなしに怒鳴りつけている。そして、主税に向かっては、「『先生の命令《いひつけ》だ、切れつ了《ちま》へ。／俺を棄てる歟《か》、婦《をんな》を棄てる歟《か》。／むゝ、此の他に言句《もんく》はないのよ。』」（同四十五）と強く迫るのである。

しかし、「前篇」におけるこうした酒井の強硬な姿勢は、物語の最後まで維持されることはなく、「後篇」になって急激に軟化するのである。結核に罹り、瀕死の状態になっている蔦吉の枕頭で、酒井は「『間《なか》をせいたつて処女《きむすめ》ぢやない。真《まこと》逢いたくば、どんなにしても逢へん事はない。世間体だ、一所に居てこそ不都合だが、内証なら大目に見て遣らうと思つたものを、（中略）可哀相に』」（後篇四十六）と、蔦吉への同情を切々と語る。さらには、「『己《おれ》を早瀬だと思へ。』」と言い、蔦吉にせがまれるまま、口移しで薬を飲ますことさえするのである（同）。酒井俊蔵という「父」の厳格さは、ストーリーが展開していくにつれて、なし崩しにされていく。酒井の態度の軟化は、彼の厳しくも情に厚い性格を強調するためのものと解釈することも出来るが、それにしても極端過ぎる印象がある。

　酒井の「父」性が厳格な支配力を維持しきれないことは、彼の「情婦《いろ》」との関わり方においてもはっきりと示されている。酒井家は一見したところ、「酒井俊蔵と云ふ父親と、歴然《れつき》とした、謹（夫人の名。）と云ふ母親」（前篇四十）の下に、酒井が「まだ金釦であつたころの若木の花。夫婦《ふたり》の色香を分けた」（同三十）といわれる娘の妙子を置いた家庭として描かれている。だが、その背後には、自分の産んだ子を手放すことになった「情婦《いろ》」の小芳の悲痛が隠れている。「『あんな可愛いお嬢さんにお育てなすつたお手柄は、真砂町の夫人《おくさん》だけど、産…産んだのは私だよ』」（後篇二十六）と嘆く彼女は、「『思ふことは誰も同一《おなじ》だと、（中略）身につまされたもんだから』」（前篇四十五）と呟きつつ、酒井の眼を盗み、彼の「大事な弟子」である主税と蔦吉の仲を取り持っていく。物語の表舞台にほとんど姿を見せない謹の真情を窺い知ることは出来ないが、少なくとも小芳の方は、自らの立場を弁え、長年酒井の意に黙々と従うことに甘んじているように見えながら、結果的に彼に背くような振る舞いをしている。こうした小芳の行動を阻止するどころか、関知することさえ出来なかったこと自体が、酒井が自身の周囲に配した「情婦《いろ》」を、その采配の下に収めきれていないことを示しているのである。

　では、酒井俊蔵に対して「娘」として関係づけられている妙子は、この「父」をどのように見ているのであろうか。職を辞し静岡に都落ちすることになった主税との別れを惜しむ場面で、彼女は「『私がね、（お酌さん。）をして、沢山お酒を飲まして、然《さ》うして、其時に頼めば可《い》いのよ。父様《とうさん》が肯《き》いて呉れますよ。』」（同五十九）と懸命に言い募っている。この「お酌さん」とは、前節でも述べた通り、妙子が父親の酒席に侍る頻度を「冷評《ひやか》」した同輩たちの言葉である。それにも関わらず、彼女はこの揶揄を嫌悪するどころか、主税を説得するのに引き合いに出しさえしている。さらに、主税と別れて病の床についた蔦吉には、「『父さんはね、私や母様《かあさん》の云ふ事は、其は、憎らしくつてよ、些《ちつ》とも肯《き》かないけれど、人が来て頼むとねえ、何でも（厭だ。）とは言はないで、一々引受けるの。私ちゃんと伝授を知つて居るから、其を知らせて上げたいの（後略）』」（後篇二十四）と言って慰めている。この「伝授」とは、一言でいえば酒井という「父」的存在を懐柔するための方策を指す。そしてそれは、やはり彼女が「お酌さん」になることと大きく関係してくるのである。

「（前略）私がね、直《す》ぐに二階へ連れてつて、上げるわ。然《さ》うするとねえ、母様《かあさん》がお酒を出すでせう。私がお酌をして酔はせてよ。（中略）而《そ》したら最《も》う可《い》いわ。／是非、主税さんを呼んで下さい。電報で――電報と云つて頂戴、可《よ》くつて。不可《いけ》ないとか何とか、父さんが然《さ》う云つたら、膝をつかまへて離さないの。而《そ》して、お蔦さんが寂しがつて、こんなに煩らつていらつしやると云つて御覧なさい。あんなに可恐《こは》らしくつても、あはれな話だと直《じ》きに泣くんですもの、屹《きつ》と承知するわ。（後略）」（後篇二十四）

「天女《エンゼル》」のような天真爛漫さでもって、蔦吉と小芳にこの「伝授」をもちかける妙子は、酒井の「父」性に掣肘を加えているものの所在をはっきりと見抜いている。自ら「お酌さん」であることを引き受けるとき、彼女は酒井家のあどけない「娘」から、「父」の眼を逃れたところで不穏なことを仕出かしているかもしれぬ「芸妓《げいしや》」の「情《い》婦《ろ》」へと変貌している。

　ここで明らかになるのは、「天女《エンゼル》」とも「情婦《いろ》」ともなり得る妙子＝「婦《をんな》」を、「嬰児《あかんぼ》」（前篇三十七）の如き無力な「娘」という役割に留めおくことによってのみ、酒井を「父」とする「家族」が成立し得るのだということである。そして、妙子を酒井家という「系図」に参入させるために、彼女の真の起源＝母親たる小芳は必然的に隠蔽される。だが、これまでみてきた通り、この「系図」の創設が成功しているとは言い難い。妙子は「系図」内において振り分けられた〝正統〟な位置を逸脱し、やがては「系図」的秩序が抑圧した空隙とでもいうべき小芳との邂逅すら果たしてしまう。こうした「婦《をんな》」に対し、「父」である酒井の厳格さは、なんの効力も発揮しないのである。

（ⅱ）河野家と妙子

続けて河野家と妙子の関係性をみていこう。河野家は、家長の河野英臣を頂点とした〝名門〟の家庭として描かれている。妙子は、この一家の長男である英吉の結婚相手の候補に選ばれるという形で、河野家と関わりを持つことになる。

まず、河野家にとって結婚、あるいは「縁談」という行為がどのような意味を持っているのかを確認してみよう。英吉の言葉によれば、河野家は「兄弟一家一門を揃へて、天下に一階級を形造」らんとする英臣の「主義」に貫かれ、そのための「人才」を「引着ける」のが、英吉の姉妹だとされている（前篇二十）。「『君、僕ン許《とこ》の妹たちは、誰でも其註文に応ずるやうに仕立ててあるんだ』」（同十九）という英吉の自信に満ちた言葉の通り、彼女たちは生後間もなくから、自家にとって最も有利な結婚をするべく、両親、特に母親によって万事「躾られる」。健康面でも万全の配慮がなされ、嫁いだ後も、河野家の名義のまま保管されるという多額の積立貯金を「化粧料、小遣い」と出来るほどの経済的余裕も確保されている（前篇十八）。こうして育て上げられた彼女たちの結婚を、英吉は次のように評している。

「（前略）けれども、品行の点は、疑へば疑へると云ふだらう。其処はね、性理《ママ》上も斟酌をして、徐々《そろ〳〵》色気が、と思ふ時分には、妹たちが、まだ〳〵自分で、男を何《ど》うの恁《か》うのと云ふ悪知恵の出ない先に、親の鑑定《めがね》で、婿を見附けて授けるんです。／否も応も有りやしない。衣服《きもの》の柄ほども文句を謂はんさ。謂はない筈だ、何にも

知らないで授けられるんだから。しかし間違ひはない、其処は母さんの目が高いもの。」（前篇二十）

河野家の姉妹たちは、主税の言葉を借りれば「学士を釣る餌」（同二十）、つまり「一家一門」にふさわしい「人才」を獲得するための手段なのである。女児と「婿」との整然とした「交換」（同十七）こそが、河野家にとっての結婚なのであり、「交換」の際に提示される双方の「条件」を交渉・決定する場として機能するのが「縁談」だといえるだろう。ここで注目すべきは、こうした「交換」が行われる時機である。英吉によれば、それは姉妹たちが「色気」を持ち始める頃に行われるのだが、このことは彼女たちの「色気」が、河野家＝「系図」の体系にとっていかに脅威であるかを逆説的に示している。「色気」はやがて「悪知恵」となり、「系図」を根底から揺るがし瓦解させかねない逸脱を誘発する。姉妹たちを「娘」から「妻」へと「交換」し、「系図」の秩序に奉仕させるためには、なによりもこの「色気」が「悪知恵」へと発展する以前に抑圧される＝「躾られる」ことが必要となるのである。

一方で、女系一家に生まれた唯一の男子である英吉は、河野家の「系図」の中での立場は姉妹たちと異なっている。英吉は将来的に「系図」を継ぎ、その秩序を統括する存在＝「父」となるべき人物である。彼は自身を河野家の「理想」の「中心」と捉えており、だからこそ「一家《いつけ》の女王《クキーン》」として彼と共に「其の中心に据《すわ》らうと云ふ妻《さい》」を選ぶのには、「『大《おほい》に慎重の態度を取らんけりや成らんぢやないか』」と主張する（同二十）。

しかし、前篇十九において「『（前略）君は惚れたんだらう、一も二もなく妙ちやんを見染めたんだ』」と主税に詰め寄られ、それを肯定した英吉は、その時点で「系図」から逸脱する第一歩を踏み出していたのである。なぜなら、「惚れ」るとは、「色気」と同様、「交換」を失調させ、ひいては「系図」全体を揺るがしかねない情動だからだ。そもそも、もし英吉が、徹底的に自家の「理想」に根ざした「交換」の論理に従おうとするならば、酒井や主税の態度の如何に関わらず、「実は柳橋の芸者の子」である妙子と結婚することは不可能なのだ。事実、このことを知った英臣は、「『そんな賤しい素性の者なら、譬《たと》へ英吉が其の為に、憧《こが》れ死をしようとも、己《おれ》たち両親が承知をせん。家名に係はる』」（後篇五十六）と言い切っている。等価な「条件」の下での「交換」によって支えられる体系自体の維持・発展が何よりもまず優先される河野家の「理想」に照らせば、「一家の女王《クヰーン》」たる「条件」を「通過」しない妙子との「縁談」が、遠からず破談となるのは当然なのである。だが、すでに「交換」の論理に回収されない、むしろそれに対立する「惚れ」るという情動の虜となっている英吉は、そのような論理的帰結を決して受け入れない。

英吉は今や妙子という「婦《をんな》」に憑かれ、河野家にとって「大勢の兄弟中《なか》に、漸《やつ》と学位の取れた、かけ替へのない人」（同三十六）であり、ゆくゆくは英臣の後を継いで「一家一門」を統べる「父」となるはずだった立場から、「勘当同様」の身分にまで零落していく。元来七人兄妹中唯一の「男」という有徴性を帯びた存在であった彼は、こうして本格的に「系図」の「汚点《しみ》」（同三十九）となってしまう。そして、この英吉の「汚点《しみ》」化は、結果として河野家全体を蝕んでいくことになるのである。

たとえば菅子は、「『自分の名誉を犠牲にして、貴下《あなた》から妙子さんを、兄さんの嫁に貰はう、然《さ》う思つて此方へ往《ゆき》来をして居るの』」（同三十七）とかき口説きながら、妙子の「縁談」に関する決定権を持った主税との不義に身を投じて行く。また、長女の道子も、彼女の出生の秘密をもたらした主税と、なし崩し的に関係を持つことになる。さらに、「四番目の娘」は、道子と主税の不倫の事実を隠蔽するために、道子の夫である「医学士」に「押附」られ「傷物」にされてしまう。こうして、河野家の「中心」である英吉を襲った異変は、「交換」の手段として育てられる過程で、注意深く管理されてきた河野家の姉妹たちをも連鎖的に巻き込み、「汚点《しみ》」化していくのである。

英吉の「汚点《しみ》」化は、彼が妙子に「惚れ」てしまったことに原因がある。そうであるからこそ、英吉は「縁談」

が難航したことにあれほど「失望」したのだ。このことは結果として、河野家の「系図」上に、いくつもの別の「汚点《しみ》」を「呪詛《のろ》」いのように連鎖的に浮かび上がらせることになるのである。

このように、酒井・河野という二つの「系図」的秩序は、いずれも妙子＝「婦《をんな》」によって腐食させられてしまう。この「婦《をんな》」による「系図」への侵食が極点に達した時、物語もまた終局を迎える。次節では、単行本出版の際に付け加えられた「早瀬の遺書」を手掛かりに、物語を構造化する「婦《をんな》」の審級を考察していくことにする。

四、「抹消」される「婦《をんな》」

これまでみてきた通り、妙子は酒井と河野、いずれの「系図」的秩序にも収まりきらぬ存在として描かれているのだが、それを強調するのが前篇五十五以降の「はなむけ」の場面である。この中で酒井は、主税に妙子の「縁談」に関わる決定権の一切を与えると宣言する。このとき主税は、蔦吉と別れ、スリ帮助のスキャンダルにも巻き込まれた挙句、失意の内に都落ちしようというところであった。つまり、彼は東京という共同体に属しつつも、追放者の烙印を押されたという意味では、もはやその内側に安んじてはいられない両義的な位置に立っていた。こうした境界上にある主税に、「縁談」の決定権が預けられることによって、妙子もまた秩序の縁にいるものであることが強調される。その後の主税は、英吉に妙子との結婚を決して許さず、彼は次第に「煩悶」の深みにはまり込む。そしてついには、宮畑閑耕と組んで、蔦吉を見舞って帰宅しようとしていた妙子を「地獄宿」に連れ込み、無理やり意のままにしようとする暴挙にまで出てしまうのである（後篇二十八）。

主税－妙子－英吉の潜在的な三角関係を内包しているともいえる『婦系図』は、結局酒井と河野の「系図」の狭間に彼女を宙吊りにしたまま、主税の服毒自殺によって幕を閉じる。この自殺はいかにも唐突なものであるが、初出本文においては、妙子の眠る傍らで死んだとされるのみで、動機の説明等にあたる記述は一切みられない。だが、連載から約一年後に出版された単行本の本文には、次のような英吉宛ての「早瀬の遺書」の内容が追加されているのである。

早瀬の遺書は、酒井先生と、河野とに二通あつた。其の文学士河野に宛てたは、――英吉君……島山夫人が、才と色とを以て、君の為に早瀬を擒にしやうとしたのは事実である。又我自から、道子が温良優順の質に乗じて、謀つて情を迎へたのも事実である。けれども、其の孰の操も傷つけぬ、双互に唯だ黙会したのに過ぎないから、乞ふ、両位の令妹のために其の淑徳を疑ふことなかれ。特に君が母堂の馬丁と不徳の事の如きは、あり触れた野人の風説に過ぎなかつた、――事実でないのを確めたに就いて、我が最初の目的の達しられないのに失望したが、幸か、不幸か、浅間の社頭で逢つた病者の名が、偶然貞造と云のに便つて、狂言して姉夫人を誘出し得たのであつた。従つて、第四の令妹の事は固より、毒薬の根も葉もないのを、深夜蛾が燈に斃ちたのを見て、思ひ着いて、我が同類の萬太と謀つて、渠をして調へしめた毒薬を、我が手に薬の瓶に投じて、直ちに君の家厳に迫つた。／不義、毒殺、たとへば父子、夫妻、最親至愛の間に於ても、其の実否を正すべく、是を口にすべからざる底の条件を以て、咄嗟に雷発して、河野の家庭を襲つたのである。私は掏賊だ、はじめから敵に対しては、詭謀権略、反間苦肉、あらゆる竦手段を弄して差支へないと信じた。／要は唯、君が家系門閥の誇の上に、一部の間隙を生ぜしめて、氏素性、恁の如き早瀬の前に、幾分の譲歩をなさしめむ希望に過ぎなかつたに、思はざりき、久能山上の事あらむとは。我は偏に、君の家厳の、左右一顧の余裕のない、一時の激怒を惜むとゝもに、清冽一塵の交るを許さぬ、俊厳なる其の主義に深大なる敬意を表する。／英吉君、能ふべくは、我意を体して、更めて酒井氏の阿嬢を娶りて、より美く、より清き、第二の家庭を建設せよ。人生意気を感ぜずや云々の意を認めてあつた。／門族の栄華の雲に蔽はれて、自家の存在と、学者の独立とを忘れて居た英吉は、日蝕の日の、触の晴る丶と丶もに、嗟嘆して主税に聞くべく、其の頭脳は明に、其の眼は輝いたのである。

（明治四一年六月『婦系図　後篇』／傍線は引用者）

この「遺書」に、妙子を河野の「系図」へと差し戻す意図が現れていることは、傍線部からも明らかである。宙吊りにされていた「婦《をんな》」は、英吉の「妻」となり、新たな「家庭」の秩序へと参入させられる。それは結果として、『婦系図』をありふれた「家族」の物語《ファミリーロマンス》として構造化することを意味する。だが、春陽堂版『鏡花全集』収録に際し、この「遺書」にさらなる改稿が行われたことで、事態は複雑化する。

（ここまで単行本本文と同文）英吉君、能ふべくは、我意を体して、より美く、より清き、第二の家庭を建設せよ。人生意気を感ぜずや——云々の意を認めてあつた。（以下、単行本本文と同文）

早瀬は潔く云々以下、十九行抹消。——前篇後篇を通じ其の意味にて御覧を願ふ。はじめ新聞に連載の時、此の十九行なし。後単行本出版に際し都合により、徒を添へたるもの。或はおなじ単行本所有の方々の、こ丶にお心つかひもあらむかとて。

（春陽堂版『鏡花全集』巻七／（　）内は引用者）

最大の変更点は、「遺書」の直後に付された「抹消」の断り書きである。「早瀬の遺書」は一読して分かる通り、それまでの『婦系図』の展開を根底から覆すような内容となっている。春陽堂版全集の時点では、この「遺書」によるどんでん返し自体が否定されたわけである[13]。だが、事はそれだけに留まらない。単行本と春陽堂版全集、両者の「遺書」は一見同一のようだが、実際はそうではないのだ。先に引用した前者の傍線部「更めて酒井氏の阿嬢を娶りて、」が、後者では削除されているのである。

鏡花が何故このような錯綜した改稿を行ったのか、その意図を忖度することにあまり意味はないだろう。むしろ、この改稿が『婦系図』の構造に対して、どのように機能しているかを考えるべきである。改めて確認すると、「遺書」から削除されたのは、妙子に言及した部分のみということになる。このことは、端的に妙子の不在化を意味しているといえよう。さらに、その削除の空白に対して「抹消」が加えられることによって、空白は単なる空白から空集合（∅）、すなわち普遍的な無となる。(14)つまり、妙子は「酒井妙子」という『婦系図』内の登場人物としての具体性から離脱し、作品構造そのものを支える不在の中心＝「婦《をんな》」として象徴化されたと考えることが出来るのである。

一方で、本文に残された「遺書」は、空白の痕跡として読み手の前に現れる。この「遺書」を読んだとしても、主税が英吉と妙子との結婚を許したか否かについて、読み手は明確な判断が下せない。そのとき我々は、宙吊りにされたままの「婦《をんな》」の行方を、ひいては『婦系図』の「結末」を知りたいという衝動に強く駆られる。それはすなわち、物語に穿たれた空白を埋めようとする欲望である。しかし、「遺書」をいくら辿ってみても、空白を埋めることは不可能なのだ。仮に、この「遺書」を文字通り「抹消」してみたとしても、そこには一人の少女が眠っているだけであり、読み手が期待するような「結末」は何も描かれていない。それでも、読み手は「婦《をんな》」の後を追うようにして『婦系図』を読んでしまわざるを得ない。残存する「遺書」は、不在の中心たる「婦《をんな》」への到達を阻むと同時に、この「婦《をんな》」へと到ろうとする読み手の欲望を不断に指嗾する。

現在も本文として流布している「遺書」と「抹消」の断り書きは、我々を絶えず「遺書」以前へと差し戻す。この読みの還流とでもいうべき力学を保証するのは、ほかならぬ「婦《をんな》」である。「婦《をんな》」は『婦系図』を構成する不在の中心＝「女王《クキーン》」として、「系図」の上に君臨する。しかし、この「女王《クキーン》」は、自ら統御する「系図」の物語を侵す「汚点《しみ》」でもある。そして、こうした「婦《をんな》」を描くことは、鏡花自身の意図を超え、すでに市民＝国民的秩序への本質的な挑戦ともなっている。(15) その意味で、『婦系図』もまた、日露戦後という歴史的文脈を負った作品として読まれる必然性を有しているといえるのである。

注

（1）「泉鏡花『婦系図』主題考」（昭和四八年五月「日本近代文学」八集）。
（2）「『婦系図』における『愛と婚姻』——鏡花と妻すずの場合」（昭和五〇年一二月「解釈と鑑賞」）。
（3）松村友視「『婦系図』の背景——〈静岡〉の意味するもの——」（昭和五八年六月「文学」）。
（4）『婦系図』舞台化（明治四一年九月）に伴い、柳川春葉と喜多村緑郎の手によって、蔦吉と主税の関係性を中心に作品が再構成されたことも、ヒロイン＝蔦吉との見方を加速度的に強めた大きな要因の一つと考えられる。一方、菅子については、実際に舞台を鑑賞した後に出された「新富座所感」（明治四一年一一月「新小説」）中で、「一体原作では、殆ど菅子が女主人公で、お蔦はさし添」と鏡花自身が明言している。
（5）妙子をヒロインとして『婦系図』を読むことを試みたものの先行論としては、若桑みどりの「鏡花とプロテスタンティズム」（昭和六〇年六月「国文学」）を挙げることが出来る。また、穴倉玉日は「『婦系図』—二重化する主人公—」（平成一二年三月「鏡花研究」九号）の中で、「『婦系図』における妙子の存在は、守られる対象としての早瀬の行動を支配し誘導することで、その作品構造をも支配していたのかもしれない」との指摘を行っている。
（6）「『婦系図』論」（昭和五三年二月「国語と国文学」）。
（7）「紫色に表象される母恋のイメージ—泉鏡花『婦系図』論—」（昭和五六年三月「南山国文論集」五号）。
（8）『婦系図』の登場人物たちのモデルに言及した証言や先行論は多数あるが、代表的なものとして、寺木定芳『人、泉鏡花』（昭和一八年九月）、柳田泉「『婦系図』の後半について」（昭和四〇年一月『日本現代文学全集』「月報五二」）、内田亨「『婦系図』のモデル」（昭和四一年一〇月「学士会会報」）等が挙げられる。

（9）「『婦系図』成立の背景」（平成六年一二月「年刊　日本の文学」）。

（10）絓秀実『「帝国」の文学　戦争と「大逆」の間』（平成一三年七月／以文社）。

（11）（注10）前掲書。絓は「蒲団」末尾の記述から、「もの《フェティッシュ》」としての「女」を析出している。

（12）明治四〇年前後の鏡花による自然主義批判については、前章参照。

（13）村松定孝「鏡花研究新資料に関するノート」（昭和五一年七月「文学」）参照。また、初出－初版本文間の異同については、（注6）鈴木前掲論文で詳細な分析が行われている。

（14）この点については、小笠原晋也『ジャック・ラカンの書』（平成二年二月／金剛出版）の議論を参考とした。

（15）『婦系図』後篇「八」で、菅子が父親である英臣の「著述」について説明を行っている。単行本版以降の本文では「家族主義の事に就いて」となっているが、初出本文においては「家族主義――国家主義に就いて」とされていた。鏡花が「家族主義」と「国家主義」は通底していると直感的に捉えていたことを示唆する一例といえるだろう。

第十章　白い媒介者

――『白鷺』における師‐父と「女」の機能――

一、二つの贖罪――ポスト『婦系図』としての『白鷺』――

『白鷺』は明治四二年一〇月一五日から一二月一二日まで「東京朝日新聞」に連載され[1]、翌四三年二月、春陽堂より出版された[2]。また、同年四月には柳川春葉脚色のもと、喜多村緑郎らによって本郷座で上演された。

ところで、本作のヒロインである小篠（お篠）にモデルが存在することは、「東京朝日」での連載中から、周知の事実であったようである[3]。この人物は名を杉本お富といい、長谷川時雨「明治美人傳」第一回にも取り上げられている[4]。寺木定芳の回想によれば、鏡花はこのお富と「大浮気」をし、「一時は先生の打込みやうが相当なもので、流石の奥さんも、それ程なら自分が身を引いてもとまで思ひ詰めた事もあつた」という[5]。家庭生活に深刻な影響を及ぼした「大浮気」であったが、鏡花は結局お富との関係を清算する[6]。

鏡花がこの恋愛事件を小説化した動機については、すでにいくつかの先行研究の中で考察されている。たとえば松村友視は、本作を「鏡花内部での願望の補償という自己演技の意味あい」を持つ「〈自家用小説〉」として、その「補償」を象徴するお稲（主人公・稲木順一の妻）と小篠が手を取り合う大団円に向け、「お稲と同じ立場に読者を同化させること」を目指したがゆえに生じた本作の語りの複雑さに注目している[7]。また、吉村博任は「お稲と小篠の幽霊が手を取って睦み合う結末を描くことによって、現実の妻すず《ママ》に許容を求め謝罪を示す下心があったものと思われる」と推測し、松村と同様に、妻への贖罪及び正妻と愛人との和解を望む「鏡花の退っ引きならない自家用的事情と思惑」を読み取っている(8)。

一方で吉村は、「そもそも『白鷺』は、紅葉のファンであり、紅葉の小説が好きだというお富との出会いによって始めて、鏡花が発想出来た作品」であるとして、お富（小篠）と鏡花（順一）の関係を成立させる媒介者となった尾崎紅葉（伊達白鷹）の存在を重視し、本作には、すゞへの謝罪意識とは別に、「伊達画伯の登場とその描き方によって、亡き紅葉の名誉挽回を期」そうとする鏡花の「止むに止まれぬ紅葉への贖罪」意識が潜在していることを指摘している。

こうした吉村の視点は、『白鷺』の二年前に発表された『婦系図』に登場する、酒井俊蔵と伊達との比較が前提となっている(9)。吉村は、紅葉と鏡花の関係性を、単なる道徳的美談に回収出来るものでもなければ、「無反省な徒弟制度」と一方的に断罪しきれるものでもない、鏡花の「個人的な煩悶や心理的な危機を孕んだ、複雑な様相を帯びたもの」だったと分析している。そして、紅葉の死を契機とした「師弟関係に於ける鏡花の心理的危機」と「一時的な緊張の弛緩」は、師‐父をどのように書くかという問題として、具体的に「露頭」してきたというのである。『婦系図』あるいは『白鷺』は、「露頭」してきた自らの「危機」に、当時の鏡花がどのように対処したのかを示す作品であるといえよう。そして彼は、どちらの作品においても、「女」との関係において師‐父を書こうと試みている(10)。田中励儀は、『白鷺』を「地方出身の青年画家順一の、芸術開眼へ至る過程を描いた作品(11)」と評価するが、そうした師‐父から弟子への世代交代としての「開眼」、すなわち、順一の芸術家としての主体化が書かれる過程で、「女」はいかに機能したのであろうか。本章ではまず、吉村の提示する伊達と酒井の比較を改めて行うと共に、敵役として登場する五坂熊二郎に着目し、伊達を五坂とも比較することによって、その人物像をさらに詳しく分析していく。その後、小篠が芸妓となる以前と以後を比べ、順一の前にその都度どのような「女」として現れてくるのかを検討する。そして、伊達の「絵」を反復することで行われる順一の主体化に、小篠がいかに関係しているかを考察する。

二、象徴としての師‐父――伊達白鷹の人物造形を中心に――

吉村は、酒井俊蔵と伊達白鷹を比較して、次のように述べている[12]。

酒井先生の紅葉像と「白鷺」における伊達画伯の姿を籍りた紅葉像を比較する時、前者が作品の上で能動的《アクチブ》な、比較的現実的な性格を賦与されているのに反して、伊達画伯の紅葉は鏡花が生涯、折に触れて追憶する紅葉であり、理想化され、象徴化し、追悼された紅葉の理想像であつて、其処には些の批判の余地も残されていない。（中略）鏡花が紅葉像を画く場合、酒井型の描き方は非常な危険を伴う事は明らかであつた。その生涯を通じて、紅葉の文字を必要とする時は、必ず錦葉《もみじ》の表現を用い、師紅葉の名が出れば居ずまいを正した鏡花にとつて「白鷺」の紅葉こそ彼の書き得る紅葉像の決定版であつた。「白鷺」に於ける紅葉の再登場は正しく「婦系図」の訂正を意味し、師恩に対する鏡花の心理的な懐疑の消失を示し、其処に偽らざる鏡花の帰依の姿を映している。

吉村の分析は概ね妥当であるが、若干の修正を要する点もある。吉村は酒井と伊達を対立的に捉え、前者を「能動的《アクチブ》な、比較的現実的な性格を賦与されている」とする一方、後者を「理想化され、象徴化し、追悼された」「理想像」だとしている。だが、酒井もまた伊達と同様、「象徴化」された紅葉像とみなすべきではないだろうか。

このことは、『婦系図』の題材となった時期の紅葉の実状を思い起こせば、より明確になる。当時、紅葉は末期癌に冒され、健康状態は悪化の一途を辿っていた。たしかに、鏡花を病床に呼びつけ叱責し、すゞとの同棲を解消させはしたものの、肉体的な衰弱は甚だしく、それ以上の干渉を行う気力は無かったと考えられる。(13) 一方、『婦系図』の酒井は健康そのものであり、在りし日の紅葉の如く、厳格な師として、弟子である早瀬主税の上に絶対的な威力を振るっている。

こうして、「現実」の紅葉と『婦系図』の酒井を比べてみたとき、後者は前者の衰弱及び消失（死）に抗して、師－父をなんとか再活性化させようとする懸命な努力の結果として成立しているかのようである。そうだとすれば、酒井と伊達の差異は、「現実」と「理想」の落差ではなく、「象徴化」の仕方の違いにこそ求められるべきだと考えられる。ここから、『白鷺』の伊達の造形の方が、相対的に「象徴化」が成功していると感じられるのは何故かという問題が浮上してくる。

酒井と伊達の違いとしてまず挙げられるのは、前者が物語の現在時において生存しているのに対し、後者は故人であるという点である。「『白鷺』の紅葉は登場人物の追憶によつて語られると云う浄化作用のために、一切が白玉楼中の事に終つている」と吉村がいうように、作中の伊達は、一種の伝説的な人物として物語られる対象となっている。

「（前略）表面には順一《にい》さんが、何か、色男のやうだけれど、其の実、お篠さんが先生の、惚話《のろけ》を……と云ふと些《ち》と語弊があるね、……其思ひ出さ。追憶談だね。其奴《そいつ》を神妙に承はる対手《あひて》なんだよ。（中略）伊達先生と、一声懸ると、坐り直らうと云ふ人だから、話にしんみりと手応へがあつて、泣きも笑ひも出来ようと云ふわけだから、しばらくも先生の事を忘れられない人は、片時も又、順一《にい》さんに離れられないやうに成つたんです。

（後略）」（十五）

お稲の実弟・孝が説明する通り、順一と小篠はことあるごとに伊達について語り合い、その場で交わされる様々な言葉によって、「伊達白鷹」という象徴的な像を際限なく構成し、強化していくのである。その典型的な一例が、待合「砂子」の二階での芸妓衆を交えた順一・小篠・津川による歓談の場面である。そこで小篠は、伊達について次のような長広舌を振るう。(14)

「真固《ほんたう》に、其方はね、万人の中に一人もない、粋で上品で、と口にこそ言ふけれど、何処を探したら、そんな人に逢へるでせう。品がよくつて、捌けて居て、鷹揚で、気が利いて、鋭い中《うち》に円味があつて、凛として、恐くもあるし、優しいし、可懐《なつか》しくつて、好いたらしい、脊丈《せたけ》なら、顔立ちなら、着こなしなら、何処に非の打ちやうもない、ちやき〳〵の江戸児よ。だから、俠気《をとこぎ》があつて、訳知りで、情があつて、淡白《さつぱり》して、最《も》うね、随分男の方も知つてるし、宴会の大一座に、百人百五十人と並んでも、一ヶ所肖《に》たやうな人もない、そりや……真固に見せたかつたわ」（十九）

また、「私（孝――引用者注）の姉は仔細あつて、其の先生の媒酌人《なかうど》で、亡くなる丶前一年、義兄《あに》と結婚したのである」（十五）といわれるように、伊達は慈愛のある師 - 父として、弟子の結婚を祝福したことになっている。(15)こうして作り上げられた伊達の人柄の中でも、特に注意を引くのが、他人（特に女性）へのある種超然とした態度である。たとえば、画家仲間たちによって強引に吉原へ連れ込まれ、「下界に下りた天人が、女伯良と振事はどんなだらう」（二十九）という下世話な興味に晒された際も、敵娼《あいかた》に向かって「警句」を吐くことで難を逃れると同時に、帰りがけに「寂しいやうな、怨めしいやうな姿」（三十）で見送っていた件の敵娼《あいかた》に、「『其の中《うち》……直《ぢき》に来るよ』」（同）とあえて言葉をかけ、恥をかかさぬように配慮したという逸話が順一の口から語られている。あるいは、順一と二人で丸善に行き、食事をして帰る電車の中で、酔った伊達が、隣に坐る「総髪の銀杏返で浴衣がけの、きり〳〵とした中年増」の膝に、頭を乗せて寝入ってしまうという椿事も紹介されている。

「（前略）当人は身体を曲げもせず、迷惑さうな顔もしないで、神妙に静《じつ》として居たけれど、如何に何《な》んでも見た処が気の毒らしい。からお供の私は、黙つて傍見が出来ますまい。（中略）（入交《いれかは》りませう、失礼、）と、云ふと？……何んと？……／（否《いゝえ》、可《よ》うござんすよ。）……はご挨拶ぢやないか。然《さ》う云つて、袖で庇《かば》う燈《あかり》から先生の顔を隔てるやうにしたのには、私が大照に照れたもんです。（後略）」（中略）「奇抜でせう。私が行《や》れば擲倒《はりたふ》される。其処が何《ど》うも先生は、其の婦《をんな》が敵《かたき》の末でも、懐剣は抜かないで、櫛を取つて浮脂《ふけ》を落しさうに、余処目にも見えたんだ。」　（三十）

このように、伊達には少々の無礼も許されてしまうような「奇抜」な魅力が備わっていたといわれる。別の箇所では、この魅力が小篠や順一のほか、たとえば「芳町の芸妓」である和歌吉をも強烈に惹きつけたと語られている。しかし、和歌吉が伊達の「情婦《いろをんな》」ではなかったかと疑う小篠に、順一は「『一寸《ちよいと》、婦に口説かれたつて、出来さうな人ぢやなかつた。』」（十八）と強い調子で否定している。つまり、伊達は非常に魅力的な人物であったが、その魅力に惹かれた人間たちに対しては、それぞれに情実のある態度で接しながらも、あくまで一定の距離を保っており、特定の人物との関係性に拘泥することはなかったとされているのである。

伊達のこうした態度もまた、『婦系図』の酒井とは大きく異なっている。酒井は馴染みの芸妓である小芳を堂々と「情婦《いろをんな》」にし、子供（妙子）まで生ませている（そして、その愛人の子を正妻に育てさせている）。その一方で彼は、自分のことを棚に上げ、主税と蔦吉の関係に厳しく干渉し、その仲を強引に引き裂いている。つまり、伊達白鷹とは酒井の持っていた暴力的なまでの理不尽さや気まぐれさを差し引いたところに成立する「象徴」なのである。

だが、ときに嵐の如く荒れ狂う酒井的暴力性が、『白鷺』から完全に「浄化」（吉村）されているわけではない。それは、伊達的「象徴」と対立すると同時にこれを補完する形で、敵役の五坂熊二郎に保存されているのである。(16)五坂は、順一とは「年紀《とし》こそ違ふが、同郷の中学時代に見知越」であり、「当時有名な成金」の「何とか会社の重役」（四十二）である。順一は、五坂のためにある「恥辱を蒙つ」て以来、彼を「死敵」（四十五）とみなしている。さらに五坂は、嫌がる小篠を強引に愛人にするため、数年にわたって執拗につきまとうのみならず、様々な策謀を講じてもいた。

順一《あに》が死敵の如くに感じた五坂は、予《かね》て小篠に執着して、追ひつ廻しつ附纏つて居た男である。然《しか》も、芸者にならない以前、築地の砂子に女中した時分から、金子《かね》の鎖に搦み、義理の搾木に掛け、八方十六の手を借りて、或は威《おど》し、或は賺《すか》し、或は慰め、或は責め……真面目な時拝みもすれば、酒を呑んでは、殺す、と短銃《ピストル》を出して迫つた事もある。殆ど狂乱して今に口説く。……（四十五）

こうした「狂乱」こそ、伊達から周到に遠ざけられているものであることは、先述した通りである。伊達は、その超然とした態度で「女」たちを魅了し、結果的には彼女たちへのある種の支配力を獲得している。これに対して、五坂は小篠という「女」への「執着」を積極的に露わにし、是が非でも彼女を所有しようと貪欲に「附纏」うのである。五坂が「狂乱」すればするほど、不在の「神業の本尊」（五十）たる伊達の「奇抜」な魅力は活性化され、

ほとんど人知を超えたものとして語られることになる。(17)
しかし、伊達のこの「奇抜」な魅力から生み出される論理は、神秘的であると同時に、ある種の残酷さを帯びてもいるのである。この点も、一見、伊達とは比べ物にならないほど残酷であるように思われる五坂との対照において、明確になる。「金子《かね》の鎖に搦み、義理の搾木に掛け」とあるように、五坂（とその一味）は基本的に、「金子《かね》」を介した交換の論理によって小篠を追い詰めていった。

然も於登利が、房州、浜町、築地から此の木挽町へ、道中双六の目を出して、待合を開いた、其の資金《もとで》は、実は五坂から出たのである。／これにはお篠が囮と成つた。／御存知の通り、情立てる男は確にないが、お嬢さん気の失せない我儘から、男嫌ひな、あの人を、御恩返しに私が口説落しませう。（中略）と、於登利は五坂へ持掛けて、お篠には、又利害を説いて、其の口からも頼み込ませた。／入道青嵓二つ合点。／忽ち待合が出来上る、と其の座敷開きに、お篠を靡かせようとして、硝子杯《コップ》に水差まで並べたので、袂を払つて出て了《しま》つた。（中略）あやがあつたに吃驚して、身体ばかり抜けた始末。（中略）五坂たるもの、黙つて居ようか！　／けれども、御恩借の金子全額は、証文を書いて、私が印紙を貼ります。一旦はお篠さんが、内々承知をして居ながら、其の場に成つて心変りをしたのが悪い。（中略）で、まだか、まだかと、美しい犠牲《にへ》のみを迫る。……
（五十三）

小篠は言うに及ばず、五坂までも出し抜いて、待合の出店資金を得た於登利の計略の巧みさが窺える箇所であるが、一方では、「『其の気が有るなら、真個《ほんたう》は小篠さんが此処の御主人になれたんだわ。』」（五十四）という雛子（孝の馴染みの芸妓）の言葉の通り、小篠がある時点で「利害」の論理に身を委ねていれば、「『そりや気の毒なやうに苦しがつて、五十銭だ一円だつて母親《おつかさん》にお小遣を借りる』」（同）ような窮地に陥ることもなかったはずなのだ。小篠の「利害」の論理への抵抗は、たしかに常軌を逸しているように思われる。たとえば、彼女の実家が破産した際、周囲が厚意で「直接《じか》にお篠さんの世話に成つたり、引廻しに預つた芸者連も多いので、まあ、お世辞にも、御入用は用達てて、お客分にして遊ばして置くから」（二十六）と申し出ても、「浮気稼業は可厭《いや》だ」と一蹴してしまうのである。では、一体なにが、彼女をこうした不合理な行為へと走らせるのだろうか。

「（前略）何処の宴会へ行つて見ても、まつたくさ、伊達さんに較べると、口説く人は誰の容子もえてに見える。／私は端芸者でも、えて芝居の女形ぢやないわ、お客が取れるもんですか、考へて御覧なさいな。佸う顔を袖で隠しても、先生のお姿が今でも目前《めさき》にちらつきますもの、然《さ》うすりや何処か私の身体に、先生の影がついてるんでせう。……其の身体で、罰《ばち》が当るぢやありませんか。」（四十六）

ここで示唆されている通り、小篠の徹底した「利害」の論理への抵抗を支えているのは、彼女に「影」のように添う伊達の「俠気《をとこぎ》」（十九）の論理である。小篠はこう言った直後、順一にある提案をする。

「怒つちや不可《いけ》ないよ。私もつい、此の頃ばかりは金子《かね》が欲しい。」／もそりと、あの五枚を其処へ出して、而《そ》して、笑はせるつもりで、自動電話に閉ぢ込まれた事から、古郷人《ふるさとびと》の話をする（中略）「（前略）まあ、佸《か》う言ふと、差出がましいやうだけれど、何《ど》うぞ、此の、私が頂いた此のお金子《かね》は、其の、本郷で、西洋料理の屋台を出してる御夫婦に立替て上げて下さいまし。（中略）私のやうな意気地なしが、言はれた義理ぢやありません。実際欲しい、父親《おやぢ》は内に大病だし、私は身体に借金ばかり。成らう事なら、小指を切つても取替たいお金《か》子《ね》だけれど、……又其れだけの金子《かね》ですから、其の人たちに上げるのに張合があるぢやありませんか。先方《さき》が不実なら不実だけ、――そんな時には気前を見せるものですわ。――何《な》んのために江戸児の情婦《いろ》がついて居ます」と、屹《きつ》と言ふ。（四十七）

「古郷人《ふるさとびと》」とは、順一が小篠に逢いに行く途中で偶然再会した、故郷の「富豪の若旦那」のことである。彼の妻は、元は順一の「幼馴染の恋人」であったが、彼女は順一の実家が没落したとき、「之見よがしに」この「若旦那」に「縁附いた」のである。だが、現在は「若旦那」の家も傾き、やむなく故郷を棄てて上京し、本郷で「西洋料理の屋台」を出して細々と生計を立てているという（三十八）。彼らは順一にとって、五坂と同じく憎むべき相手であるが、小篠はだからこそ彼らに「気前を見せる」べきだと主張する。そして最後には、「『私に寄越すと其の方たちに上《あげ》るのと、どっちが可《い》いか、聞いて御覧なさいまし、伊達先生は何ておつしやる？』」（五十）と、伊達の名前をはっきりと出して、順一に迫ったのである。

　しかし順一自身もまた、小篠から「『貴下《あなた》の身体にも何処か先生の影があるの』」（四十六）と言われた通り、伊達の「俠気《をとこぎ》」の論理に従っている。彼は「小篠のために、遊びの金子《かね》に詰つた」結果、やむなく「利害」の論理に従い、「売らん哉」の態度を取るようになった。このときに「買人《かひて》」となったのが、他ならぬ五坂であったのだが、彼は順一の仕事に満足せず、「画料だけ損するで言分はあるまい」と言いながら、順一の絵を破り捨てる。激昂した順一は、「画料」の「五十円の紙包」を躊躇いなく「火鉢」へ投げ入れ、紙幣を燃やしてしまう（四十三）。彼は「金子《かね》」を求めて、自ら「利害」の論理に身を投じたにも関わらず、最終的にはそれを「俠気《をとこぎ》」の論理でつっぱねるのである(18)。

　重要なのは、こうした伊達の「俠気《をとこぎ》」の論理が、現実の諸問題を打開するための方策としてはまったく役に立たず、結果として、それに従う者たちを苦境に陥れたり、極端な場合には破滅に至らせたりすることがあるという点である。小篠を助けるために、節を枉げて工面した「五十円」を、一時の感情に任せて火にくべてしまった順一はもとより、小篠自身も、「『箪笥に御秘蔵の伊達先生の一軸でも、平に、と云つて掛けさせて、喝乎《やんや》とでも言はうものなら、勘定は達引いて、お汁粉を驕ろうツて気前だから堪りません。』」（二十六）と津川が言うように、「俠気《をとこぎ》」の論理を貫徹させようとすればするほど、自身は厳しい立場に追い込まれていかざるを得ないのである。

「（前略）私で金子《かね》が出来るのなら、五百の上へ最う二百円も拵へれば、八百屋でございい、と言はせなくつても、小体に店を張れようから、と二晩ばかり、実際寝ないで考へたのよ。（中略）其れだつてさ、まる切《きり》損をさせられようとは思はないし、先方《さき》だつて頼みに来たくらゐですから、確な当のあるやうに言ふんだわ。判だつて、今に成つて思ふほど、可恐《おそろし》いものとは思ひませんもの。（中略）利息ばかりで、現金だけ、最《も》う……二度も私が払つたのよ。（中略）そんな、こんなで、芸者にも成つたけれど、先方《さき》を怨みはしませんよ。」（四十九）

引用箇所は、元婚約者である従兄弟のために、小篠が多額の借金の連帯保証人となった顚末を語る場面である。こうした小篠の態度は、義理人情の観点からいえば美しいものであるが、この時の彼女の立場を考えれば、ほとんど自殺行為であるといわざるを得ない。こうした小篠の破滅的な振る舞いをみていると、「利害」の論理とはむしろ、伊達的な「俠気《をとこぎ》」の論理を中和し、「お篠さんの境遇」（五十一）をある程度回避するためにこそ導入されるものだという仮説を立ててみたくなる。[19] 実際、小篠は「俠気《をとこぎ》」の論理に従って「利害」の論理を拒絶し続けた結果、「外で最《も》う都合は出来」（五十四）ないほどの借金を抱え、その分だけ於登利に借りを作っては、彼女（と五坂）の計略にはまりこんでしまうのである。

さらに見逃すことが出来ないのは、この「俠気《をとこぎ》」の論理が、それに従う者をしばしば自滅へと追いやるという意味での残酷さを内包する一方、この残酷さに見合うだけの抑圧的な威力を、ほとんど持っていないようにみえる点だ。本節冒頭で、『婦系図』の酒井と伊達を比較した際、前者はある種の暴力性に満ちた性格をしているのに対し、後者はあくまでも超然とした慈愛の師‐父として造形されていると述べた。伊達の「俠気《をとこぎ》」の論理に漂う一種の無力さは、この伊達像の性格とも関わってくると思われる。伊達は酒井とは違い、順一や小篠に直接的な威圧を加えた形跡は皆無である。むしろ、伊達は彼らに差し出がましいことはなにも言わない。いうまでもないが、伊達が故人となった物語の現在時においては、その状態はさらに徹底されている。

では、伊達の神々しいまでの「奇抜」な魅力と、その「俠気《をとこぎ》」の論理の残酷な威力を引き出しているのは、一体誰なのか。無論、順一と小篠自身である。彼らは伊達の「追憶談」に興じ、そこで交わされる互いの伊達を象る言葉に耽溺することで、彼を「神業の本尊」にまで高めていく。つまり、伊達の「奇抜」な魅力は、予め存在するのではなく、彼らの語りによって遡及的に生み出されるものなのだ。小篠と順一は、自分たちの語りによって活性化された「神業の本尊」に、どうしようもなく魅了されると同時に、支配されてもいるのである。さらに、「『伊達先生は何ておつしやる?』」という小篠の台詞が示唆するように、彼らは伊達の意向を忖度する形で、彼の「俠気《をとこぎ》」の論理に自発的に身を委ねている。繰り返せば、すでに故人である伊達は、順一や小篠の言動に対し、いかなる応答もすることはない。そのため、順一や小篠が、伊達の「俠気《をとこぎ》」の論理の圏外に離脱することも、その内に留まるのも基本的に自由である。だが、「伊達先生は何ておつしやる?」といった形で、ひとたび伊達に注意を向ければ、彼らの自由な選択の余地は失われ、「神業の本尊」の残酷な論理に拘束され続ける羽目になるのだ。

伊達の「俠気《をとこぎ》」の論理は、酒井や五坂のような外的な強制力と同等か、あるいはそれ以上に、小篠や順一に過酷な圧迫を加えるものだといえよう。なぜなら、小篠が最終的には「小さな万能鋏《ウニゲーム》」で「咽喉を突いた」（五十九）

ことからも分かる通り、「俠気《をとこぎ》」の論理を貫徹しきることは、自己破壊に至ることと同義であるからだ。伊達はたしかに、酒井や五坂と比べ、超然として慈愛に満ちた師‐父として造形されている。だが、その実、他の二人よりも一層隠微な形で、彼の周囲の人間たちを強力に支配している。伊達白鷹は、酒井・五坂の直接的で理解しやすい暴威などよりも、遥かに不気味で猥褻な「象徴」として、作中に君臨しているのである。

三、お篠から小篠へ――「女」の二側面――

前節で論じた伊達白鷹という「象徴」の論理の下、悲劇的な最期を迎える小篠であるが、彼女は元々「辰巳屋」という「浜町の料理屋」（十七）の娘であった。小篠が伊達や順一に出会ったのも、実家が没落する以前、彼女が「お篠」であった頃とされている。お篠は、高級料理屋の看板娘から、待合の奉公女中、さらには芸妓「小篠」へと淪落の一途を辿るわけだが、この過程は、伊達亡き後、順一が画家として独立していく過程に対応している。そして、順一の立場が変化するのに応じて、彼の見出す「お篠（小篠）」像も微妙だが決定的に異なってくるのである。

彼らが初めて出会ったのは、「紅葉館で開かれた伊達氏の三周忌」（二十）である。この追善会は、「三百人近い参会者」が訪れ、「盛会であつた」といわれる通り、伊達の「近代の巨匠」（十五）としての権威を十分に強調するものとなっている。しかし、追善会に参加している順一は、終始「トボンとして玄関傍の受附に、小机を控へて、帳面を並べて、頬杖して」いるばかりで、会の中心から完全に離れたところにいるのである。

伊達氏に、幕賓と云つた体の人物は多かつたが、玄関に内弟子は此の男一人だつたので、実《げ》に然《さ》もあるべき当日の役目と思へ。（中略）渾名を、雀、雀と呼ばる、。鳥の中でも陣笠株で、足軽の案山子と同じくらゐの格だけれども、順一《あに》は其れでも、伊達氏の内弟子。一身凡て絵と心得てだけは居るのであるから、望んでくれるものさへあれば、故先生の名を念じて、画筆《ゑふで》を取る……其の意気組で居た処（中略）洒落にも好事《ものずき》にも、これへ一筆、と半巾《ハンケチ》を出したものさへ嘗てない。（中略）会費は別に保管する手段はあつても、時めく人たちの、一人で五十三十と引受ける揮毫の席へは、顔出しする擬勢もなく、結句、金子《かね》の番を申訳に、其の時まで受附に一人つくねんと居たのである。　（二十〜二十一）

この記述に、『白鷺』発表時、自然主義全盛の文壇内で冷遇されていた鏡花の慨嘆と不満を読み取ることはたやすい。だが、それ以上に注目したいのは、この会中、順一が一貫して伊達の「内弟子」としての立場を忠実に守っている点である。「伊達先生の記念《かたみ》分けの拝領もの」である「竹に雀」の紋がついた「黒羽二重の紋服」を着込んだ順一は、あたかも自身が伊達の「内弟子」であることを証明するために、頑なに「玄関傍」に居り続けているかのようなのだ。そして、こうした態度を取る順一の目に、お篠は次のように映る。

紳士と淑女と、会衆約三百と註した中に、自分の筆をと望んでくれたのは、唯一人で、然《しか》も其が、燦《まばゆ》いと云ふ風ではないが、透通るやうな美人だと思ふと、折が折だし、実の処、難有《ありがた》いまで身を染みて。……我受附を憐んで、故先生の令室が、密《そつ》と慰安のために此処へ出て見えたのを、茫として目が眩んで能《よ》くは見定め難いのではあるまいか、と迷つた位。で、仕損《しそこなひ》をして、剣突を食つて、玄関の隅に天窓《あたま》を抱へて悄気《しよげ》て居る、と、配所へ天下る天女の如く、令室が襖を開けて、今に執成《とりなし》て上《あ》げますから、と紙包のお茶菓子の、……恵の露を思ひ出す。　（二十二）

このときの順一にとって、「紅葉館」は、伊達が生前師‐父として君臨した彼の自宅そのものとして感じられている。そこは、多くの芸術上の「幕賓」が集うサークルであり、順一が「内弟子」として伊達の庇護と恩恵を直接的に感じられる場所でもあった。ここに登場したお篠は、必然的に、意気消沈した「内弟子」を慰める伊達の「令室」の位置に嵌めこまれることとなる。そして、「令室」に擬された彼女の「恵の露」を受け、順一はやっと「畳へ突伏して、畏まるばかりに成つて」、伊達の紋である「竹に雀を一心に丹精」することが出来たのである。

その後、待合「砂子」でお篠に再会した際、順一は彼女が「紅葉館」で伊達の「令室」と見紛った「美人」であると、自力では同定できなかった。このことは、「伊達氏の三周忌」時点の順一が、いまだ伊達を頂点としたヒエラルキーの中に留まったままでいたことを証している。[20] 彼は、お篠をその個別性において認識するのではなく、「故先生の令室」という、構造の空白を埋めるイメージでのみ捉えたため、結果として彼女の「顔も覚えて」いなかったのである。だが、「砂子」でお篠に会った順一は、「伊達氏の歿後」初めて、「稲木順一と署名して、上野に於ける、某《なにがし》展覧会に出品した」絵によって「金牌を得た」とあるように、伊達の「内弟子」ではなく、「稲木順一」と「署名」を行う独立した画家となっている。つまり、「内弟子」という立場から脱し、自身の「署名」を行えるようになったからこそ、順一は「故先生の令室」ではない「女」として、お篠を見出すことが可能となったのである。

では、本格的に画家としての道を歩み始めた順一の前に、お篠はどのような「女」として現れてくるのだろうか。次の場面は、「伊達氏の三周忌」の回想直後に置かれた、順一と芸妓「小篠」との「逢曳」の様子である。

あゝ、同じ色の、其紅《くれなゐ》の背負上《しよひあげ》を――女の手では力足らず――鳩尾の鬱癪《うつしやく》に――女の手では力足らず、……片手、男の力を添へても尚苦悩《くるしみ》に反返る。……世間と、義理と、金子《かね》と、無理酒と、苦界の勤めに、心を痛め、胸を傷つけ、身を悩んだ、小篠を、我が膝に枕させて、高麗結びを一重に解いて、両手で緊乎《しつかり》と引締める……（中略）忍ぶ夜の、女の癪に、唯一条《ひとすじ》の其の頼みの綱は、受附の時以来はじめて見た。（中略）一呼吸《ひといき》引いた静止間《しづま》は疾《と》し、キリ、と歯を噛んで堪へようとして、得堪《えた》へぬ悩みに、破《やぶ》れ麻《あさ》の長襦袢を、畳に膝で掻き合はして、足摺しつゝ、／「緊乎結《しつかりゆは》へて！　緊乎結へて！」／「切れる。」／と順一《あに》は呼吸《いき》もつけぬ。／「切れちや可厭《いや》、切れちや可厭。」と眸《みは》らうとする瞳が動くのに、膨《ふつ》くりとなる目も得開かず、がつくりと成つて頭《かぶり》を掉《ふ》る時、命よりも大切にして、一筋も乱さない、鬢の毛がはら〳〵と崩れた。（二十四）

「紅葉館」の場面では、「配所へ天下る天女の如く」と形容された小篠であったが、ここでは「金子《かね》と、無理酒と、苦界の勤め」に起因する「鬱癪《うつしやく》」に七転八倒し、ひたすら「苦悩」する「女」として描かれている。注目したいのは、「紅の背負上《しよひあげ》」を引き締める順一と小篠の間で交わされる会話である。一連の二人の台詞は、直接的には勿論「背負上《しよひあげ》」について交わされたものだ。だが一方では、これらの言葉は、彼らの関係を巡る遣り取りとして解釈することも可能なのである。特に、「『切れる。』」「『切れちや可厭《いや》。』」のくだりは、別れを切り出す客と、それを拒む芸妓の哀願に限りなく近しい。そして、「唯一条《ひとすじ》の」「頼みの綱」である男に縋って「苦悩」する小篠に、「『何《ど》うすれば可《い》いんだね。』」と問う順一は、明らかに彼女の錯乱を持て余しているのである。彼らの「逢曳」が、次のような絵の懸かった「二階の六畳」で行われているのも示唆的である。

墨絵に賛があるんだ、処が其の絵が傘《からかさ》。（中略）賛の発句が、これが又一字も読めない。何時《いつ》かも義兄《にい》さんと二人して、小半時考へたが、何《ど》うしても判じが附かぬ。さ、此奴《こいつ》を凝《じつ》と視《なが》めて居ると、何《な》んとなく身の上が覚束なく心細くなつて、自然に鬱《ふさ》いで来ます。何故か世の中が果敢なくなる。（十一）

伊達を中心として明晰に構造化されていた「紅葉館」とは対照的に、この「二階の六畳」は一種の謎に覆われている。この絵の前で激しく「苦悩」する小篠は、順一にとって、「何《ど》うしても判じが附かぬ」象形文字のような「賛の発句」同様、解釈不能なものとして受け止められている。重要なのは、彼がこのような小篠に困惑すると共に、ある種の恐怖をも感じている点である。

力の機勢《はずみ》に、弾けたか、一結びに引締めた、其の背負上《しよひあげ》が、そら解けして、身を引く八口をづるりと落ちて、順一《あに》の膝に靡いて留まつた。／弥《いや》が上に、順一《あに》は此の時、追善会の玄関では、雲を隔つる、天上の花の一片《ひとひら》の如く見えたのが、こゝに人の手に触れたのを、空怖ろしい心地がして、一種の神秘に接するとともに、恁《かゝ》る境遇に身を落した小篠の身の、あはれさと、果敢《はかな》さを痛切に感じた、と言ふのである。（二十五）

順一にとって、「雲を隔」てるような距離が保たれていた「追善会」の構造の中では、「背負上《しよひあげ》」（小篠）は「天上の花の一片《ひとひら》の如く見え」ていた。だが、いざそれが彼の「手に触れ」るまで間近に迫ってきた途端、一転して、「鮮血《からくれなゐ》」（二十四）のように生々しく、「空怖ろしい心地」を喚起する存在として捉えられるのである。順一は、「一種の神秘」ともいわれるこの「空怖ろし」さを、即座に「恁《かゝ》る境遇に身を落した小篠の身の、あはれさと、果敢なさ」という通俗的な感慨に還元している。だが、解釈不能であるがゆえに、「空恐ろしい心地」さえする「女」の「神秘」をいかに分節するかという問題は、小篠という形象を通して、順一に絶えずつきまとっているのである。

四、白い媒介者――紅と蒼の交差――

前節の最後で指摘した小篠の「神秘」性は、作中では主に「白」によって表されている。吉村博任は、小篠に負わされたこの「白」を、「自己否定の色」であり、「死の予感」に通じたものとしている。(21)「凝《じっ》と視《なが》めて居る」と「何故か世の中が果敢《はか》なくなる」「傘《からかさ》」の絵と同じく、小篠もまたどことなく「死」に近しい存在であるからこそ、「神秘」的な「空怖ろし」さを宿しているのだといえよう。この「白」は、「桔梗の白い花」（七）や「真白な女持の扇子《あふぎ》」（八）といった断片的な形象を取り、怪異の徴候として作中冒頭にも描きこまれている。特に、白い「女持の扇子《あふぎ》」が、縁側の「葭簀の蔭にひら〳〵と動いて居」る幻影を見たお稲が、「急に身体が火のやうに成」り、「我慢にも立つては居られなくな」るほどの体調不良に陥ったことは、この「白」が「死の予感」に浸されているという吉村の指摘を裏書きしている。

その一方で、「俯向くと色が蒼く、正しく見向くと透き通つて白いが、仰向けば瞼にほんのり紅潮《くれなゐさ》す」（六）といわれるように、小篠の「神秘」的な「白」は、「紅」と「蒼」の交差する場としても表れている。このことを最も端的に示唆する場面が、稲木家で行われた「迎火」の場面である。

……沈んだ、陰気な、水の音。欅の葉から、はら〳〵と雫が落ちた。（中略）成程、今の間に湿気が来たか、火燧《マッチ》は四五本あだに消えた。が、豆を煮るに豆殻で、苧殻の火箸で、下から燃料《もえくさ》を透かしたので、風が通つて、鮮紅《からくれなゐ》にめら〳〵と火が搦むと、黄色く煙つて赫と燃える。（中略）不意に、はら〳〵と網の目を漏るばかり、木の葉の雫が、迎火に降り懸つたので、炎は弗《ふつ》と消えて、煙が焙烙に浪一打ち、むく〳〵と渦を巻いて、苧殻を潜つて、浅葱に這つて、ほの〴〵と濃い葎を伝つて、其の桔梗に絡《まと》ふ時、花を薄りと藍に包んで、ぱつと広がつて、木戸を出て、末は茫と赤く色づいて、向側の藁屋の棟を、半ば幻のやうに劃《くぎ》つて、やがて当もなく空に消える……／煙が一幅、心細く行く路に、其ればかり色のある桔梗の花の白い影に、墨絵で描いたやうに竹垣が見えた。其の垣根の、内ともつかず、外ともなしに、すらりと立つた姿があつた。――棕櫚縄の結目は見えず、竹垣の竹に、すら〳〵と笹の葉の影が浮いて、煙の中に白地の浴衣。（中略）雨支度して宵出の人。顔は見えずに、紺蛇の目の傘《からかさ》。／恁《か》う、……八分に開いて、其の蛇の目を前状《まへざま》に翳したが、雨は其処にばかり篠を乱して、蓮の葉を叩く音。……私が何思ふ暇もなく、呆気に取られながら、立姿の其の腰上げの紐の色が、真紅の撫子を雨に濡らしたやうだ、と、幽かに見た時、スツと傘を窄めて、浅く柄を取つて提ると、草の葉に伝つて雫がばら〳〵と薄く光る。／其時、くつきりした眉の下に、凛とした清しい目に、身体を引着けられたやうに成つて、あゝ、雪のやうな色は、――最《も》う此の世に居ない、小篠と云ふ其の芸者の顔だと思つた。／途端に、其れが下を向くと、色が颯《さつ》と蒼褪めた……

（五～六／傍線・破線・囲みは引用者）

傍線部が「蒼（水）」、囲みの部分が「紅（火）」に関連する語である。「蒼」と「紅」は同時に「迎火」の場面に引き入れられ、「桔梗の花の白い影」を際立たせる。そして、これらの「蒼」「紅」「白」の三種の色彩は、「白地」の「浴衣」を着、「真紅の撫子」のような「腰上げの紐」を結んだ、「蒼褪めた」顔色の「小篠」の幻へと集約されていく。ここで「白」とは「蒼」と「紅」という二つの異なるものを接合させ、一つの像を生み出す空白として機能しているのである。

重要なのは、この「迎火」の場面が、待合「於登利」の「二階の六畳」で、順一が小篠を待つ場面の一種の再現になっているという点である。この挿話は、作品の大詰めに近い部分に置かれているが、時間的には「迎火」に先行するものである。

家中寂《うちぢうしん》として居たが、其れでも広間の方には、お約束があると言つて、順一《あに》を通したのは小座敷の六畳室。／此処が化傘の難場である。／此の蕪村、然《さ》までの名画でもあるまいに、其処へ座る、と最《も》うぱら〳〵と降つて来た。（中略）簾にはまだ早し、開広げの窓の外が、直に隣家の瓦屋根で、（中略）一面に炭団が干してあつた。（中略）後で思ふと、外は暗夜《やみ》で、屋根の炭団の見えよう筈はなかつたのに。……やがて、其れが、一つころ〳〵と転がつて、瓦の勾配を辷《すべ》る勢ひに、窓からひよいと飛込んで、巻紙の上の炭団へ乗る、と絵を残してフト消える。（中略）で、其の炭団へ、些《ち》と試みたい事があつたが、朱の硯などは固《もと》よりないので、小刀《ナイフ》で指の尖を颯《さつ》と切つた。最《も》う其の時は半《なかば》夢中で。／潮時が、脈に響いて、血が迸るばかりなのを、口へ屹《きつ》と噛んで、筆を含んで、衝と走らす、と鮮かに炭団を染めて、吹けば動きさうに火が彩られた。／順一《あに》は茫然として視《なが》めて居た。「うまいわね。」とお篠が肩越しにすらりと立つて、先刻《さつき》から黙つて差覗いて居たと言ふ姿であつた。（中略）「真個《ほんたう》に……伊達先生の、あの蚊いぶしの火に肖然《そつくり》ねえ。精出してお勉強《しごと》なさいよ（後略）」（中略）帯留の金具がカチリと音した。ずるりと背負上げの、麻の葉絞りの水色なのを引出して、上へ、電灯の周囲《まはり》へ、一つ掛けて、下から巻いて綾にかけたが、ぶら下る端を、と壓へた時、月影に立つたやうに、お篠の姿は蒼く成つた。

（五十九～六十／傍線・破線・囲みは引用者）

件の「傘《からかさ》」の絵の懸かった「六畳室」に順一が腰を据えた途端、「蒼」に連なる雨が「ぱら〳〵と降って来」ている。さらに、雨避けに閉めた「雨戸の面」には、「、、、、、、」と「朱」で書かれた「御札」が貼ってあり、それを眺めていると、「傘《からかさ》」の絵と同様、「何故か頻りに気が滅入」ってくるのである。「傘《からかさ》」の絵の「賛の発句」

に続き、「、、、、、、」の「御札」という解釈不能な謎が新たに付け加えられた「六畳室」の中で、順一はある種の怪異を体験する。「暗夜《やみ》」に包まれて見えるはずのない「隣家の瓦屋根」に干された「炭団」が、窓から「飛込んでは消え、消えては絵に成る」さまを幻視しているうちに、彼は次第にトランス状態に陥っていく。そして、「半《なかば》夢中で」「小刀《ナイフ》で指の尖を颯《さつ》と切」り、傷口から溢れた「血」の「紅」によって、「炭団」に「吹けば動きさう」な「火」を描き込んだのである。

　この時点で順一は、自ら為した行為の意味をまったく把握できておらず、描かれた絵をただ「茫然として視《なが》めて居」るしかない。ここで現れるのが、やはり「白」い「女」たる小篠（の幻像）[22]なのである。彼女は順一の描いた絵を見て、「『伊達先生の、あの蚊いぶしの火に肖然《そつくり》ねえ。』」とはっきり告げる。[23]小篠のこの一言が、順一自身にも不可解であった行為の意味、すなわち、彼の絵が伊達の描いた「蚊いぶし」の絵の反復であることを、遡及的に画定しているのである。彼女はこのとき、順一が「半《なかば》夢中」で描いた謎のような「炭団」の「火」の絵に解釈を与え、伊達と順一の接合を保証し、名実共に伊達の後継者となった「稲木順一」の像を成立させる媒介者として彼の前に現れている。そして、この世代交代に伴う順一の画家としての主体化を見届けた小篠は、「水色」の「背負上げ」に透かした「蒼」い光と、「万能鋏《ウニゲーム》」で「咽喉《のど》を突いた」際に溢れ出たであろう自身の「鮮血《からくれなゐ》」に染まりながら、作品の舞台から退場していくのである。

　本章冒頭で述べた通り、鏡花は師亡き後、新勢力の台頭著しい文壇の中で、作家生活の本格的な「危機」を迎えた。彼はこの「危機」を、自身と師‐父との関係に改めて取り組むことで乗り越えようとした。その試みの一つが、本作『白鷺』である。先行して書かれた『婦系図』に比べて、『白鷺』の師‐父は、慈愛に満ちた穏やかな存在として描かれている。しかし、このことは師‐父の影響力が弱まったことを意味していない。『白鷺』の師‐父たる伊達は、『婦系図』の酒井よりも、一層隠微かつ強力に登場人物たちを支配しているのである。こうして、師‐父の力が巧妙に保存されると共に、その嫡出の息子－「内弟子」である稲木順一が、正統な後継者として師－父に接合される。この時、その紐帯の役割を果たすべく呼び出されるのが、小篠という「女」である。彼女は、師－父と息子－「内弟子」を媒介し、世代の交代を保証する。しかしそれは、一種の「自己否定」ともいうべき彼女の犠牲的な振る舞いと引き換えになされるほかはなかったのである。

注

（1）本作が「東京朝日」紙上に掲載されるまでの経緯については、「夏目さん」（大正六年一月「新小説臨時号　文豪夏目漱石」）や、明治四二年八月二七日付の漱石日記の記述を参照。鏡花は明治四二年の夏に漱石の自宅を訪問し、『白鷺』の掲載を直接依頼したのである。

（2）現行の本文にある「序」は、この時に付けられた。

（3）たとえば、明治四二年一一月一九日「万朝報」の「文界通信」欄には、「泉鏡花が某新聞に書いてゐる『白鷺』の主人公は鏡花自身ださうな、おしのといふ女性はもと紅葉館の女中をしてゐたもので今は高根といつて左棲を取つてゐる（中略）この高根が鏡花に惚れたといふものは、小説中にもある通りに、もともと紅葉山人に思ひをかけてゐたのであつたが、紅葉がなくなつたので、せめてその御弟子さんにでもといふのであつたさうな」というゴシップ的な記事がある。また、明治四五年一月五日「読売新聞」の「●文芸家新年宴会」中には、酔い潰れた鏡花が「おとみ婆」――「白鷺」小篠のモデル――の肩に縋って座敷を歩く様子への言及がある。

（4）大正二年六月二四～二五日「読売新聞」。

（5）『人、泉鏡花』「鏡花と恋愛」（昭和一八年九月／武蔵書房）。

（6）長谷川時雨は「呪はれた恋」（大正四年一〇月「女の世界」）の中で、この恋愛事件の顚末について、「あなた（お富――引用者注）の恋の対手はすこし浮気でしたね、若い人が思つてくれるやうな真剣なものではありませんでしたね」と書き、鏡花の不実を強く非難している。鏡花と別れた後、お富は病身をおして芸妓生活を続けたが、次第に落魄し、孤独な死を迎えた。

（7）「『白鷺』——語りの構造」（平成元年一一月「解釈と鑑賞」）。なお、『白鷺』の語りに注目した論としては、越野格「『白鷺』」（昭和五六年七月「解釈と鑑賞」）や、安田孝「鏡花『白鷺』のかたり」（平成五年三月「人文学報」二四三号）が挙げられる。また、植田理子は「泉鏡花『白鷺』の初演」（平成二五年二月「日本語と日本文学」五五号）の中で、小説『白鷺』と本郷座での初演に使用された台本を比較し、『白鷺』の語りが、「単に物語内の時間を複雑にしているのではなく、語って聞かせる〈小篠と順一の物語〉を舞台を観るような視点から提示している」ことを指摘している。

（8）「贖罪の軌跡—『白鷺』から『萩薄内證話』まで—」（平成一四年三月「鏡花研究」一〇号）。

（9）『婦系図縁起「婦系図」成立の機縁について〈心に近く、眼に遠く〉』（昭和二九年一一月／出版社不明）。

（10）『婦系図』における「女」と師‐父の関係については、前章参照。

（11）「『白鷺』小論」（昭和五八年一一月「芸術至上主義文芸」九号）。

（12）（注9）前掲書。

（13）こうした状況であったからこそ、鏡花は紅葉の叱責にも関わらず、友人の吉田賢龍の助力を受け、すゞとの同棲をあっけなく再開出来たのであろう。この時の鏡花にとって、紅葉は事実上〝死んだ存在〟であり、絶対的な権威としてはもはや機能していなかったことが窺われる。また、当時硯友社の〝客分〟として、鏡花と共に紅葉の膝下にあった徳田秋声は、「わが文壇生活の三十年（其四）」（大正一五年五月「新潮」）の中で、紅葉逝去の前後を回想して「（紅葉が——引用者注）死なれた時に其の帰りに泉が僕に言つたことがある。どういふ事を言つたかといふと、何だかかう不思議に気持がからりつとしたやうな事を言つた」と証言している。

（14）小篠のこの言葉に、周囲の芸妓たちは、伊達の「写真」を頻りに見せてくれとせがむ。だが小篠は、彼女の伊達像を最終的に保証する「写真」を所持していない。代わりに彼女は、伊達がかつて汁粉をふるまった時に描いたという「お盆の絵」を見せようとするのである。伊達の「写真」は、実際に作中に登場するが、順一の自宅の床の間に飾られたこの「写真」に仕えるのは、彼の正妻のお稲である。小篠は後日、「『奥さんが、貴下《あなた》の代りに、私の持つて行つた重詰ものを、先生の写真にお供へなすつたわね（中略）あ、なすつた御容子の、先生と親類附合ひなのが、私は口惜しい。羨ましい。』」と恨み言を述べている（四十六〜四十七）。ここから分かる通り、伊達の肉筆や彼を語る饒舌な言葉を持つ小篠は、その執着とは裏腹に、伊達の「写真」が統御する秩序（家庭）からは周到に排除されている。

（15）ただし、すゞの前歴をそのまま踏襲して造形された『婦系図』の蔦吉の場合とは異なり、お稲は「誰が目にも、此の人を学校出とは思ふまい」（三）とさりげなく「理想化」がなされている点は見逃せないだろう。

（16）『婦系図』においても、酒井俊蔵に対立する敵役として河野英臣が設定されてはいるが、英臣が実際に作品に登場してくるのは作品の終盤からであり、両者の対照性は、『白鷺』の伊達と五坂ほど際立てられているわけではない。

（17）四十七で小篠が語る「伊達先生の夢」がその好例である。

（18）本作の語り手でもある孝は、小篠や順一と異なり、「利害」の論理を一方的に棄却する態度は見せていない。彼の馴染みである雛子には、彼の他にも「月々たんまりお手当の出る旦那が、三人」おり、客や「情男《いろをとこ》」を何人も抱えている。そして、「『現に於登利ぢや、二階へ一人其の旦那が来て居て、階下《した》には鴛鴦の懸物を斜《はす》に睨んで、私が控へる事が毎度あります。』」と孝が言うように、雛子が芸妓として複数の客の間を渡り歩くことに抵抗を感じている様子はない（五十一）。勿論ここには、雛子本人も言うように、「客取り」をしなくては、芸妓である「当人が立ち行かない」（五十三）というのっぴきならない現実的な事情もある。孝の方も、「『洒落だから構ひはしない。（中略）芸者イコオル達磨木菟《みゝづく》犬張子だから可《い》いけれど。』」（五十一）と、現状をシニカルに肯定している。しかし一方で、「一時我輩、親父の為替をごまかして、横飛びに飛出したが」（三十五）とあるように、孝もまた「利害」の論理を破り、親の不興を買っているらしいのである。この点で、孝は「利害」と「俠気《をとこぎ》」の狭間にいる両義的な存在であるといえよう。

（19）小篠の自殺後に、「辛く当つたのも何も彼も、皆あの人のためを思つたのだ」と「真個《ほんたふ》に真面目に言ふ」於登利は、「敢て憎むべきではなからう。芸者の身のためを思つたら、或は然うするのが道かも知れない。」（六十）と孝によって擁護されている。

（20）しかし、このヒエラルキーがすでに崩壊していることは、本来は唯一の伊達の「内弟子」として別格扱いされてよいはずの順一が、追善会の会場で、かつての「幕賓」たちをはじめとした「会衆約三百」にことごとく無視され、「竹に雀の、記念分《かたみわけ》に拝領の五つ紋を脱がうか、と思つた。何うやら、自分の受附が故先生を辱めるやうな気がして着て居られぬ」（二十二）と感じるほどに追い詰められていたことからも明らかである。

（21）「白鷺幻想―『白のセレモニー』序説―」（昭和五二年三月「鏡花研究」三号）。

（22）はっきりと書かれているわけではないが、前後の文脈から推察すると、小篠はこの時すでに自殺していると考えられる。

（23）伊達の「蚊いぶし」の絵は次のようなものである。

「（前略）向うにこんもりと竹が見えて、縁側の端が一寸ある処へ、炭団火鉢を置いて、一燻し蚊遣りをした淡彩色の絵なんだがね、唯口で言ふやうなものぢやない。其の煙の元が淡く、末がむら〱と濃く靡く。下伏せの火が、色が軽く、新しく颯《さつ》と薄紅《うすくれなゐ》に成つてる処が、まざまざと風が当るやうで、竹の中には月も露にありさうな……如何にも意気に清涼《すゞ》しい絵に、紅一色《べにひといろ》と云ふんです（後略）」　（十五）

第十一章　『草迷宮』における「感情」の形象化
――「声」と「まなざし」の効果を中心に――

一、「感情」の原因としての「声」と「まなざし」

明治四一年一月、春陽堂より出版された『草迷宮』は、発表当時より「ロマンチックな作品」[1]として受容されてきた。折しも文壇では自然主義が全盛を極め、越野格が「新興雑誌（たとえば「中央公論」――引用者注）における〈小説〉家としての鏡花の黙殺は、真に自然主義文学の擡頭という文壇の状況を如実に反映している」と総括した通り、〝小説家〟泉鏡花はすでに過去の遺物として葬られかけていた。[2]しかし、こうした状況下においても、鏡花の作品を、「神秘主義、象徴主義的、あるいは印象主義的に捉える評価の方法」[3]によって、救い上げようとする傾向は存在した。その代表的な例が、斎藤信策による「泉鏡花とロマンチク」（明治四〇年九～一〇月「太陽」）である。秋山稔は、この批評の発表時期が、『草迷宮』の執筆開始前後にあたると推測し、「『泉鏡花とロマンチク』への共感から、鏡花は自然主義の『智識』に対する『感情絶対』の立脚点に立ち、『草迷宮』を執筆したのではなかろうか」と指摘している。[4]

ただし、鈴木啓子が「『ロマンチック』に対する鏡花の物言いはいささか微妙である」[5]と指摘するように、鏡花ははっきりと「ロマンチック」を標榜したわけではない。たとえば、『草迷宮』の半年後に発表した談話「ロマンチックと自然主義」（明治四一年四月「新潮」）の中では、「自然主義であらうが、乃至ロマンチックであらうが、好く書けたものが好いと云ふことになるのだ」と言い、「自然主義」か「ロマンチック」かという二者択一的な対立構図を相対化するような発言をしている。だが、談話「予の態度」（明治四一年七月「新声」）において、「要するにお化は私の感情の具体化だ」とし、『草迷宮』をその「具体化」の例として挙げていることから、この時期の鏡花が、自身の創作の中心に「感情」を据えようとしていたことは確かだろう。

それでは、鏡花において「感情」を「お化」として「具体化」するとは、どのような作業であるのか。また、その「感情」は何によって引き起こされるのだろうか。「予の態度」では、幼少期に聴いた「鞠唄《ママ》」などの記憶、特にその「調節」の「何とも言えぬ美しさ」が「譬へ様が無い微妙な感情」を惹起すると説明されている。ここから、鏡花においては、「感情」と「調節」を伴う「声」との間に密接な関係があると意識されていることが見て取れる。

また、鏡花は談話「おばけずきのいはれ少々と処女作」（明治四〇年五月「新潮」）の中でも、「超自然力」という言葉を使って、自身の「感情」と「お化け」の関係を説明しようと試みている。ここで注目したいのは、この「超自然力」が、「声」とは異なる要素とも関連づけられている点だ。その異なる要素こそ、『草迷宮』の中で、「声」と共に様々な怪異を現出させている「まなざし」なのである。

『草迷宮』に登場する「声」に注目した先行研究には、たとえば赤間亜生[6]や塩田早智[7]の論考が存在する。たしかに、「声」は、鏡花が「予の態度」の中で、『草迷宮』の名を引きつつ言及していたものであり、その特権性を無視することはできない。しかし、『草迷宮』の怪異は、必ずしも「声」の効果のみで成立しているわけではない。たとえば、作品後半部において、秋谷邸内で夜伽をした村の若い衆が、「西瓜」を人間の「生首」と見間違い、パニックに陥るというエピソードを、明がやや滑稽に語っている。これなどは明らかに、「まなざし」による錯視効果によって引き起こされた怪異の例であるといえよう。

このように、『草迷宮』の怪異には、「声」以外にも、「まなざし」という要素が関与している。したがって、「お化」とは「感情」の「具体化」であるという鏡花の言葉は、怪異とは、「声」のみならず、「まなざし」という要素によっても惹起される、不安や畏れといった様々な「微妙な感情」を形象化したものだといっているのに等しいことになる。

本章ではまず、「おばけずきのいはれ少々と処女作」で説明される「超自然力」の原理に着目し、「声」と「まなざし」の作用が、「超自然力」の成立にどのように関わっているかを考察する。その後、『草迷宮』の中で、それらが怪異として「具体化」される過程を分析していく。

二、「超自然力」の原理

前節で触れた通り、鏡花においては「声」及び「まなざし」の効果が、なんらかの「感情」を誘発すると考えられている。いったん「声」や「まなざし」にとらえられた事物や言葉は、それを見る者・聞く者に、不安や畏怖、あるいは美的な感動や敬虔さといった、様々な「感情」を与えることになる。鏡花は、「声」や「まなざし」の効果がもたらすこれらの「感情」を、「お化」や「超自然力」として「具体化」し、説明しようと試みる。本節では、この「超自然力」が発動する原理を、「おばけずきのいはれ少々と処女作」の内容に即して確認していくことにする。

談話「おばけずきのいはれ少々と処女作」の内容は、おおまかにいって、「迷信家」としての鏡花が自身の「おばけずきのいはれ」を語る前半部と、「処女作」の『冠弥左衛門』（明治二五年一〇月一日〜一一月一八日）発表前後を回想する後半部とに分かれている。本節で問題にするのは、前半部で語られる「超自然力」についてである。

僕は明かに世に二つの大なる超自然力のあることを信ずる。これを強ひて一纏めに命名すると、一を観音力、他を鬼神力とでも呼ばうか、共に人間はこれに対して到底不可抗力のものである。（中略）世に所謂妖怪変化の類は、すべてこれ鬼神力の具体的現前に外ならぬ。（中略）乃至一草一木の裡、或は鬼神力宿り、或は観音力宿る。必ずしも白蓮に観音立ち給ひ、必ずしも紫陽花に鬼神隠るといふではない。我が心の照応する所境によつて変幻極りない。僕が御幣を担ぎ、其を信ずるものは実にこの故である。

鏡花独特の宗教感覚を伝える有名な部分であるが、ここで「超自然力」は「鬼神力」と「観音力」の二種に大別されている。前者は狭義の怪異の源泉であり、後者はその怪異を防禦する「加護」として捉えられている。これらの力は、「必ずしも白蓮に観音立ち給ひ、必ずしも紫陽花に鬼神隠るといふではない」といわれるように、あらかじめ特定の事物に内在しているわけではない。対象物に「観音」を見出すか、「鬼神」を見出すかは、あくまでも「我が心の照応する所境」に従って、相対的に決定される。

それでは、ある事物に「鬼神力」乃至「観音力」といった「超自然力」を発動させる契機とは何なのか。それはまず、「まなざし」による錯視効果として考えられる。視点の取り方によって、大型の壺にも、二人の人物が向き合っている様子にも見える図を思い浮かべてみて欲しい。このような錯覚を利用した騙し絵と同様、真正面から見れば、単なる「一木一草」や古道具に過ぎないものが、「我が心」に「照応」した「まなざし」を介すことによって、「鬼神」や「観音」といった「超自然」の存在として認識されることになるのである。この「まなざし」と同じ効果を発揮するもう一つの要素が、「声」である。

僕はかの観音経を読誦するに、「彼の観音力を念ずれば」といふ訓読法を用ゐないで、「念彼観音力」といふ音読法を用ゐる。蓋し僕には観音経の文句――なほ一層適切に云へば文句の調子――其ものが難有《ママ》いのであつて、その現してある文句が何事を意味しようとも、そんな事には少しも関係を有たぬのである。（中略）僕は唯かの自ら敬虔の情を禁じ能はざるが如き、微妙なる音調を尚《たふと》しとするものである。

ここで鏡花は、読経の仕方を「訓読法」と「音読法」とに大別し、あくまでも後者の方法にこだわっている。鏡花は、「訓読法」を経の「意味」を明確にすることと引き換えに、「敬虔の情」の源泉たる「文句の調子」を犠牲にする読経方法と捉えていた。そのため、「訓読法」を退け、「調子」優位の読み方である「音読法」を重視したと考えられる。

観音経の「文句」を、「敬虔の情」に値する「観音力」たらしめるのは、それを「読誦」する際の「調子」、すなわち「声」であると説明されている。逆に言えば、「調子」が伴わなければ、たとえどんなに「難有《ママ》い」「意味」が記されていたとしても、観音経の「文句」は、単に〝書かれたもの〟の集積でしかないのである。先の「まなざし」の場合と同様、「声」が付け加わることによって、観音経は「観音力」となり、我々に「現前」する。つまり、「まなざし」や「声」には、事物や言葉に宿り、それらを「現前」させる働きがあるとされているのである。

ここで注意しなければならないのは、様々な事物を「超自然力」として「現前」させる「まなざし」や「声」自体は、実体的なものではないという点である。これらの非実体的かつ断片的な要素が事物に取り憑いた時、取り憑かれた事物の方は、秩序内で通常占めているはずの安定した立ち位置から滑り落ちる。そしてそれは、秩序の中でいかなる位置も持たないが、かといって、端的に〝存在しない〟とも言い切れない「超自然」の存在、すなわち「鬼神」乃至「観音」に「変化」するのである。

このように、鏡花は「おばけずきのいはれ少々と処女作」において、「まなざし」や「声」が引き起こす恐怖心や「敬虔の情」などの「感情」を、「鬼神力」や「観音力」といった「超自然力」として「具体化」して語っている。次節以降では、本節で分析した「声」と「まなざし」の作用が惹起する「感情」が、『草迷宮』の中でどのように怪異として「具体化」されているかをみていきたい。

三、蔓延する「声」

『草迷宮』の冒頭には、「三浦の大崩壊《おほくづれ》を、魔所だと云ふ」という一文が置かれている。この「大崩壊《おほくづれ》」に突如響き渡るのが、正体不明の「声」である。それはまず、叱責の一喝として現れる。「『泳ぐもの、皈《かへ》れ』」あるいは「『親孝行でもしろ』」という「異声」は、「霄《おほぞら》の、何処に亀裂《ひゞ》が入つたか」と思われるほどの激しさを伴っている。

次いで、『草迷宮』のもう一人の主人公ともいうべき小次郎法師と、茶店の媼との対話が始まる。当初、彼らの会話は、旅人と、彼をもてなす茶店の主の関係性に相応しい節度の中で、「長閑《のどか》」に進行していた。だが、「気ちがひ」嘉吉の放った「唐突《だしぬけ》」な「奇声」を契機に、二人の対話の「長閑《のどか》」な均衡は破られる。野口哲也はこの「奇声」を、「言葉として表されるべき内面性」が徹底的に欠如した「声」と特徴づけている。(8)「『ヒイヒイ！』」という無意味な音声の断片と化した嘉吉の「奇声」は、小次郎法師と媼の対話に不意に割り込み、「長閑《のどか》」な時間の秩序に「亀裂《ひゞ》」を入れる。これをきっかけに、小次郎法師と媼の対話は、彼らの本来の関係性には不相応なほど長大化していくことになる。

嘉吉が「気ちがひ」になった事件のあらましを経て、媼は徐々にこの「声」の核心へと接近していく。それは、秋谷村一帯を覆う「童唄」として現れる。「『近頃は久しい間打絶えて聞いたこともござりませぬ。』」と媼が説明する通り、その「童唄」は長い間忘れ去られていた。唄は、実際に人々にくちずさまれることではじめて唄たり得る。

たとえ歌詞が残っていても、くちずさまれることがなくなれば、それは唄の形骸となるしかない。この「童唄」も、干からびた唄の死骸として、村人たちの記憶の奥底に打ち棄てられていたのである。

しかし、嘉吉がある正体不明の女と遭遇し、「気ちがひ」になった事件を境に、この忘れられていた「童唄」が、「流行り」始める。死骸であったはずの「童唄」が、正体不明の女の「声」に満たされることで、文字通り蘇生させられたのである。「童唄」は村中をさまよい、やがて「理の詰んだ歌」として「学校」で教えられる「唱歌」を圧倒してしまう。村内の子供たちは、まるで取り憑かれたようにこの「童唄」を唄い始める。「学校」とは、秋谷村の、ひいては村を包摂する国家の成員として相応しい人材になるべく、未熟な存在である子供を収容し、訓練を施す場所である(9)。「学校」を支配するのは、国民の共同体たる国家の「理」であり、子供はまずこの「理」によって意味づけられる。だが、亡霊の如く徘徊するこの「童唄」は、子供たちを妖しく魅了し、「学校」に通う過程で内面化させられたはずの共同体の「理」を解除してしまう。その結果、彼らは大人たちにとって、「魔」の使いのような不気味な存在と化すのである。

共同体の「理」は、訓練する者とされる者、大人と子供、親と子というように、人間を切り分けて関係づけ、それぞれの差異を際立たせることで秩序を成立させる。しかし「童唄」は、この「理」を絶えず侵食し、曖昧にしてしまう。そのため、秩序を保持しようとする者たちがこの「童唄」を耳にすると、「何でもたゞ事であるまい」と不安に駆られるのである。子供たちの合唱が、「逢魔が時」と呼ばれる時間帯になされるのも示唆的だ。昼と夜の差異が曖昧になったとき、「十年も十五年も昔聞いたやうにもあれば、かう云ふ耳にも、響く」（十一）という、過去でもあると同時に現在でもある矛盾した時間の様態を持つ「声」によって蘇った「童唄」が、村中に響き渡るのである。

こうして「理」から解き放たれた子供たちは、奇妙な仮面を被って仮装し、「童唄」を唄いつつ村中を練り歩くのであるが、その仮面に宿る「まなざし」の効果についての分析は次節に譲る。ここでは、この「童唄」の行方をさらに追っていくことにしよう。

小次郎法師は、鶴谷家の不幸な死者たちのために回向をして欲しいという媼の要請に従い、廃墟となった「秋谷邸」に宿泊することに決める。そこに先客として逗留していたのが、亡くなった母親から聞かされた「手毬唄」を追って諸国を放浪する葉越明である。明は、秋谷村内を流れる川で、「紫もありや黄色い糸もかゞってある、五色の」手毬を拾ったのをきっかけに、村に滞在することを決めたという。手毬が川を流れてきたのは、勿論偶然である。だが、この偶然は、「飽くまでも初一念を貫いて、其の唄を聞かねば置かない」（三十二）と決意するほど「手毬唄」に執着する明の目に、一種の啓示として映ったのである。

明は自分の求める「手毬唄」を、小次郎法師に次のように説明する。

「夢とも、現とも、幻とも……目に見えるやうで、口には謂へぬ――而《そ》して、優しい、懐しい、あはれな、情のある、愛の籠つた、ふつくりした、然も、清く、涼しく、竦《ぞっ》然とする、胸を掻拶るやうな、あの、恍惚《うっとり》となるやうな、（中略）生れない前《さき》に腹の中で、美しい母の胸を見るやうな心持の――唄なんですが、（後略）」

（二十九）

「目に見えるやうで、口には謂へぬ」、「生れない前《さき》に腹の中で、美しい母の胸を見るやうな心持」といった表現に見られる通り、この「唄」は、「童唄」を唄う女の「声」と同様、過去でもあると同時に未来でもあるような時間の様態を持つ。実際、明は母の「唄」を説明するために次々と言葉を連ねていくが、それらは決して具体的な像に収斂されない。むしろ、それらの連関は、「口には謂へぬ」と言われる通り、母の「唄」の再現不可能性自体を構成しているのである。

また、この母の「唄」は、「優しい、懐しい」と言われる一方で、「竦然《ぞっ》とする、胸を掻挘るやうな」とも形容される。さらに、「五色」の手鞠の下から浮かび上がってくる腐乱した猫の死骸は、母の「唄」に潜む暗い死の「亀裂《ひび》」を暗示している。

明は、母の「唄」と「童唄」を歌う女の「声」が同一であることを、直感的に「信じて」いる。しかし、村人たちとは対照的に、明は「声」をまったく怖れていない。それどころか、彼はこの「声」に強く惹かれているのである。

また、明の代わりに、「声」の持ち主である菖蒲と対面する小次郎法師も、村人たちのように、闇雲に「声」に怖れを抱くことはない。法師はしばしば、明の「分身」(10)のような存在とみなされるが、その理由の一つには、彼が明と同じく共同体の「理」に属さない流浪の身の上であることが挙げられるだろう。明と同様、秩序に与さぬ法師には、「声」を忌避する理由がない。さらに、法師はその宗教的な立場上、一般の人間とは異なる「理」を内面化している。実際、彼は深夜の邸内に不穏な気配を感じると、「仏像」を収めた「黒塗の小さな御厨子」を据え、仏に加護を求めてもいる。こうした仏教者としての「理」を保持しているからこそ、法師は「声」にいたずらに怯えることなく、菖蒲と対峙することも可能になるのである。

共同体の「理」の外にいる小次郎法師が聞き手になるのをきっかけに、菖蒲の「声」は、秋谷村の子供たちに感染し、「魔」に近い存在に書き換える「呪詛《のろひ》」から、明を保護する「美しき夢」へと劇的に反転している。この反転を象徴するのが、菖蒲の語る明の未来についての予言的な挿話である。

菖蒲の語る挿話は、明と母の「唄」との邂逅が、致命的な失敗に終わることを予言しているようにみえる。母の「唄」との再会を望むあまり、母と「他《あだ》し婦《をんな》」の区別すらつかなくなってしまう明の盲目的な言動は、必然的に

「地獄」への回路を開いてしまう。しかし、明が愛欲の「地獄」に落ちかけるまさにその瞬間、「天宮」に住まう「母君」が、他ならぬ「唄」による救いの手を差し伸べてくれるだろうと「美しき夢」を託宣する菖蒲は、自らの「声」によって、明を危機に陥れる「地獄」を蔽い、いつとは知れぬ未来の彼の幸福を保証するのである。

こうして、明の「唄」への執着が最終的には勝利を収めることが告げられる。そしてこのとき、菖蒲らが歌う「天神様」の「童唄」もまた、忌まわしい「呪詛《のろひ》」ではなく、明を祝福する讃美歌のような「懐しい」「唄」として小次郎法師の耳に響くのである。

「呪詛《のろひ》」と、「美しき夢」を語る祝福と、はたしてどちらが菖蒲の「声」の本質なのであろうか。どちらとも決定できない、というのが妥当な解答であろう。なぜなら、前節の「おばけずきのいはれ少々と処女作」の分析で確認した通り、「声」は、それを聞く側の人間の「心の照応する所境」に従って、「呪詛《のろひ》（鬼神）」にも祝福（「観音」）にもなり得るからである。秋谷村の村人たちのように、共同体の「理」の中で生きる人間たちにとっては、その秩序に「亀裂《ひゞ》」を入れる菖蒲の「声」は、脅威でしかないだろう。しかし、明や小次郎法師のような、共同体の「理」を自身の生の「理」としない者たちは、彼女の「声」に不安を掻き立てられることがない。彼らにとってその「声」は、なにごとか「懐しい」ものを想起させる甘美な響きであり、惹きつけられてやまないものなのである。

四、伝染する「まなざし」

本節では、「声」と共に『草迷宮』の怪異の成立に不可欠の要素である、「まなざし」について考察していく。そのためにまず、嘉吉が「気ちがひ」になった事件の顚末を検討してみよう。

嘉吉の事件は、八から十一にかけて、嫗の口から詳しく説明されている。ここで鍵になるのは、泥酔した嘉吉を彼の仕事仲間から押しつけられ、難儀していた宰八の前に現れた一人の女である。彼女は、「慄然《ぞっ》とするほど美しらしいお人」であるが、あたかも「団扇が衣服《きもの》を懸け」ているかのように、終始自分の顔を「団扇」で覆っている。宰八の前で「団扇」を外して口に横ぐわえにした時さえも、「『爺どのの方へ背《せなか》を向けて、顔を恁《か》う斜《はす》つかひに』」と言われる通り、彼に顔を見られないよう、入念に配慮している。女が彼女の顔をまともに見せるのは、覚醒した嘉吉に襲われかけ、彼を撃退した時だけである。「団扇」に横面を打たれて逃げて来た嘉吉は、安否を気遣う宰八に、ただ一言「『怪物《ばけもの》！』」と叫ぶ。以来、「『早や、変でござりましたげな』」という媼の言葉の通り、嘉吉は「気ちがひ」となってしまう。

媼は、嘉吉の災難を自業自得と責めつつ、女のことを「弁天様」に喩えて、その神的な気高さを強調する。だが、女の美しさを「慄然《ぞっ》とする」と形容したり、直後に流行する「童唄」の発信源が彼女であると明言したりすることを通して、この女が不吉な存在であることを仄めかさずにはいられない。なにより、この女が「団扇」でひた隠しにしている顔の下には、いざそれを直視した者を「気ちがひ」にしてしまうほど忌まわしいなにものかが宿っているのである。

顔を持たないことは、その存在が如何なる者であるか同定出来ないことを意味する。つまり、この空白の顔を持つ女は、秩序の内に位置づけられない謎として、秋谷村に現れたといえる。加えて、彼女には人間を「気ちがひ」にする、「怪物」染みたところさえある。前節でみたように、この「怪物」的な要素が、まずは「童唄」を蘇生する「声」として描かれているわけだが、女の「声」に触発された子供たちは、彼女を模倣するかのように、奇妙な仮面を被り、自分の顔を隠し始めるのである。

「（前略）てんぐ〳〵が芙萸《ずゐき》の葉を捩《も》ぎりまして（中略）かう顔へ被つたものでござります。（中略）中にも虫喰のござります葉の汚点《しみ》は、癩《かったい》か、痘痕《あばた》の幽霊。（中略）何とも厭な心持で、うそ寂しい、丁ど盆のお精霊様が絶えず其処《そこ》らを歩行《ある》かつしやりますやうで、気の滅入りますことと云うて《ママ》は、穴倉へ引入れられさうでござります。（中略）背の高いのから順よく並んで、同一《おなじ》やうな芙萸の葉を被つて居るけに（中略）どれが孫やら、伜やら、小女童《こめろ》やら分りませぬ。／おなじやうに、憑物がして、魔に使はれて居るやうで、手もつけられず、親たちがうろ〱しますの。」　（十二）

前節で指摘した通り、「童唄」を歌う子供たちは、「学校」を通じて与えられる共同体の「理」から解き放たれる。そして同時に、共同体の生殖と世代の再生産を保証する家族の「理」からも逸脱していくのである。子供たちは「芙萸の葉」を被ることによって、己の顔を一時的に消去する。それは、普段は誰かの「孫」や「伜」として同定されている彼らの個別性を抹消することを意味する。共同体の中での子供たちの身分を認証するはずの顔が、「芙萸」の仮面によって曖昧にされ、「同一《おなじ》やうな」存在にされてしまう時、大人たちはまるで「魔に使はれて居る」かのごとき不安に襲われるのである。

たしかに、「芙萸の葉」を剝ぎ取ってしまえば、自分たちの息子や娘、あるいは孫の見慣れた顔が現れることに疑問の余地はない。だが、それが覆い隠されているという事態が、かえって大人たちの確信に「亀裂《ひび》」を入れるのである。見慣れた顔があるだけだという意味で、「芙萸の葉」の向こう側には、実際には何も存在してはいない。むしろ、「芙萸の葉」が顔を覆っているからこそ、見慣れたものが見慣れぬものに変化し、仮面の背後になにか得体の知れないものが潜んでいるのではあるまいかと疑わせるのである。

大人たちが「芙萸の葉」によって触発された疑いを「まなざし」として投じた結果、子供たちはいよいよ「幽霊」にも似た不吉な存在として、彼らの前に「現前」することになる。このことに、大人たちは「変ぢや、希有ぢや」という不安を抱き、それが更なる疑いを喚起して、子供たちに「盆のお精霊様」を見出す「まなざし」が一層強化されてしまう。このような「まなざし」の下では、葉の「虫喰」の穴や「汚点《しみ》」も、「癩《かつたい》か、痘痕《あばた》」といった疫病の徴の如く受け止められる。大人たちの間に伝染病のように伝播する、「まなざし」を介した疑いと不安の悪循環は、「声」の侵入と共に、秋谷村の秩序を確実に動揺させるのである。

　こうした「まなざし」による「魔」の「現前」が、ほかならぬ「訓導」の身に生じていることは興味深い。いうまでもなく、「訓導」とは「学校」における「理」の尖兵であり、「唱歌」や「体操」を通して、子供たちに共同体の規律を徹底して教え込む存在である。実際、彼は「童唄」の流行に怒り、「『苟も学校のある土地に不思議と云ふ事は無いのだから。』」（二十）と豪語する。さらに、「『忽見る大蛇の路に当つて横はるを、剣を抜いて斬らんと欲すれば老松の影！』」（十九）と嘯き、「魔」とは「見る」側の錯誤に過ぎないと喝破してみせさえする。このように、「訓導」は「不思議」を「理」の内に回収しようとするが、結局は「緋の袴を穿いた官女の、目の黒い、耳の尖がつた凄じき女房」、あるいは「朱の面した大猿にして、尾の九ツに裂けた姿」を「見」てしまう（三十七）。彼もまた、秋谷村に広がる疑いと不安に、知らず知らずのうちに感染し、「見る」対象物を「魔」として「現前」させる「まなざし」を共有していたといえるだろう。「まなざし」の生む「魔」を前に、「理」はあえなく掘り崩されるのである。

　さて、この「まなざし」が村にはびこる原因となった女の正体は、前節で取り上げた「声」の主でもある菖蒲である。彼女は、小次郎法師と対面した際、以下のような姿で彼の前に現れた。

実《げ》にこそ其の顔《かんばせ》は、爛々たる銀《しろがね》の眼一双《なら》び、眦に紫の隈暗く、頰骨のこけた頤蒼味がかり、浅黄に窪《くぼ》んだ唇裂けて、鉄漿《かね》着けた口、柘榴の舌、耳の根には針の如き鋭《と》き牙を噛んで居たのである。／「おゝ、自分の顔を隠したさ。貴僧《あなた》を威す心ではない、戸外《そと》へ出ます支度まゝ……まあ、お恥かしい。」／と横へ取ったは白鬼の面。端麗にして威厳あり、眉美しく、目の優しき、其の顔《かんばせ》を差俯向け、しとやかに手を支《つ》いた。（四十二〜四十三）

彼女の「顔」は、はじめ非常に恐ろしいものとして露わになる。この「顔」は、それを見た嘉吉が「気ちがひ」になったのも充分に納得できる禍々しさである。しかし、この禍々しさは菖蒲の本質ではないことが、すぐに明らかになる。彼女の本性と思われた恐ろしい「顔」は、実は「白鬼の面」に過ぎず、それを「横へ取」ると、「端麗にして威厳」のある「眉美しく、目の優し」い、もう一つの「顔」が登場するのである。

本節冒頭でみた通り、「童唄」の女、すなわち菖蒲は、嘉吉と宰八の前に姿を現した際、「団扇」によって顔を覆っていた。それを取り去ってしまえば、嘉吉を「気ちがひ」にした「怪物」のようなおぞましいなにかが在るはずだった。だが、小次郎法師との対面の場面において、この「怪物」じみたなにものかさえ、「団扇」と同じ「面」であったことが明らかになる。菖蒲は、二重の「面」を被る女なのである。秋谷村の住民は、菖蒲を空白の「顔」を持つ謎の女、あるいは「怪物」的な脅威を体現する女として捉え、暗々裏に村の秩序を動揺させる元凶とみなしていた。しかし、そのような見方は、「団扇」あるいは「白鬼の面」のもたらした仮象に過ぎなかったことが、ここで暴露されるのである。

このように、菖蒲の「顔」もまた、極端な価値転換を伴って明らかにされる。その結果、彼女が外出用に身につける「白鬼の面」が、あたかも彼女に「戸外《そと》」から貼り付けられたレッテルであるかのように見えてくる。「爛々たる銀《しろがね》の眼一双《なら》び、眦に紫の隈暗く、頬骨のこけた頤蒼味がゝり、浅黄に窪《くぼ》んだ唇裂けて、鉄漿《かね》着けた口、柘榴の舌、耳の根には針の如き鋭《と》き牙を噛んで居た」と描かれる「白鬼」の形相は、菖蒲の存在に向けられる「戸外《そと》」の人間たちの「まなざし」に凝った疑義と不安の象徴とも考えられるのである。

「声」同様、「まなざし」もまた「魔」を呼び込む。しかし、菖蒲は単なる「怪物」というわけではない。彼女を「怪物」とみなすのは、あくまでも秩序の側からの「まなざし」だからである。したがって、異なる「まなざし」の下では、彼女もまた別のなにものかとして「現前」する。その証拠に、菖蒲とは初対面であるはずの小次郎法師も、己の「まなざし」の下に彼女を捉えることにより、次のような幻視をするのである。

> 待てよ。古郷《ふるさと》の涅槃会には、膚《はだ》に抱き、袂に捧《さゝ》げて、町方の娘たち、一人が三ツ二ツ手毬を携へ、同じやうに、着飾つて、山寺へ来て突競《つきくら》を戯れる習慣《ならゐ》がある。少《わか》い男は憚つて、鐘撞堂から覗きつゝ、其の遊戯《あそび》に見惚れたが（中略）巨刹《おほでら》の黄昏に、大勢の娘の姿が、遥に壁に掛つた、極彩色の涅槃の絵と、同一状《おなじさま》に、一幅の中へ縮まつた景色の時、本堂の背後《うしろ》、位牌堂の暗い畳廊下から、一人水際立つた妖艶《うつくし》いのが、突きはせず、手鞠《ママ》を袖に抱いたま、すら〳〵と出て、卵塔場を隔てた几帳窓の前を通る、と見ると、最《も》う誰の蔭になつたか人数《ひとかず》に紛れて了《しま》つた。其だ、此の人は、否《いや》、其の時と寸分違はぬ――（四十五）

「手毬」をつく菖蒲に合わせて、「桔梗刈萱」「萩女郎花」や「鈴虫、松虫」の「声々」が歌う「唄」に触発され、小次郎法師は「古郷《ふるさと》の涅槃会」の「景色」を想起する。その記憶もまた、「大勢の娘の姿」が「極彩色の涅槃の絵」と「同一状《おなじさま》」に見えるという「まなざし」の効果によって構成されている点に注目したい。さらに法師は、この「絵」のような記憶の中の「水際立つた妖艶《うつくし》いの」と、菖蒲を重ね合わせ、「其だ、此の人は、否《いや》、其の時と寸分違はぬ」と確信する。

　ここで小次郎法師に生じている事態は、『草迷宮』に現れる「声」と「まなざし」の効果を凝集したものであるといえよう。彼は、四方から響く「声々」によって、「古郷《ふるさと》」の記憶を呼び覚まされ、「夢」のような非現実的な気分に浸っている。そして、その「夢」にも似た郷愁は、「まなざし」を介して菖蒲の上に投げ返され、初めて見るはずの彼女を、記憶の中の「妖艶《うつくし》い」女と「同一《おなじ》」人物だと錯視する。このとき、菖蒲はもはや彼女自身ではなく、「古郷《ふるさと》」の「妖艶《うつくし》い」女として小次郎法師の前に「現前」しているのである。

鏡花は、『草迷宮』の中に登場する怪異を、自らの「感情」の「具体化」であると語っていた。「おばけずきのいはれ少々と処女作」の中では、「超自然力」として「具体化」される種々の「感情」を刺激する要素として、「声」と「まなざし」が重要であるとされていた。単なる事物や言葉を、「鬼神」や「観音」といった「超自然」の存在として「現前」させるのは、畏怖や「敬虔の情」といった「感情」の契機となる「声」や「まなざし」なのである。『草迷宮』では、この「声」や「まなざし」によって触発された様々な「感情」が、怪異や、それに近い不思議な現象として描かれた。たとえば、菖蒲がくちずさむ「童唄」は、秋谷村に住む人間たちを不安にさせ、共同体の「理」を動揺させる。また、この不安は村人たちの「まなざし」を介して、彼らの見る物や人にも伝染していく。その結果、なんの変哲もない石や木が、彼らの目には「魔」として「現前」してきてしまうのである。

しかし、この「声」や「まなざし」が、人間を損なう効果ばかりをもたらすわけではないことは、明や小次郎法師に生じた事態をみれば明らかである。明の場合は、秋谷村に響く菖蒲の「声」を、自身が追い求める母の「唄」であると直感し、彼女の「声」に強く魅惑される。また、小次郎法師は、「唄」を歌う花々や虫の「声々」によって想起させられた「夢」のような郷愁を、自身の「まなざし」を介して菖蒲に投ずることで、記憶の中の「妖艶《うつくし》い」女と彼女を同一化するのである。このように、『草迷宮』に出現する「超自然力」は、登場人物たちの「心の照応する所境」に従って、まさに「鬼神」的にも「観音」的にも形象化されている。

鏡花は自らを「ロマンチック」の作家と積極的に規定することはなかった。しかし、たとえば談話「予の態度」の中で、「現実を現実としてのみ描き度は無い、現実を通して更に最う一層大きな力に到りたいのだ」と述べているように、鏡花には、「現実」の背後にあって、「現実」を突き動かす「大きな力」を小説によって捉えようとする野心があった。彼が、「智識」によって「現実を現実としてのみ描」くことに小説の価値を見出すかのような「自然派」の主張を受け入れがたいと感じた理由の一端は、ここにある。

　こうした状況の中で書かれた『草迷宮』は、文字通り、鏡花の野心作である。これまで確認してきたように、『草迷宮』において、登場人物たちにとっての「現実」を「現前」させるのは、事物や言葉に関わる種々の「智識」ではなく、「声」や「まなざし」のような非実体的な要素に触発されて様々に変化する彼らの「感情」であった。鏡花が描いたのは、「現実」に先立つ「大きな力」としての「感情」が、「現実」をあらしめようとする際のメカニズムであり、『草迷宮』の意義もまさにここにある。なぜなら、このメカニズムは、「自然派」が提示する「現実」とは別の「現実」があり得る可能性を指し示すものでもあるからだ。先の談話で、「鞠唄《ママ》」の「調節」の「美しさ」によって「譬へ様が無い微妙な感情が起つて来る」、この「感情」の「具体化」こそが『草迷宮』であるといったとき、鏡花はこの別の「現実」を生み出す「大きな力」の在処を、すでに明確に摑みとっていたのである。

注

（1）明治四一年五月御風生「風葉鏡花二氏の近業」。しかし相馬御風は、鏡花を「徹頭徹尾他界の人」とした上で、「作者は何故に現在の生活を根底としたロマンチツク・ドリームなり、シンボルなりを、見せないのだらう。これが疑問だ」と否定的な評価を行っている。以後、多数の論者が本作に言及してきたが、現在ではむしろ「他界の人」たる鏡花独自の「ロマンチツク・ドリーム」が描かれている点こそが、『草迷宮』を肯定的に評価する際の根拠となっている。『草迷宮』の先行研究は数多く存在するが、たとえば、作品の構造、あるいは表現上の特徴に言及した論考として、澁澤龍彦「思考の紋章学1・ランプの廻転」（昭和五〇年一〇月「文芸」）、種田和加子「『草迷宮』―魔的世界の断面―」（昭和五五年一二月「立教大学日本文学」四五号）、高桑法子「『草迷宮』論―鏡花的想像力の特質をめぐって―」（昭和五八年一〇月「日本文学」三二巻一〇号）、種村季弘『草迷宮』「解説」（昭和六〇年三月／岩波文庫）、中山昭彦「変異のメディア〈と〉共同体――『草迷宮』論」（平成四年一〇月「日本近代文学」四七集）などがある。また、本作の素材を実証的に調査した例として、小林輝冶「『草迷宮』の構造―毬唄幻視譚―」（昭和五四年三月「鏡花研究」四号）、吉田昌志「泉鏡花『草迷宮』覚書―成立の背景について―」（昭和五八年三月「緑岡詞林」七号）がある。

（2）「泉鏡花文学批評史考（1）：鏡花文学における読者の問題」（昭和五六年三月「北海道大学文学部紀要」二九（二））。

（3）（注2）前掲論文。また、鈴木啓子は「鏡花受容とロマンチック」（平成一八年一月「国語と国文学」）の中で「鏡花作品を直に『ロマンチック』とする時評」の最も早い例として、明治三四年四月二二日付「読売新聞」に掲載された正宗白鳥「月曜文学・鏡花の註文帳を評す」を挙げている。

（4）「自然主義と鏡花」（平成二一年九月「解釈と鑑賞」）。

（5）（注3）前掲論文。なお、鏡花と「ロマンチック」の関係については、第七章参照。

（6）「『草迷宮』論―〈音〉をめぐる物語―」（平成五年一月「文芸研究」一三二号）。

（7）「泉鏡花『草迷宮』論」（平成五年一二月「高知大国文」二四号）。

（8）「唄声の重層性について―『草迷宮』論―」（平成二三年九月／泉鏡花研究会編『論集泉鏡花』第五集／和泉書院）。

（9）たとえば、後述する「学校の訓導」が、「『軍歌でもやるならまだの事、子守や手毬唄なんかひねくる様な奴の、弁当持つて堪るものか。』」（二十三）という言い方で明を侮蔑したり、「警察の諜者」である「狐店の親方」と共謀したりしている。このように作中では、「学校」の背後には国家が控えていることがさりげなく書き込まれている。

（10）種村（注1）前掲論文。このほか、明と小次郎法師の関係を論じているものに、高桑（注1）前掲論文、笠原伸夫「『草迷宮』の霊的エロス」（昭和六二年六月「語文」六八号）、魯恵卿「小次郎法師の物語――泉鏡花『草迷宮』論」（平成一〇年二月「日本語と日本文学」二六号）、石川勝啓「泉鏡花『草迷宮』の主題」（平成元年一一月「日本文芸学」二六号）がある。

終章

本書では、泉鏡花の作品世界における「父」の問題を扱ってきた。従来の研究では、鏡花の作品はもっぱら「母(女)」の物語として解釈されることが多かった。このような解釈においては、「父」は単に排除されているとみなされるか、「母」の君臨するユートピアを害する通俗性として把握されてきた。しかし、鏡花が「父」、あるいは「法」の次元を無視したまま創作を行っていたわけではないことは、彼の新進作家時代に書かれた「観念小説」や、明治四〇年代に書かれた師弟という擬似的な父子関係を主題にした『婦系図』や『白鷺』といった作品からも明らかである。本書は、これらの作品を、「父」及び「父」との関係において描き出される「女」に着目して分析してきた。また、鏡花の文体の変遷を、言文一致運動との関わりから捉えることにより、鏡花が「言文一致」を試みることを通じて、自らの作品を構造化するための「法」を導入しようと努力していたことを明らかにした。

明治二〇年代後半、鏡花は「観念小説」の書き手として文壇に認知される。日清戦争の勝利を受けた当時の文壇が希求していた「小説」とは、ヒューマニストであると同時にナショナリストであるような「人間」の姿が、過不足なく描かれている作品であった。このような文壇の要請に、鏡花は、「海城發電」を書くことによって、彼らの求める「人間」像とは真っ向から対立する「人外《にんがい》」たる存在をつきつけた。そして、この「人外《にんがい》」の持つ「博愛」を、「人間」=「国民」の帝国主義的な利害の論理に対抗する倫理への道を開く可能性として提示したのである。

この「人外《にんがい》」は、続く「貧民倶楽部」において、「華族」を頂点とする社会秩序から排除された存在である「貧民」として、改めて描き直されることとなる。「貧民」たちは、秩序を維持する「則《おきて》」を踏み込えるのみならず、彼らが独自に設定した別の「則《おきて》」に従うことにより、既存の「則《おきて》」を無効化してしまう。それゆえ、彼らは「華族」ら秩序側の人間たちから、「悪魔」と呼ばれるほどに怖れられることになる。「貧民倶楽部」に書かれる「華族」対「貧民」の闘争は、一種の「則《おきて》」の葛藤・対立として演出されている。このように、新進作家時代の鏡花は、「人間」＝「国民」の秩序の「則《おきて》」とは別の「法」を模索することで、作品の中に独特の批判意識を示すこととなったのである。

明治三〇年代初頭から半ばにかけて、鏡花は、文壇における「言文一致」への志向に呼応し、自身の〝文体〟の改造に取り組むことになる。その結果、「笈摺草紙」、「な、もと桜」、『湯島詣』といった諸作品が書かれたわけだが、この過程で、鏡花は、従来の文語文的な論理性に代わって物語を統御する新たな論理性を、どのように導入するかという課題につきあたる。同時に、言文一致体がもたらす「蕪雑」さを回避するため、ある種の美的な要素を作品内に動員する必要にも迫られる。その美的な要素、すなわち「詩」として見出されたのが、亡き母の記憶を核とする「女」だった。しかし、この「母」たる「女」たちは、言文一致的な論理性の中に位置づけられることにより、絶えず散文化＝世俗化されざるを得ない。このことは、「詩」的かつ美的な「女」を完璧に描き出すことの不可能性に帰着する。『湯島詣』の悲劇的な結末は、「母」は存在しないという嘆きを象徴するものであるが、鏡花はむしろこのような「母」の不可能性を知悉した上でなお、「女」を描くことを自身の主題として引き受けたという点が重要なのである。

明治三六年に、師である尾崎紅葉が逝去して以降、鏡花は本格的に「父」について書く仕事に着手する。それは、これまで文壇に多大な影響力を振るってきた硯友社の領袖の死後、新勢力台頭の著しい文壇での新たな立ち位置を確保するためにも、必須の作業であった。この時期に発表された各種談話の中で展開された「自然派」批判は、鏡花がこれまで導入しようと試みてきた「言文一致」的な論理性への決別宣言でもあった。鏡花は、「言文一致」的な論理性を抵抗なく受け入れる「自然派」、特に「無飾とか、無技巧とか云ふ或一派の論者」に対して、たとえば「浅草の観音」が、「観音の歴史や、記録や、建築や、又はその場所等」の表象を「互に綜合」した「文字」である以上、書くことにおいて原理的に「無技巧」あるいは「無飾」などということはあり得ないと反論する（「予の態度」）。鏡花はここで、「無技巧」「無飾」を唱える「自然派」が、なかったことにしているあるものを盛んに擁護している。それは「浅草の観音」という「文字」によって触発されるはずの「感情」に関わる、あるものである。とはいえ、ここでいう「感情」は、単なる喜怒哀楽や、適度な心地よさのみを意味しているわけではない。それは、絶対的な無気味さ、恐ろしいほどの崇高さ、強烈な罪責感や不安感など、場合によっては、人間を危機に陥れかねない諸々の情動の総称としての「感情」である。鏡花は、我々を不意に襲っては、これらの「感情」を触発する非実体的なもの（「浅草の観音」の例でいえば、この「文字」に纏いつく「観音の歴史や、記録や、建築や、又はその場所等」の表象が「綜合」されたイメージの束）を、「観音力」あるいは「鬼神力」と呼び、「自然」を超えた「大きな力」として規定する。そして、この「大きな力」こそ、「現実」のみを書くと称する「自然派」たちが、頑なに知ろうとしないものだというのである。

鏡花は、『婦系図』において、自身の経験した紅葉との師弟関係を素材として、「父」の絶対的な秩序支配の有様を書く一方、そうした「父」の支配力をなし崩しにしてしまう「女」を描いた。このとき、鏡花の「女」は、不可能な美的存在であるのみならず、秩序の「法」によっては捉えることのできない不定形の「汚点《しみ》」としての側面を露わにする。しかしこれは、鏡花の「女」が、秩序内での劣位に甘んじるものでしかないという意味ではない。それは、鏡花がかつて新進作家時代に盛んに描いた、秩序の「則《おきて》」ではなく、自身が設定した特異的な「則《おきて》」にのみ従うことで、別の倫理に到ろうとする「人外《にんがい》」に連なるような存在なのである。鏡花はこうした「人外《にんがい》」としての「女」のイメージを、「新ロマンチシズム」の影響下で、さらに洗練させたと考えられる。その結果、不可能な美的存在としての「女」と、秩序の「法」に抵抗する「人外《にんがい》」としての「女」とがみごとに融合し、『草迷宮』の菖蒲として結実する。

鏡花はしばしば〝天才肌〟と評され、時代の趨勢とは隔たったところで、自己の理想を職人的に追求した小説家であるといわれる。しかし、少なくとも明治期の鏡花は、その種の自閉的な小説家ではなかった。本書で明らかにした通り、鏡花の作品世界において、「父」及び秩序の「法」は必ずしも排除されていないし、「女」を単純に損なうものとして書かれているわけでもない。むしろ、鏡花は、明治二〇年代後半の新進作家時代から、「自然派」とのヘゲモニー争いに身を投じる明治四〇年代まで、一貫して、既存の秩序の「法」に抵抗する別の「法」を模索し、その過程で「女」のイメージを磨いていくと同時に、彼独自の「現実」批判を展開していったのである。

以下、本書の論点を踏まえた上での今後の展望を示す。

本書第七章「『革命的精神の詩人』村岡不二太」において、『風流線』の主人公の一人である村岡不二太が、明治三四年前後に起こった新ロマンチシズムの潮流の中で紹介された「革命的精神の詩人」としてのハイネ像の影響下で書かれた可能性を検討した。その際重視したのは、鏡花が当時親しく交友していたドイツ文学者・登張竹風によるハイネ紹介の仕事と、鏡花が新進作家としてデビューした時から、一貫して彼を「天才」と評し支持した田岡嶺雲によるハイネ論であった。

このほかに、鏡花がハイネを知るきっかけを与えたと考えられる人物として、柳田国男を挙げることが出来る。ルートウム・ペーターによれば、柳田は「おそらくは詩人時代の後期（中略）すなわち、彼が東京の第一高等学校および東京帝国大学在学中[1]」にハイネの『流謫の神々』を読み、非常な感銘を受けた。鏡花と柳田の交友が始まったのが、ちょうどこの時期であることは、夙に知られているところである。(2)さらに、鏡花が柳田の民俗学から創作上のヒントを得ていたことについても、多数の指摘がある。中でも安部亜由美は、「泉鏡花文学における柳田民俗学の受容(3)」において実証的な検討を行った結果、鏡花における柳田民俗学の受容時期について、次のように推定している。

「郷土研究」は大正二年三月から六年三月まで刊行されたが、管見の限りでは、大正六年三月以前の影響例を看取できない。従って、鏡花が刊行時に逐次読んでいた可能性は低い。「郷土研究」掲載論考からの影響が見え始めるのは、大正十年前後からである。この点に関連して注目すべきは、大正十年前後の作品に『遠野物語』の影響を看取できることである。（中略）明治四十三年の刊行から十年も経ったこの時期に、初めて『遠野物語』の影響が現われることは看過できない。おそらく鏡花は、大正十年前後に「郷土研究」を入手し、柳田民俗学に触れたことが契機となって、改めて『遠野物語』を素材として見直し、作品に利用したのではないか。現時点では「郷土研究」入手の経緯までは明らかでないが、鏡花が大正十年前後に柳田民俗学を受容し始めたことは、以上よりほぼ確実であると言えよう。

安部の推定によれば、鏡花が柳田の仕事、就中、その民俗学的な成果を積極的に摂取し始めたのは、大正半ば以降ということになる。一方、この時期以前の影響関係については、『湯島詣』をはじめ、柳田をモデルとした人物が登場する作品がいくつか見られはするものの、「鏡花が柳田の詩や初期の著作をどう評価していたかを窺い知ることはできない」と慎重に結論づけている。また、鏡花の受容態度については、「柳田の所説そのもの」ではなく、「断片的なイメージ・表現のみ」を摂取するのが、「鏡花の民俗学受容に通底する特徴」であるとしている。

こうした安部の指摘は、鏡花のハイネ受容を考察する上でも、示唆に富むものである。たとえば、村岡不二太の「イメージ」から遡及的に分析を行うことで、明治期における柳田からの影響の一例として、ハイネ『流謫の神々』受容を想定することも可能なのではないだろうか。柳田は明治三八年九月に発表した「幽冥談」(4)(「新古文林」)の中で、『流謫の神々』を読んだ感想を、次のように伝えている。

貴下はお読みになった事がないか知らぬけれども、ハイネの諸神流竄記(『流謫の神々』——引用者注)と云ふ本がある、僕はそれを読んだ時に非常に感じた、それは希臘の神様のジユピターを始めとしてマルス、ヴヰナスと云ふやうな神様が基督教に負けて、人の住まない山の中に逃込んだ、(中略)基督教から見れば是等は一種の悪魔に近いが、希臘の昔の多神教から言へば殆ど台湾の鄭成功、国姓爺ぐらゐの信仰があるのであるけれども、ハイネは信仰の無い人だから極めて軽蔑した言葉で書いてある、もちろんこれはハイネも滑稽的に書いたのだらうと思つたが、それを見て窃かに日本の宗教の不振を慨嘆したのである。(中略)兎に角日本には一種変つた信仰がある、又それは国民の性質にも影響して居れば、時代々々の時勢にも、又一歩進んでは歴史上の事実にも非常な関係を有つて居る。之には必ずプリンシプル、一の原則が存在して居ること、信ずる、(中略)此事を十分に研究し、また希臘のミソロヂーなどに比較して研究して見ると、希臘の神はどこかへ隠れて絶えて仕舞つた。ヴヰナスの如きは基督教から醜業婦と言はれて居る、斯の如く希臘の神道は衰微して居るにも拘はらず、日本は幸ひにさう衰へない、現今二三十年の間こそ斯の如き有様で居るけれども、現に二人なり三人なり本当の信者はあるし、是れから盛んになる形跡を示されて居るのであるから、希臘の神道から見れば日本の幽冥教の方が有望の事と思つて居る。

相馬庸郎は、このような柳田の捉え方を、「キリスト教支配下のヨーロッパ民間信仰において、ギリシャ・ローマの神々が悪魔とされてしまっていることの、問題の重要性」という「ハイネのその意図を正統に受けとめた」[5]ものとして注目している。そして鏡花もまた、嶺雲や竹風に加え、柳田の問題意識を経由した上で、ハイネのこの「意図」に接する機会を得たとは考えられないだろうか。たしかに、ハイネの晩年期に書かれた『流謫の神々』には、往時ほど積極的なキリスト教という既成宗教への批判・抵抗のニュアンスは見られない[6]。しかし、「基督教」に負けて「人の住まない山の中へ逃げ込んだ」「希臘の神様」たちの「流謫」の「イメージ」は、「名利、名聞」のために小松原龍子に横恋慕した竪川昇の攻撃に敗北し、「日光」の山中に逃れ自殺しようとしたが果たせず、「鞍ヶ嶽」の「番小屋」に流れ着き、そこに身を隠した亡命者・村岡の境遇と、明らかに重なるものであるといえるだろう。このように、民俗学的な知見の受容を超えた、鏡花による柳田受容の可能性を模索することが、今後は必要になってくると考える。

また、このようなキリスト教批判を含むハイネ受容の素地を形成した要素の一つとして、彼の幼少時におけるキリスト教体験に着目し、それが後の創作にどのような影響を及ぼしたかについても、本格的に分析する必要があるだろう。鏡花は、金沢日本基督教会（一致教会派）によって開かれた真愛学校（明治一五年に創立。後、北陸英和学校と改称）に、明治一七年から約三年間籍を置き、教育を受けている。この時期に親しく交流を持った一致教会派所属の宣教師の妹、ミス・ポートルは、鏡花の初期作品中に登場する、理想的な女性像の原型となった人物の一人として知られている。鏡花とキリスト教との関連についての先行研究の状況は、持田叙子が「明治のバイリンガル感性の中のキリスト教」[7]の中で、次のように指摘している。

ミス・ポートルの存在は、鏡花の母恋いの主題と関わるモデル論としては、注目されてきた。しかし、鏡花とキリスト教との本質的な関わりについては、その重要《ママ》を村松定孝が先駆的論考「鏡花とキリスト教」において提唱しているものの、管見のかぎり、その後、具体的な考究は継がれていない。むしろ、ミス・ポートルはあこがれの人であるけれど、仏教信仰のあつい鏡花は、キリスト教自体には無関心であるとみなされる傾向がある。

持田は、「文章上のレトリックやイメージ、背景風俗などの面においても実はなみならず、鏡花は聖書を引用している」として、「築地両国」（明治四四年）、『芍薬の歌』（大正七年）、「飛剣幻なり」（昭和三年）などの作品に潜在する、「キリスト教文化」摂取の痕跡を見い出している。さらに、幼少期の鏡花が、ミス・ポートルを介して接したと考えられる「日本近代初の児童文学雑誌『喜《よろこび》の音《おとづれ》』」について言及している。持田も指摘する通り、この雑誌は、大正八年に発表された『由縁の女』の主人公である礼吉の回想中にも、「喜びのおとづれ」として登場し、鏡花が一致教会派の宣教師たちと関わりを持つ時期から考えて、創刊当初からこの雑誌に親しんでいた可能性が高いという。持田は、キリスト教系の児童文学雑誌「喜《よろこび》の音《おとづれ》」を対象とする幼少期の継続的な読書体験が、鏡花の作品に現れる「キリスト教文化」的な「レトリックやイメージ」を醸成したのではないかとしている。

このような持田の指摘を踏まえ、今後は、鏡花とキリスト教との関連を、単なる伝記的なエピソード以上のものとして考察しなければならないだろう。さらに、明治期の作品に限らず、大正、昭和の諸作品までを一貫して分析することで、両者の関連をより具体的に把握することが可能となる。また、作品自体はもちろん、幼少期の鏡花が目にしたと考えられる雑誌「喜《よろこび》の音《おとづれ》」に、どのような記事が掲載されていたのかを含めて、鏡花におけるキリスト教の影響については、総合的に検討していく必要がある。「キリスト教文化」の摂取という主題の下、明治期から昭和の初期まで創作を続けた鏡花の作品を、体系的に捉えることまで視野に入れていきたい。

注

（1）「柳田国男の「一国民俗学」誕生に関する一考察―ハインリッヒ・ハイネ著『流謫の神々』の思想的な影響―」（平成一五年三月「民俗学研究所紀要」二七集）。

（2）柳田の自伝『故郷七十年』（昭和三四年一一月／のじぎく文庫）には、帝大時代から始まる鏡花との交友について、次のように書かれている。

吉田君（吉田賢龍――引用者注）は泉鏡花と同じ金沢の出身だったので、二人はずいぶんと懇意にしていた。（中略）私が泉君と知り合いになるきっかけは、この吉田君の大学寄宿舎の部屋での出来事からであった。（中略）その時分私は白い縞の袴をはいていたが、これは当時の学生の伊達であった。ある日こんな恰好で、この部屋の外を通りながら声をかけると、多分畔柳芥舟君だったと思うが、「おい上がらないか」と呼んだので、窓に手をかけ一気に飛び越えて部屋に入った。偶然その時泉君が室内に居合せて、私の器械体操が下手だということを知らないで、飛び込んでゆく姿をみて、非常に爽快を感じたらしい。そしていかにも器械体操の名人ででもあるかのように思い込んでしまった。泉君の「湯島詣」という小説のはじめの方に、身軽そうに窓からとび上る学生のことが書いてあるが、あれは私のことである。泉君がそれからこの方、「あんないい気持になった時はなかったね」などといってくれたので、こちらもつい嬉しくなって、暇さえあれば小石川の家に訪ねて行ったりした。

（3）平成一八年九月「京都大学國文學論叢」一六号。

（4）引用は筑摩書房版『柳田國男全集』三一巻（平成一八年五月）に拠る。

（5）『柳田国男と文学』（平成六年一月／洋々社）。

（6）高池久隆「人間としての神々―ハインリヒ・ハイネの『流謫の神々』―」（平成七年一一月「独文学報」一一号）。高池は、「表題がすでに明確に示している通り、この作品においては『流謫』が重要なテーマとなっており、ここに登場する神々は、同じく長い『流謫』の暮らしを続けているハイネ自身の像を色濃く反映しているのである」と指摘している。

（7）初出は平成二三年七月「三田文学」一〇六号。『泉鏡花　百合と宝珠の文学史』（平成二四年九月／慶應義塾大学出版会）所収。

初出一覧

序章　鏡花世界における「父」の審級
　原題：「鏡花世界における『父』の審級」中、「『父』の不在？」「『過渡の時代』の鏡花」／二〇一〇年五月「文芸と批評」一一巻一号

第一部　鏡花の出発―「観念小説」を中心に―

第一章　「人外《にんがい》」の「信仰」―「海城發電」論―
　原題：「『人外』の『信仰』―『海城發電』試論―」／二〇一一年一〇月「国文学研究」一六五集

第二章　「悪魔《サタン》」の挑戦―「貧民倶楽部」論―
　二〇〇五年三月　修士論文「寄食者の挑戦―泉鏡花と都市下層社会」第三章「寄食者の挑戦―『貧民倶楽部』論」

第三章　「父」の構築―「黒猫」から「なゝもと桜」へ―
　原題：「鏡花世界における『父』の審級」中、「『言文一致』の試み」「論理性の解体と再秩序化」／二〇一〇年五月「文芸と批評」一一巻一号

第二部　鏡花の構想―「詩想」としての「女」―

第四章　「詩想」としての〈女〉―「笈摺草紙」における言文一致の戦略―
　原題：「『詩想』としての〈女〉―泉鏡花『笈摺草紙』における言文一致の戦略―」／二〇一二年一一月「文芸と批評」一一巻六号

第五章　もたらされた危機―『湯島詣』論―
　原題：「もたらされた危機―泉鏡花『湯島詣』論―」／二〇〇八年五月「文芸と批評」一〇巻七号

第六章　『風流線』のプラクシス　二〇一四年六月「論潮」七号

第七章　「革命的精神の詩人」村岡不二太―明治期のハイネ受容と『風流線』との関わり―　書き下ろし

第三部　鏡花の闘い―不遇と再起の時代―

第八章　恩寵としての「音調」―『婦系図』本文異同と「談話」の考察を中心に―

原題：「〝声〟の恩寵―泉鏡花『婦系図』本文異同と「談話」の考察を中心に―」／二〇〇八年一一月「文芸と批評」一〇巻八号

第九章　妙子という「婦《をんな》」―『婦系図』を司るもの―　二〇一一年九月『論集泉鏡花』第五集／和泉書院

第十章　白い媒介者―『白鷺』における師‐父と「女」の機能―　二〇一三年一一月「文芸と批評」一一巻八号

第十一章　『草迷宮』における「感情」の形象化―「声」と「まなざし」の効果を中心に―　二〇一五年九月「日本文学」六四巻九号

終章　書き下ろし

あとがき

本書は、二〇一六年一〇月、早稲田大学に提出し受理された博士学位論文「明治期泉鏡花作品研究―『父』と『女』の問題を中心に―」をもとに構成されたものである。表題の通り、明治期に発表された泉鏡花の作品を取り上げ、分析と考察を行った。刊行に際して、若干の加筆修正を行っている。

私が初めて読んだ泉鏡花の作品は、「夜行巡査」であった。当時中学二年生であったのだが、この作品が何をいわんとしているのか、さっぱり理解できなかったことを覚えている。そもそも、主人公の八田巡査が、善人なのか悪人なのかが判断できず、そのために、この作品から一体どのようなメッセージ（教訓？）を受け取ればよいのかもわからなかった。読後の私を襲ったのは、大いなる当惑であったのだが、その当惑はまた大いなる衝撃でもあった。

以後、泉鏡花は私にとって一つの〈謎〉となった。この〈謎〉にどうにかして触れてみたいという一心から、私の研究生活は続けられてきた。中学三年生の時に課された「卒業研究」レポートで、初めて鏡花についてまとめたものを書いたのであるが、その当時抱いた痛切な不満――まだなにもわかってはいない――は、その後卒業論文を書き上げた時にも、修士論文を書き上げた時にも、心の中にくすぶり続け、私を鏡花の作品に向かわせる原因となった。

そしてとうとう、本書の刊行にまで到りついたわけだが、やはり私は、鏡花という〈謎〉について、まだ何もわからないでいる。本書は、区切りの一つではあるが、これまでに書いてきたレポートや論文同様、〝結論〟ではない。私は今後も、この〈謎〉に取り組んでいくだろう。

本書を執筆するにあたって、大変多くの方々からのご教示とご支援を賜りました。早稲田大学文学研究科の中島国彦先生、高橋敏夫先生、十重田裕一先生、宗像和重先生、鳥羽耕史先生には、修士課程から博士後期課程に在籍する間、一貫して熱意に溢れたご指導ご助言をいただきました。また、同志社大学の田中励儀先生には、博士学位請求論文に係る公開審査に、審査員のお一人として参加していただき、質疑応答の際には、たくさんのご質問を頂戴しました。突然のお願いであったにも関わらず、審査への参加をご快諾いただきましたことに、改めて心より感謝申し上げます。

教育学部在籍時には、東郷克美先生に卒業論文のご指導をいただきました。学生の怖いもの知らずで、生意気な口ばかりきいては、先生に散々ご迷惑をおかけしたことを、冷や汗とともに思い出します。それでも、最後の最後までおつきあいいただけましたことに、深く感謝申し上げます。学部一年時の近代文学演習を一年間ご担当いただいた金井景子先生には、研究に必要な基礎的な知識と技術を、徹底的に教えていただきました。私のレジュメの作り方や発表のための準備の方法は、当時から基本的に変わっていません。あの「金井ゼミ」でのさまざまな経験が、私の研究を現在まで支えてくれています。近畿大学の中島一夫先生には、学部二年時からの二年間、文学作品を批評的に読むことの意義を教えていただきました。中島先生のご講義から受けた数々の刺激が、本書の問題意識の淵源となっています。

泉鏡花研究会では、発表の機会を多く与えていただくとともに、長く鏡花を研究してこられた諸先生方から、貴重なご指摘やご意見をたくさん頂戴することができました。そのほか、各学会・勉強会・読書会などで、有形無形の刺激と励ましをくださった皆様にも、篤く御礼申し上げます。また、和泉書院の廣橋研三氏には、本書出版に際して多大なお世話をいただきました。この場を借りて、感謝申し上げます。

最後に、長年にわたって、私を叱咤激励しつつ経済的にも支えてくれた両親に感謝の意を表します。
そして、本書を、二〇一七年八月一三日に逝去した夫・金子友和に捧げます。

二〇一七年八月二四日

金子亜由美

泉鏡花著作索引

あ　行

か　行

さ　行

た　行

な　行

は　行

ま　行

や　行

ら　行

雑誌・新聞・記事・作品索引

あ　行

か　行

さ　行

た　行

な　行

は　行

ま 行

や 行

ら 行

わ 行

人名索引

あ 行

か　行

さ　行

た　行

な　行

は　行

ま　行

や　行

ら　行

わ　行

■著者略歴

金子亜由美（かねこ あゆみ）

1983年茨城県生まれ。早稲田大学教育学部卒業。同大学大学院文学研究科博士後期課程単位取得退学。博士（文学・早稲田大学）。専門は日本近代文学。現在、日本大学経済学部非常勤講師ほか。
論文：「恋は革命たり得るか―瀬戸内晴美『遠い声』を中心に―」（「論潮」第8号、2015年7月）、「一坪半の異界――泉鏡花と小さな生き物たち」（「生物学史研究」No.94、2016年8月）ほか。

近代文学研究叢刊 63

明治期泉鏡花作品研究
―「父」と「女」の問題を中心に―

二〇一七年九月二一日初版第一刷発行
（検印省略）

著者 金子亜由美
発行者 廣橋研三
印刷・製本 亜細亜印刷
発行所 有限会社 和泉書院
大阪市天王寺区上之宮町七-六
〒五四三-〇〇三七
電話 〇六-六七七一-一四六七
振替 〇〇九七〇-八-一五〇四三

装訂 倉本 修

ISBN978-4-7576-0848-1 C3395

―― 近代文学研究叢刊 ――

（価格は税別）